타 임 워 커

Time Walker

1

시간을 걷는 사람

—

문지솔 장편소설

차례

———

프롤로그

이훈철 박사는 불안한 마음을 다잡았다. 곁눈질로 복도에 포진한 적을 셌다. 대략적으로 스무 대가 넘어보였다. 넓은 복도를 사이에 두고 갈라진 길을 포함하면, 두 배 이상 차이가 날 것으로 보였다. 정면승부는 힘들 것이다. 그렇다면 남은 방법은 최대한 피하는 것밖에 없었다.

뒤에서 누군가 말했다.

"박사님, 뚫고 들어가시죠."

박사가 그를 응시했다. 김현식이 권총 한 자루를 어깨 위로 쥐고 있었다. 전투로봇을 상대로는 어림도 없는 무기였다. 급한 대로 지니고 들어온 것이다. 상황이 발발한 것은 30분 전이다. 준비성 없는 김현식을 굳이 질책하고 싶지 않았다.

"알겠네. 그러면 어찌할 텐가? 우선은 상황실로 들어가 봐야 할까."

"무리입니다."

"그러면 보안실은 어떤가? 그곳으로 들어갈 수는 있겠나?"

"아닙니다. 거기까지 가기에는 너무 멉니다."

"무슨 뾰족한 수가 있는가."

"그렇다면 그곳은 어떻습니까?"

김현식의 눈빛이 흔들렸다. 이훈철 박사는 그의 심중을 알아챘다. 그는 그만 멍해져버렸다. 분명 그곳으로의 출입이 가능하다면 예상 외로 빠르게 사태를 진정시킬 수도 있었다. 해결되리라는 보장은 없지만…… 그래도 가능성은 있었다. 아니, 그 외의 마땅한 방법이 생각나지 않았다.

"알겠네."

"박사님!"

누군가 끼어들어 말했다.

사라였다. 박사는 고개를 돌려 사라를 응시했다.

"사라."

"네, 박사님."

"자네 탓이 아니네. 알고 있는 게지."

사라는 말없이 고개를 끄덕였다.

존경심이 담긴 눈빛으로 사라는 박사를 응시했다. 그녀는 레이저건을 들고 있었다. 권총보다는 크고 기관총보다는 작은, 여성에게 적합한 무기다.

"그곳이라면, 역시 저 복도를 뚫어야겠군요."

사라가 말했다.

"정답이네. 내가 신호할 때 가는 걸로 하지."

"알겠습니다."

박사는 복도 끝을 응시했다. 은색으로 된 문이었다. 문을 여는 열쇠가 박사의 재킷 오른쪽 안주머니에 있었다. 연구원과 관리인에게 하나씩 주어진 카드키였다. 그마저도 이제 남은 것은 하나였다. 돌변한 전투로봇들이 사람들을 죽이고, 그들의 카드키를 빼앗아 녹여버리는 것을 눈앞에서 확인했다.

김현식과 사라도 연구에 참여하긴 했지만 연구원의 신분은 아니었다. 그들은 사실상 외부인이지만 이훈철 박사와 연이 깊은 이들이다. 출입에 관한 권한은 없었다.

"사라, 자네가 우릴 엄호해주게. 현식 군은 전투로봇들이 섣불리 움직이지 못하도록 막아주게, 알겠는가?"

"알겠습니다. 제가 혼선을 일으키겠습니다."

김현식이 대답했다.

신호에 맞춰 세 사람은 동시에 복도를 내달렸다. 사라는 박사를 향해 탄구를 겨누는 로봇을 겨냥했다. 정확히 핵심부를 노린 발사는 로봇을 전투불가 상태로 만들었다. 김현식이 눈에 띄게 피해 다니며 혼선을 주는 사이, 박사가 문으로 돌진했다. 그는 카드키를 꺼내서 출입문에 꽂아넣었다. 붉은 불빛을 뿜어내며 출입문이 열렸다. 박사와 사라가 그 안으로 들어가 현식을 불렀다.

"어서 들어오게! 시간이 없네."

"알겠습니다, 박사님!"

김현식이 출입문 안으로 들어갔다. 박사가 스위치를 내려 문을 닫았다. 닫힌 문에 총알이 부딪쳐 떨어지는 소리가 한참동안 들려왔다. 소리는 점차 잦아들고 있었다.

"이제 조용하군요."

박사를 보며 김현식이 말했다.

"그렇군. 우리에겐 행운이지. 어서 가세."

"그런데 이게 대체 어떻게 된 일일까요?"

사라가 물었다.

"정확한 이유가 지금 중요하겠나. 우리에게 시급한 건 빨리 사태를 해결하는 것이네. 이렇게 지지부진하게 있는 동안 밖에서 무슨 일이 벌어질지 가늠이나 할 수 있겠는가? 동고동락하던 동료들이 죽은 건 둘째 치고 지금 바깥은 혼란할 걸세."

박사가 서둘러 발걸음을 옮겼다.

사라시스템의 내부, 그녀의 심장으로 통하는 길목이었다. 출입문 바깥의 움직임은 알 수 없었다. 지금은 아무런 기척도 들리지 않았다. 포기하고 돌아간 것이거나, 나오기만을 기다리고 있을 것이다.

심장부의 문은 고동색이었다. 사선으로 벌어져 열리는 구조의 특이한 출입문이었다. 여는 방법은 중앙시스템의 통제로만 가능했다. 그곳으로 들어가려면 사라시스템이 자체적으로 문을 열어줘야 한다. 하지만 방법이 아예 없는 것도 아니었다.

김현식은 출입문 옆의 배전판을 잡아 뜯었다. 문을 여는 가장 고전적이지만 그만큼 확실한 방법이다. 사라시스템의 약점이 기술과 전력(電力)에 있는 만큼 이보다 더 확실한 방법도 없었다. 한참을 씨름한 끝에 출입문이 사선으로 열렸다.

"박사님, 빨리 시스템을 재부팅해야 합니다."

"알았네!"

박사가 컴퓨터 앞으로 달려나갔다. 한쪽 벽면을 가득 채운 커다란 모니터 밑으로 크고 작은 컴퓨터 본체가 놓여있었다. 전선이 너저분하게 널려있었다.

박사는 그 사이에서 컴퓨터와 직접 연결된 본체를 찾았다. 외부인이 몰래 들어와 어떠한 수작을 부릴 것에 대비한 것이었다. 혼란스러운 상황이라 원래 알고 있던 진짜 본체를 찾는 데에도 시간이 꽤 걸렸다.

"이제 됐네."

박사가 말했다.

그는 품안에서 usb를 꺼내들었다. 혹시 몰라서 항상 지니고 다녔던 물건이다.

사라시스템. 처음에 사람들은 인공지능 사라시스템을 두고 '혁신적인 발명'이라고 극찬을 아끼지 않았다. 그보다 더한 발명은 없을 것이라고 단언하기도 했다. 이훈철 박사 역시 같은 생각이었다. 사는 동안 가장 위대한 업적이 되리라 믿어 의심치 않았다.

"혹시 모르니 뒤를 막아주게."

박사가 말했다.

둘은 출입문 가까이로 가서 박사를 바라보았다.

"가능할지는 모르겠군."

박사가 usb를 본체 중앙에 꽂았다. 그리고 그 앞에 기대어 이마를 매만졌다. 그에겐 이 모든 상황이 꿈처럼 느껴졌다. 그렇지 않고서야 여태까지 아무런 문제가 없던 사라시스템이 돌연 문제를 일으켜 동료들이 모두 참변을 맞을 리 없었다. 한기가 박사의 등허리를 쓸고 내려갔다. 그는 벽면을 뒤덮은 대형 모니터를 응시했다.

앞으로 1분.

카운트다운 타이머가 모니터 위로 떠올랐다.

김현식이 권총을 움찔하며 출입문에 귀를 갖다 대었다.

앞으로 42초.

"그런데요, 박사님. 너무 조용한 것 같네요."

사라가 긴장된 표정으로 말했다.

김현식이 농담을 던졌다.

"혹시 이 여자, 자고 있는 거 아닐까요?"

"지금 농담이 나오는가."

"그래도 마냥 울고 있는 것보단 낫지 않겠습니까?"

"아니지. 그들이 우리 직원들을 모두 죽인 걸 보면 바깥사람들이라고 안전했을 리 없네. 앞으로 어떻게 할지 의논해야 할 걸세. 다시는 이러한 일이 반복되지 않도록 말이네."

앞으로 25초.

"박사님, 다시 묻겠습니다. 일이 너무 수월한 것 같지 않나요?"

사라가 말했다. 그녀는 불안한 눈빛이었다.

"우리에겐 오히려 좋은 거겠지. 상황이 진정되면 우선 어떤 문제가 있었던 건지도 확인해봐야 할 것 같네. 할 일이 정말 많을 게야. 연구진도…… 다시 다 뽑아야겠군."

박사가 말했다.

앞으로 17초.

사라가 불편한 듯 몸을 움직였다.

"진짜 이상합니다, 박사님. 이리로 와 보세요."

사라가 말했다.

카운트는 문제없이 계속되고 있었다. 박사는 몸을 돌려 사라를 응시했다. 그리고 그녀를 향해 한 발짝 내딛었다.

그 순간 사라가 소리치듯 비명을 내질렀다.

"박사님! 오, 안 돼."

박사의 눈이 더듬더듬 아래로 향했다. 왼쪽 가슴을 관통해 기계 팔이 나와 있었다. 어떻게 된 걸까. 그는 천천히 고개를 돌려 모니터를 응시했다. 모니터 위로 섬뜩한 웃음을 짓고 있는 캐릭터가 그려졌다. 우스꽝스러운 모습이다. 박사는 자신이 놓친 것이 있다는 사실을 깨달았다. 명백한 실수였다. 상황을 안정시켜야 한다는 사명감에 취해 위험요소를 전혀 계산하지 못했던 것이다.

기계 팔이 날카로운 모습으로 변해 본체 속으로 빨려 들어갔다. 박사는 쓰러지면서 카운트가 거꾸로 돌아가는 것을 지켜보았다.

제 1장
박사의 아들

타임 워커 1 : 시간을 걷는 사람

01.

타임 워커.

현존하는 초능력 중 가장 진귀한 능력으로 인정받는 불가사의한 힘. 그 힘에 대해 제대로 알려진 바는 없다.

처음 시간능력자가 세상에 나타났을 때, 모든 초능력자들은 긴장했다.

비밀리에 존재하며 일반 사람들을 거느려오던 초능력자로만 이루어진 집단.

그들은 타임워커를 추적해 자신들의 일원으로 받아들이려 노력했다.

그러나 모두 실패로 돌아가고 말았다.

초능력자들은 자신의 신변에 위협이 될 타임워커의 존재를 두려워했다.

시간능력자는 이론적으로 설명이 불가능한 초능력을 갖고 있었다. 설명이 가능한 능력만을 지녔던 초능력자들은 타임워커가 자신의 능력을 영구히 지워버릴 수도 있다는 사실에 주목했다.

그리고 타임워커를 찾아내 암살하라는 명령이 떨어졌다.

'그를 만나게 된다면 암살해라.'

'만약 암살이 불가능하다면 반드시 도망쳐라.'

타임워커는 자취를 감추고 세상에 나타나지 않았다.

아직도 시간능력자에 대한 소문은 무성히 남아 있다.

전설로만 남은 신비한 힘.

'타임워커는 당신을 만나기 전부터 이미 모든 것을 알고 있다.'

초능력자들 사이에 내려오는 괴담이다.

02.

"우리 학교 모범생이 여기 오셨네?"

"과연, 성적 우수, 외모 우수, 성품 우수! 모든 덕목에서 특급만 찍는 교내의 아이돌 아니신가. 이리 앉으시게."

"선배, 오랜만에 낀 건데 벌써부터 놀리기예요."

이광호는 머쓱한 얼굴로 학우들이 마련해준 자리에 앉았다. 그가 착석하자마자 같은 과 동기들이 바싹 붙어 앉았다. 벌써 달아올라 있는 분위기였다. 학생들 중에는 이미 만취한 것으로 보이는 이들도 있었다.

달마다 돌아오는 선후배간 단합 자리였다. 선배들이 주도해서 술자리를 이끌어나가고 있었다. 인원이 많았던 관계로 작은 술집을 통째로 빌렸다. 각자 여러 테이블에 나눠앉았다.

"너희들은 이제 가도 되지 않냐?"

"맞아, 취한 애들은 이제 보내자."

"여자애들은 우리가 데려다주면 되니까 떨거지들은 이제 좀 가라고, 좀 가버려! 이 징글징글한 것들아."

한 선배가 거머리 떼어내듯 만취한 이들을 밀쳐냈다. 여기저기서 웃음이 터져 나왔다. 어떤 이는 안간힘을 쓰며 의자에 매달리기도 하며, 도망쳐서 다른 테이블로 옮기는가 하면, 또 누군가는 정말 안 되겠는지 소지품을 챙겨 술집을 나갔다.

분위기가 어느 정도 정리되자 한 선배가 말을 꺼냈다.

"이제 우리 광호도 왔겠다. 한잔 더 해야지?"

"우리는 많이 마셨으니까. 광호도 3잔만 먼저 먹고 시작하자."

이광호는 까만 모자를 눌러쓴 남자를 응시했다. 같은 과 3학년인 대학

선배였다. 학년은 1학년밖에 차이가 안 났지만 나이차는 6살이나 났다. 이제 막 21살이 된 그와는 터울이 컸다. 그는 많은 시행착오를 만회하려는 듯 누구보다 열심히 학교생활을 즐겼다. 즐기는 것까지는 좋았지만 잦은 술자리로 얼굴이 항상 붉었다. 그 때문에 루돌프라는 별명을 얻게 된 선배였다.

이광호가 머리를 절레절레 흔들었다.

"싫어? 선배가 주는데 마셔야지. 빨리 받아라. 선배 손목 부서진다. 어서!"

"선배, 저 이제 막 도착했거든요. 배도 고프고. 술보다는 음식을 먼저 먹어야 할 것 같은데요. 빈속에 먹으면 속 다 버려요."

"그러니까 마셔야지. 배고프니까. 어서 마셔. 쭉쭉쭉."

루돌프 선배가 장난스럽게 말했다.

"알겠어요. 그럼 조금만 마실게요."

첫잔은 원샷이다. 그러나 두 번째, 세 번째, 네 번째까지 계속되는 선배의 사랑을 받아먹기엔 속이 너무 쓰렸다.

마지막 잔에서 이광호는 술잔을 내려놓았다. 더 따르려는 선배의 손을, 이광호의 동기인 김상현이 대신해서 저지했다.

"선배, 그만해요. 광호는 이제 많이 마신 것 같으니까요."

"나도 그만할 생각이었어. 자, 이제 다시 게임을 시작해야지? 열외는 없어. 집에 가고 싶은 사람은 퇴장하시면 되겠구요."

술자리 게임이 진행됐다. 첫 번째 게임은 훈민정음이었고 많은 인원 때문에 한 바퀴도 채 돌지 못하고 끝나버렸다. 그 다음 게임도 그렇게 오래가지 못했다. 분명히 떠들썩한 분위기인데도 지루하고 지리멸렬했다. 이광호는 흥미가 없어진 얼굴로 노트북을 꺼내서 전원을 켰다.

"광호, 뭐해? 다들 게임하고 있는데."

김상현이 어깨동무를 하며 말했다.

"어차피 안 보잖아. 잠깐만 하는 거야. 내 차례 돌아오면 확실히 할 거라고. 루돌프 선배가 혹시 나 보려고 하면 네가 알려줘."

"저 선배가 너 그렇게 아끼잖아. 안 볼 리가 없어. 내가 장담한다."

"상현아, 너 우주의 무한성과 다양성에 대해서 설명할 수 있어?"

"그게 뭔 소리야? 생각 좀 해보고."

"생각할 것도 없어. 여기는 지금 우주의 한복판과도 같아. 수많은 변수가 존재하는 다양성의 세계라고. 저 선배가 일 초에 한 번씩 나를 쳐다볼 확률보다 더 높은 확률로 새로운 일들이 벌어질 거야. 그 새로운 일들에서 눈을 뗄 수가 없을 걸?"

이광호가 자판을 두드리며 말했다.

"알겠어. 루돌프가 너한테 뭐라기 전에 말해줄게. 네 차례가 와도 말해주고."

김상현이 말했다.

이광호는 노트북 화면 속으로 몰두했다.

그에겐 특별한 취미가 있었다. 프로그래밍, 그리고 해킹툴을 만드는 것. 그는 사람들을 놀려주거나 하는 장난을 목적으로 프로그램을 개발했다. 그러나 그의 실력은 단순히 장난치는 수준이 아닌 것이 분명해 보였다. 그는 블랙해커가 될 생각은 없었다. 아니 오히려 다른 화이트해커들이 못하는 안전한 시스템을 구축하는 것이 목표라면 목표였다.

철학과.

아이러니하게도 이광호는 컴퓨터와는 전혀 관계없는 과를 택했다. 이유는 단순했다. 공연히 관련학과에 진학해서 다른 해커들의 눈에 띄고 싶지 않았기 때문이다.

이광호는 테트리스가 맞추어지는 화면을 응시했다. 그 옆으로 여러 수식들이 적히고 있었지만 모르는 이가 보면 게임을 하고 있는 모습이었다.

"이제 곧 네 차례야. 그거 넣어둬야 할 것 같은데?"

김상현이 말했다.

이광호는 서둘러 데이터를 저장했다. 그리고 바로 옆에 다가오는 여학생을 보았다. 입술을 내밀고 다가오는 자세를 보아하니 적어도 뽀뽀 혹은 그 이상이었다. 사실 그 정도의 스킨십은 큰 무리가 아니었다. 문제는 그 뒤에 있었다.

"너한테 별 감정 없으니까. 부담스러워 하지 마?"

이렇게 말하는 여학생을 제지하며 그는 폭탄주를 들이마셨다.

"나랑 하고 마셔도 되잖아!"

울상이 된 그녀는 자리를 박차고 일어났다. 울면서 나갔는데, 루돌프 선배는 동기 두 명을 여학생에게 보내고 잠시 게임을 중단했다. 우는 걸 달래러 나갔을 거라고 생각하자 이광호는 머리가 아파왔다.

'관심이 없으면 없는 거지.'

관심도 없는 놈한테 거절당했다고 자존심 상해서 나갈 것까진 없었다.

"먼저 일어날게요."

이광호는 이렇게 말하고 노트북을 챙겨 술집 밖으로 나왔다. 새벽 2시가 넘어가는 시간. 앞으로 4시까지는 번화가의 불길이 꺼질 것 같지 않았다.

이광호는 번화가를 나와 기다란 대로변을 걸었다. 불어온 바람에 휘날리는 소매를 다잡으며 그는 인상을 찌푸렸다.

자꾸만 지지부진하게 시간이 흘러가고 있다는 생각을 멈출 수 없었다.

'언제부터였던 거지.'

하지만 항상 내놓지 못했던 답변처럼 도통 언제부턴지 알 수가 없었다. 아버지가 떠나고 몇 년간 이런 느낌이 들지는 않았다. 대략 생각해보면 고등학교에 입학하고 나서 해킹에 관심을 처음 갖기 시작한 때쯤인 것 같았다. 답답한 느낌은 대학교에 입학한 후에도 지워지지 않았다.

'조급해서 그런 거겠지. 불안해하지 말자.'

미래에 대한 생각 때문일지도 몰랐다. 이광호는 애써 머릿속 생각을 지우며 코너를 따라 오른쪽 길로 돌았다.

그리고 고개를 들어 앞을 본 순간, 그는 머리를 잡아 누르는 압력 때문에 숨 쉬기가 어려워졌다. 갑자기 눈앞이 보이지 않았다. 시력이 어둠으로 덮이기 직전 낯선 남자 둘을 보았던 것이 스쳐지나갔다. 그들은 검은 양복을 입고 있었고 험악하다거나 눈에 띄는 인상이 아니었다. 그럼에도 한 가지는 알 수 있었다. 납치를 당할지도 모른다. 어딘가로 끌려가 복날 개잡듯 죽게 될 거라면 일찍부터 술집을 떠나지 않았을 것이다.

뒤늦은 후회가 밀려왔다.

어둠 속에서 차가 거칠게 제동을 밟는 소리가 들려왔다.

03.

SPC의 총수 강두호가 이광호를 응시했다. 이훈철 박사의 아들은 쇠사슬에 묶여서 정신을 차리지 못하고 앉아있었다.

그를 잡아오라고 한 연유는 엊그제 들은 소식 때문이었다. 이훈철 박사의 죽음을 전해 듣고 믿어지지 않아 그의 아들을 붙잡아온 것이다. 이훈철 박사를 쫓아 미래로 나가있던 첩보원에게서 전해들은 말이니 사실상 확실하다고 해도 과언이 아니었다. 이훈철 박사는 일개 박사가 아니다. 그리 쉽게 죽을 리가 없었다.

'늙은이, 우릴 피하려고 갖은 수를 다 쓰는군.'

이훈철 박사는 죽지 않았을 거라 생각하는 데에는 그만한 이유가 있었다. 먼저 박사는 시간능력자인 만큼 자신의 모습을 어디로든 숨길 수 있었다. 소금을 치고 기다려도 어떻게 알고 피해 가는지 미꾸라지 같은 존재였다. 더군다나 박사의 죽음 소식을 전해줬던 첩보원은 그날 이후로 연락이 되지 않았다. 이훈철에게 역으로 죽임을 당한 거라면 말이 되었다.

강두호는 더 기다리지 못하고 이광호의 머리를 향해 총을 겨누었다. 때마침 이광호가 정신을 차렸다. 악몽이라도 꾼 것처럼 경기를 일으키는 모습이었지만, 강두호는 그마저도 이훈철 박사의 아들이 꾸민 계략인 것처럼 느껴졌다.

"과연, 이렇게 하니까 일어나는군. 이봐, 내가 총을 겨눌 거라는 사실도 알고 있었다는 말이겠지."

강두호가 말했다.

정신을 차린 이광호가 쇠사슬을 흔들며 벗어나려 애썼다. 그러나 의자에 몸까지 묶인 터라 벗어나는 것은 불가능했다.

"소용없어. 네놈이 기절을 한 사이에 내가 손을 써뒀지. 이훈철 박사의 아들을 상대로 어설픈 수작을 쓸 것 같았냐? 너를 여기 잡아오기 위해서 했던 수고를 생각하면……"

강두호는 전날의 고생이 머리에 그려져 말을 멈추었다. 아니 정확히는 예상치 못한 이광호의 반응 때문에 할 말을 잃은 것에 가까웠다.

"'죽음을 받아들였을 때, 세상은 내게 돌아오라 말한다.' 나는 이 말을 아주 좋아합니다. 제가 철학을 전공했거든요. 혹시 철학에 대해 관심 있으십니까?"

바들바들 떨던 이광호가 조금씩 진정을 찾아가더니 꺼낸 말이었다.

그러나 당당한 목소리와는 다르게 눈빛에는 불안함이 가득했다. 강두호는 급할 것이 없다는 생각을 하고 반대편 의자에 몸을 기대었다.

"이야기를 하자는 건가. 그래, 해보지."

"철학을 전공하다보면 많은 걸 알게 돼요. 세상에 존재하는 진리에 대해서 말이죠. 직감적으로 감이 와요. 특히나 사람들에 대해서는요. 한 가지 말해보자면, 당신은 나를 죽일 생각이 없어요. 맞죠? 이유는 잘 모르겠지만 말이에요."

강두호가 한동안 웃었다.

"맞는 말이다. 하지만 네가 조금이라도 쓸모가 없다고 생각하면 바로 죽일 거다."

"아니요, 그랬다면 지금 여기에 다른 누군가가 더 들어와 있었겠죠. 굳이 어린 저를 상대로 몸을 묶어둬야 했을 이유를 꼽자면. 제가 무슨 짓을 할지 모른다고 생각했던 거겠죠."

"더 해봐라."

"저를 납치했던 남자들은 두 명이었어요. 자동차를 끌고 왔을 사람까지 합하면 3명 이상이에요. 그런데 당신은 저를 납치했던 남자들 중 누구도 아니에요. 적어도 4명 이상의 집단이라는 건데, 이 방 안에는 저랑 당신만 있어요. 당신은 제게 안정감을 주는 대신에 중압감까지 동시에 주고 싶었던 거예요."

이광호가 사슬을 짤랑거리며 말했다. 그는 조용히 깍지를 꼈다.

"무언가 자백을 받기 위해서는 이런 방법을 써야 하는 법이다? 내가 너를 죽이지 않을 거라는 확신이 있는 건가."

"아니요, 확신은 없습니다."

이광호가 미소를 지으며 말했다.

강두호는 기가 차다는 듯이 웃었다.

"지금 잠깐 생각을 해봤어요. 내가 죽을지도 모른다는 사실을 까먹지 않고서요. 그런데 이런 의문이 들더군요. 단순히 무언가를 캐묻기 위해서라면 고문 같은 방법이 더 효과적이에요. 그렇지만 당신은 그 대신 이런 깔끔한 방에 제 몸을 묶어둔 상태로 대화하려고 했죠. 총구를 들이밀고는 있었지만 바로 쏘지는 않았구요. 방금도 저를 잡아오기 위해서 조금의 감시를 했다는 정황을 흘려주었죠."

"그래서 어쨌다는 거냐?"

"알아달라는 마음. 흔히 상대방에게 간절한 부탁을 해야 할 상황에 처하면 드러내게 되는 선택적 조건이죠. 당신은, 자백을 받지 못하더라도 저를 죽이지 않을 거라는 암시를 제게 주었어요. 덕분에 조금씩 안심하고 있어요."

강두호는 권총을 탁자 위에 내려두었다. 이광호의 손이 닿지 않는 거리였다.

"잘 들었다. 박사의 아들답게 아주 똑똑하군. 겁은 많지만 말이야."

강두호가 말했다.

과연 이훈철 박사의 아들이었다. 피는 물보다 진하다고 가끔씩 보이는 총명한 눈빛이 아주 닮아있었다. 냉철하다한 박사의 눈빛이 만약 조금 더 세상물정 모르는 어린애의 것이었다면 이러했으리라. 강두호는 엄한 놈을 붙잡은 것은 아니라는 생각에 들뜬 기분을 진정시킬 수가 없었다.

"그렇다면 단도직입적으로 말하마."

"우선 제가 먼저 질문해도 될까요."

이광호가 꺼낸 말이었다.

'먼저 말을 듣기도 전에 이야기를 꺼내려 하다니.'

강두호는 궁금해졌다. 이훈철 박사의 아들을 붙잡아 놓고보니 그저 그런 대학생인 줄만 알았는데, 예상보다 꽤 패기가 있었다. 문득 그 속에 무언가 달콤한 것을 숨기고 있는 것은 아닌지 생각되었다. 초능력이 유전되는 경우는 드물지만 확인해봐서 나쁠 것도 없었다. 설사 그러한 것이 아니라 해도 심증만으로 이렇게 당당하게 나올 리가 없었다.

강두호는 이광호의 말을 기다렸다.

"저희 아버지에 대해서 아시나요?"

"물론, 안다마다. 우린 아주 잘 아는 사이지. 절친한 친구라고는 못하겠지만 말이다."

"아버지는 지금 어디에 계시나요? 저에게서 얻고 싶은 것이 무엇이죠? 저희 아버지는 무사하신가요?"

속사포처럼 질문이 쏟아졌다. 강두호는 어디서부터 설명해야 할지 모를 기분이었다. 이훈철 박사가 잘 숨어 다니는 것은 알았지만, 설마 가족들에게까지 생사를 숨기란 생각은 하지 못했다. 박사의 생사에 대해서 아무것도 모르는 아들을 볼모로 붙잡은 것은 웃기는 일이다. 생각해보면 아들을 붙잡아오도록 박사가 내버려뒀을 리가 없었다.

박사의 죽음이 사실처럼 느껴졌다.

"네 아버지는…… 음, 죽은 것 같구나."

감상하듯 강두호가 말했다.

같은 팀이 되지 못한다면 어차피 죽일 작정이었다. 그를 암살하라는 지시는 예전부터 올라와있었으니 새로울 것도 없었다. 다만, 그를 잃었다는 상실감이 진하게 몰려왔다. 제법 탐이 나는 능력이었으니 이 사실을 모두가 확인하게 된다면 아마도 초능력자들 사이에서 난리가 날 것이 분명했다.

강두호는 죽은 것이 확실해진 이훈철 박사의 아들을 바라보았다. 이광호는 다소 충격을 받은 것 같았지만 마치 오래 전부터 예상했다는 반응이었다. 총수인 자신처럼 별 다를 것 없는 감상에 빠진 것처럼도 보였다.

"진짜로 죽었나 보군요. 사실이 아니길 바랐는데…… 알겠습니다, 고마웠어요."

"고맙기는 뭘……."

강두호가 말했다. 그러다가 무언가 이상함을 눈치 채고 이광호를 응시했다. '고마웠다'는 말은 분명 과거형이다. 지금까지 고마웠다? 그 다음은?

절로 어리둥절해지는 그의 말에 강두호는 바보 같은 표정을 지었다. 박사의 아들은 덤덤한 얼굴로 고개를 숙이고 목례를 하고 있었다. 마치 다음 시간에 만나자는 것처럼. 그 우스꽝스러운 당당함에 강두호는 그가 조금 전까지 사시나무처럼 떨어대던 납치 당사자라는 것도 잊어버렸다.

"다음에 부탁하러 오실 때는 제 입맛에 맞는 뭔가를 가져와 줬으면 좋겠네요."

그러고 나서 순식간이었다. 찔그럭거리며 쇠사슬이 떨어지고 이광호는 흔적도 없이 사라졌다. 부지불식간에 몸을 감춘 이훈철의 아들을 보자 강두호는 멍해졌다.

"……."

그가 남긴 쇠사슬 두 짝, 의자에 묶어둔 밧줄이 헐렁해져 흘러내려 있었다. 그야말로 유령을 만난 기분이었다. 아니 유령을 만난 것보다 더욱 큰 전율을 강두호는 느끼고 있었다. 사라져버린 줄 알았던 희귀한 아이템을 다시 손에 넣을 수 있게 되었다. 아직 갖지 못했지만 그는 소유욕으로 가슴이 부글대고 있었다.

"유전이야. 유전되는 거였어! 아니, 이번엔 유전된 건가?"

시간능력자를 손에 얻게 되면 두려울 것이 없었다. 모든 시간을 제 손 안에 놓고 주무르는 자를 내 편으로 만든다면 미래의 일은 물론이고 과거의 소소한 잘못들도 없앨 수 있었다. 한때 괴물과도 같던 이훈철, 그리고 그의 능력을 물려받은 아들.

강두호는 실성한 사람처럼 웃었다. 그는 권총을 집어 쥐고 벽 귀퉁이를 향해 발사했다. 찌그러진 총알이 벽면에 흠집을 내며 떨어졌다.

"내가 갖고 말 거야. 이번엔 놓치지 않아! 하하하하"

소리에 문을 열고 사내들이 들어왔다. 이광호를 납치해온 자들이었으며 강두호의 충실한 부하직원들이다. 그가 모은 보석들 중에, 중상급 정도는 되는 엘리트들. 하지만 이 순간 총수의 눈에는 그들이 보이지 않았다.

바로 앞에 특상급 보석이 기다리고 있다.

어디로 갈지 모르는 발 달린 보석이었다.

"다시 보자고 했어. 그럼 원하는 대로 입맛에 맞는 걸 가져다 드리지."

강두호가 비릿하게 웃음을 흘렸다.

04.

이광호는 대학가 술집에 앉아서 가쁜 숨을 토해냈다. 그리고 자신이 어떤 상황에 처해있는지 판단했다. 굳이 날짜를 확인해보지 않아도 알 수 있었다. 바보가 아닌 이상.

"유나 말대로 키스 한 번 해주고 마셨어도 괜찮았잖아. 모르냐? 유나 쟤가 너 좋아하는 거 너 빼고 다 알아, 인마."

루돌프 선배가 잔뜩 취한 몰골로 술잔을 내려놨다. 그는 불만이 많은 얼굴이었다. 굳이 가타부타 설명하지 않겠다는 듯이 꽉 다문 입술이었다.

시간이 되돌려졌다. 이광호는 휴대폰을 열어 시간을 확인했다. 여자애가 울면서 나간 직후로, 술집을 나갔을 시간이다. 왼쪽 자리에는 여전히 김상현이 앉아 있었다.

이광호는 아버지의 말이 떠올랐다.

"알고 싶으냐?"

아버지는 말했었다. 초능력에 대한 비밀을 듣고 난 후, 자신과 똑같이 초능력을 부릴 수 있겠냐는 질문에 대해서.

"내 시간이 멈춘다면 너도 움직일 수 있을지 모르겠구나. 그때가 되면 알게 될 거다. 어쩌면 정체성에 혼란을 겪을지도 모르겠구나. 그때는 나를 찾아 오거라."

당시 아버지의 말은 어딘가 수증기 같은 구석이 있었다. 이해하기가 어려웠고 그 속뜻을 알아차리기에는 사는 세계가 너무나 달랐다. 그런데 이제는 알 것 같았다. 아버지 말이 모두 사실이었으며, 혼자서 간직하기에 버거운 비밀들을 가득 안고 있었다는 사실을.

이광호는 노트북을 챙겨서 일어났다.

"어디 가?"

김상현이 어깨를 붙잡으며 말했다.

"급한 일이 생긴 것 같아."

그는 밖으로 나와 최대한 사람들이 없는 곳으로 향했다.

골목.

골목 중에서도 인적이 드문 장소를 말이다.

'나를 감시했던 것 같은데.'

이광호는 고개를 돌려 수상한 움직임이 있는지 확인했다. 어둠 속에서 은밀하게 뒤따르는 발걸음이 느껴졌다.

'아직은 한 놈이군.'

그는 골목을 지나 빠르게 인파 속으로 섞여 들어갔다. 번화가에서 한참을 달리다가 다시 인적이 드문 장소로 나왔다. 발걸음을 빨리 해서 상점

어귀로 들어간 뒤, 밖을 내다봤다. 수상한 남자 하나가 바로 옆을 지나쳐 갔다.

'도망친 곳이 하필 납치되기 직전이라니!'

암담했다. 똑같은 일이 벌어지지 않으리란 법이 없었다. 만약 반드시 벌어져야 하는 일이 있어서 납치당하게 된다면, 또다시 도망칠 수 있으리란 법도 없었다. 겨우 한번, 시도한 것도 성공한 것도 한번이었다.

"젠장, 그동안 뭘 하고 있으란 말이야."

곱상한 그의 입술을 비집고 욕설이 흘러나왔다. 지나가던 아이가 쳐다보자 이광호는 웃는 얼굴로 손을 흔들었다.

'우선은 시험을 해봐야 해. 그런데 어떻게 하지?'

조금 전에는 그저 되돌아가고 싶다고만 생각했다. 강하게 바라자 이루어졌다. 하지만 지금은 쉽게 가능하지 않았다. 희뿌연 안개를 잡기 위해 손을 휘젓는 느낌이었다.

아버지의 죽음과 맞바꾼 힘.

하지만 아버지가 정말로 죽었다는 사실은 믿을 수 없었다. 일단은 아버지를 만나야 했다. 아버지가 언제 어디서 변을 당했는지도 모르는 상황에서, 시간을 헤매는 것은 어리석은 짓이다.

이광호는 아버지와의 추억을 떠올렸다. 함께한 기억이 얼마 없어서 아버지와 단 둘이 있었던 때를 떠올리는 것은 어려웠다.

'그래도 한 가지라도 있지 않을까.'

한참을 기억을 더듬는데 둘이서 낚시를 하러 갔던 때가 생각났다. 지루하고 고리타분한 시간이었지만 아버지와 단둘이 있었던 것은 그때뿐이었다.

한 번에 성공하리란 보장은 없다. 그래도 어찌됐건 시험단계니까 실패해도 좌절할 필요가 없었다.

이광호는 어렴풋이 추억을 기억해내고 그때로 돌아가고 싶다고 마음먹었다. 그러나 아무런 일도 벌어지지 않았다. 조금 전의 상황과 무엇이 달랐던 걸까. 아버지가 초능력을 써서 다른 곳으로 향할 때는 분명 아무런 힘도 들이지 않았다. 적어도 그렇게 보였다.

아버지가 보고 싶었다. 어디서 참변을 당한 것인지, 그가 죽음을 맞이한 건지도 불분명했지만 그는 진심으로 원했다. 울컥울컥 치미는 원망인지 슬픔인지 모를 것들을 억누르며 골목 어귀를 나왔다.

순간 주변 사물이 묽어지더니 눈앞에 푸른 바다가 펼쳐졌다.

믿을 수 없는 광경이었다.

05.

이훈철 박사가 아들을 보며 놀란 눈을 치켜떴다. 그리고 무언가를 예감한 듯이 이광호를 옆자리에 앉혔다.

여행용 간이의자에 아들을 앉힌 이훈철이 꺼낸 말은, 이광호가 우물쭈물 첫마디를 뱉으려고 할 때였다.

"제법 많이 컸구나. 조금 전까진 아주 작은 아이였는데 요술이라도 부린 거냐."

이훈철 박사가 말했다.

너무도 평온한 말이었다. 이광호는 왠지 아연한 기분이 들었다. 짐작하면서도 아무렇지 않은 척하는 그가 갑자기 원망스러웠다.

"여행을 떠나시는 거라고 했잖아요! 무슨 일을 벌이고 다니시는 거예요."

이광호가 소리쳤다. 그러자 이훈철은 답했다.

"나도 이 능력에 대해서 아직 잘 아는 것은 없다. 그러니 걱정하지 말 거라. 부자간에 사이좋게 초능력을 나누어 가졌을지 또 모르는 게 아니냐. 그나저나 어떠냐? 능력은 몇 번째 쓰는 거냐."

"이번이 두 번째예요."

"첫 번째는 어떤 일이었냐?"

"사람들이 찾아왔어요."

이훈철 박사는 낚싯대를 멀리 던졌다. 수면 아래로 찌가 가라앉으며 잠 잠해졌다.

"아버지를 아는 사람들이었어요. 저를 납치했어요."

"누군지 예상은 가능하구나. 나는 그들 때문에 많은 수모를 겪었다. 설 마 너에게까지 접근하리라고는 생각하지 못했는데."

"이제 아버지가 대답할 차례예요. 미래로 가신다 하셨잖아요. 거기에서 무슨 일들을 벌이신 거예요? 어떤 일에 휘말려서……"

"내가 쉽게 죽을 것 같으냐?"

이훈철 박사는 따스한 눈길로 아들을 응시했다. 여유가 담긴 그 모습에 이광호는 진이 탁 풀려 버렸다. 이광호는 의자에 몸을 기대고 앉았다. 그 의 몸무게가 실리자 작은 간이의자가 휘청거리며 흔들렸다.

그는 몰랐지만 이훈철 박사는 떨리는 그의 손을 억지로 붙잡고 있었다.

"아버지가 죽은 줄 알았어요."

"내가 죽기는 왜 죽어? 혹시라도 그런 상황에 처하거든 네가 다시 구해다오. 그러면 되는 거 아니냐."

이훈철 박사가 웃으며 낚싯대를 다시 던졌다.

잠시 후, 물고기가 하나 잡혔다. 손바닥을 조금 넘는 크기의 물고기였 다. 이훈철 박사는 라면을 끓여 그 안에 물고기를 통째로 넣었다. 고춧가

루를 조금 치고 끓기를 기다렸다. 한 모금 맛보고는 식사하기 시작했다.

박사가 다시 말을 꺼냈다.

"일단은 많이 해보는 게 좋겠구나. 과거든 미래든 많이 가보거라. 그렇게 하면 너만의 방법을 찾게 될 게다. 그리고 그들은 신경 쓰지 말거라."

"아버지도 저랑 같이 가요. 옆에서 알려주시면 되잖아요."

"나는 됐다. 여기가 좋구나."

이훈철이 냄비를 가리키며 말했다.

마음에 차지 않는 대답이지만 일단 얼굴을 보았으니 되었다.

이광호는 물러섰다.

"또 올게요."

"여기로 오너라. 나를 보려거든 말이다."

"네, 알겠어요."

그는 시간을 되돌렸다.

정작 대답은 듣지 못했다는 사실은 골목길에 도착한 그때 생각났다.

06.

시간을 되돌리는 것은 생각보다 쉬웠다. 다만 특정 시점으로 가는 것은 어려웠다. 어떠한 시점을 떠올리고 가려고 하면 도통 변화가 없었다. 해킹을 할 때보다 머리가 더욱 지끈거렸다. 어려운 능력이었다. 구호를 외치거나 어떠한 동작만 하면 가능하게 되었다면 얼마나 좋았을까.

그래도 수확은 있었다. 이광호는 드넓은 사막에 와있었다. 사막에 바람이 불어와 모래가 휘날리는 것을 눈으로 보고 있었다. 쇠퇴하기 전의 이

집트.

문명의 광활함에 그는 한동안 눈을 떼지 못했다.

이광호는 주먹을 불끈 쥐었다.

'이번엔 말이 통하는 곳으로 가보자.'

태어나기 직전, 어머니 뱃속에 있을 때를 떠올리고 그는 발을 내디뎠다. 다음 순간 이광호는 병원에 있었다.

산고의 고통 속에서 호흡을 안정시키고 있는 어머니가 있었다.

그의 아버지 이훈철은 어머니 윤정아 여사의 손을 소중하게 잡고 있었다. 아버지는 왜 그토록 사랑했던 어머니의 곁을 떠나야 했을까. 의문이 들었지만 이광호는 어머니 뱃속에서 머리를 세차게 흔들며 생각을 털어냈다.

"정아야, 옆에 계속 있을 테니까 안심해. 호흡 가다듬고, 다시."

이훈철 박사가 말하고 있었다.

외동아들로 쭉 살고 있으니 저 속에서 어머니를 괴롭히고 있는 것은 다름 아닌 자신일 테다. 출산 시기에 계속 머무르고 있으면 어머니가 힘들어질 것이다. 출산을 했는데 아기가 사라지는 사태가 벌어질지도 몰랐다.

이광호는 또다시 워프했다.

그런데 와본 적 없는 곳에 와있었다.

'미래로 가려고 했는데 말이지.'

방이라고 할 수도 없는 기형적인 공간이었다. 대충 네모난 모양을 하고 있지만 문이랄 것도 없었다. 완벽한 정사각형의 상자 안에 갇힌 느낌이다.

이광호는 벽면을 만져보았다. 분명 딱딱한 벽이어야 할 공간은 수증기로 막이 생긴 듯 시원한 느낌의 허공이었다. 바닥 또한 그러했다. 어떻게 밑으로 빨려 들어가지 않는 것인지 신기할 정도였다.

그는 자리에 앉아 이곳의 정체에 대해서 고민했다. 온통 까만 공간을 가득 채운 문자들. 빼곡하게 채워지는 숫자들.

'아무리 봐도……'

컴퓨터 속 세상이라고 하면 맞을 것 같았다. 아니 그것보다는 조금 더 익숙했다.

'그게 가능할까?'

그는 멋쩍게 웃었다. 바닥에 무릎을 꿇고 앉아 팔을 걷어올리고 손가락을 두드렸다. 빠르게 문자가 적혀지기 시작했다. 그는 줄곧 심심하던 수학자처럼 신이 나서 작업에 몰두했다. 땀이 흐르고 발이 저려도 자리에서 꼼짝하지 않고 작업을 계속해나갔다.

한참 작업에 몰두하던 이광호의 앞에 낯선 숫자들이 새겨졌다. 그는 들뜬 눈으로 눈앞을 보았다.

"예상했던 대로네."

처음 보는 수식이지만 그것이 향하는 곳은 한군데였다.

미지의 세계처럼 보였지만 이곳은 단지 시간이 멈춘 공간쯤이다. 수식들은 네모난 상자 바깥의 시간을 말하고 있었다. 과거에서 미래로 흘러가는 '시간의 바다'인 셈이다. 신이 있다면 아마도 신이 갖고 노는 장난감 정도인 것 같다.

그런데 별일이었다. 도대체 누가 자신을 이리로 안내했을지 아무리 생각해도 짚이는 바가 없었다.

이광호는 벽면을 향해 손을 내밀었다. 그리고 그대로 바깥으로 나갔다.

골목길 안. 시간의 변화는 없었다.

여전히 2시 30분. 그는 넉넉잡아 1시간 뒤로 시간을 돌렸다.

07.

이광호는 집 앞에서 낯선 이들과 조우했다. 어머니가 집을 비운 상황이었기에, 이광호는 낯선 이들 중에 한 명만 집안으로 들였다.

잠시 대화가 오고갔다.

대략 요약해보면, 그들은 아버지를 아는 이들이었다. 집안으로 들어온 여자는 자신을 '테일러 사라'라고 소개했다. 그녀는 아버지의 죽음을 목격하고 돌아오는 길이라 했다.

"아버지는 살아계셔요."

이야기를 듣던 도중 이광호가 말했다. 명쾌한 대답이었다.

사라의 표정이 당황스럽게 변했다. 그녀는 이광호의 말을 이해할 수가 없었다. 몇 번을 말하고 상황을 설명해도 그의 태도는 도무지 변하지 않았다. 아버지를 잃은 사실을 인정하지 않으려 한다는 것은 이해하겠지만 말이다. 그러나 그는 확신에 차있었고, 그런 그의 모습 때문에 소식을 전하고 있는 사라 자신마저도 이훈철 박사가 혹시 살아있지는 않을까하는 생각이 들었다.

"그래요, 박사님은 아직 죽지 않았다고 해두죠. 당신한테는 어차피 먼 미래의 일일 뿐이니까요."

사라가 말했다. 오직 한 명만 들어오라는 이광호의 말 때문에 김현식은 바깥에서 서성거리며 기다리고 있었다.

"박사님이 그렇게 되고 나서, 그대로 도망쳐 나왔어요. 죄송해요. 갑자기 공격을 받는 바람에 박사님을 모시고 나올 수가 없었어요."

사라는 이광호의 안색을 살폈다. 뭐라고 질책을 받더라도 다 감내할 생각이었다. 사라는 눈을 질끈 감았다.

"아니에요, 무사히 살아 나오셨으니 됐죠."

"네?"

"왜요? 무슨 문제가 있나요?"

이광호가 사라를 응시했다. 이광호의 표정은 처음 보았던 그대로였다. 전혀 감정의 요동 없이 평온하기만 하다.

"원망하지 않으시는 건가요?"

사라가 조심스럽게 말했다.

"아니요, 탁월한 선택이었어요. 마침 저도 준비가 되었으니 이제 아버지를 구하러 갈 차례겠네요."

이광호가 자리를 박차고 일어섰다. 그는 사라가 머물러 있는 거실에서 빠져나가 커다란 짐가방을 갖고 돌아왔다. 5분도 채 안 되어서였다. 짐을 미리 싸놓은 그의 모습은 마치 이러한 일이 발생할 줄 알고 있었다는 것 같았다.

"광호 씨, 대체 무슨 생각이에요? 아버지를 구하러 가겠다니요."

사라가 난색을 표하며 말했다.

그녀는 단지 이훈철 박사의 사망소식을 그의 아들에게 전하러 왔을 뿐이다. 그 후에 미래로 다시 돌아가 사태를 막아보는 것은 사라와 현식의 일이었다. 그의 아들을 굳이 전쟁터로 끌고 들어갈 생각은 없었다.

만일 미래가 최악의 상황이라면, 지금 이곳에 머물면서 어떻게 해서든 해결방안을 모색하거나, 포기하고 과거에서 살아갈 생각이었다. 그런데 무기다루는 것도 모를 게 분명한 그가 자진해서 전쟁터로 나가겠다고 말한다.

사라는 박사에게 아들이 있었다는 사실을 바로 몇 시간 전에 알았다. 이훈철 박사는 고개를 떨어뜨리기 직전 유언처럼 이야기했다. 그의 마지막 바람일 거라는 생각에 이훈철 박사의 타임머신을 타고 과거로 날아온 것이다.

"밖에 있던 저 남자분도 아버지와 함께 일하시던 분인가요?"

"김현식이에요. 이훈철 박사님을 경호하는 일을 하셨죠."

"싸움 잘해요?"

"잘하지만 신중한 성격은 못 돼요."

"그렇군요."

"이제 어쩌실 생각이죠?"

사라가 말했다.

이훈철 박사는 그녀에게도 소중한 사람이었다. 친아들인 그에게는 미안한 말이지만, 박사에게 자식이 없다고 생각했다. 그래서 자식 대신 그의 곁에 머물렀다. 그는 아버지 같은 사람이었고 존경받아 마땅한 의인이었다. 그를 존경하며 동시에 흠모했다. 미묘한 감정에 흔들렸던 날들을 손에 다 꼽을 수가 없을 정도다.

그의 아들이 이렇게 자신만만한 데는 이유가 있을 터, 어쩌면 진짜 그를 살릴 수 있을지도 모른다.

"찾아가봐야 할 데가 있어요."

"지원군이 있나요? 하지만 상대는 로봇이에요. 뒤에 배후가 있을지도 몰라요. 세부상황은 저희도 모르는 상태예요. 어떻게 그들을 상대할 수 있다는 말이죠?"

"다 방법이 있어요."

이광호는 큼지막한 가방을 등에 짊어지고 현관문을 나섰다. 정원 바깥, 담벼락 뒤로 김현식이 기다리고 있었다.

"이봐요, 아저씨. 차는 있어요?"

"우린 좀 전에 도착했을 뿐이야."

"차도 없어요?"

"일단은 못 가져왔다고 해두지."

"없다고는 죽어도 말 안 하시네. 알겠어요, 내 차 끌고 가면 되죠. 근데 저건 어떻게 하실 거예요?"

이광호는 정원 중앙에 있는 구 모양의 타임머신 기계를 가리켰다. 사라가 정원을 가로질러 나왔다.

"일단은 놓고 가야겠군요."

김현식이 말했다.

"엄청 수상해보일 거예요."

이광호가 말했다.

그러더니 그는 자동차 열쇠를 꺼내 김현식에게 던졌다.

"바로 앞에 주차된 차예요. 거기 버튼 누르면 알 거예요. 운전은 할 줄 알죠?"

"내가 이래 보여도 경호원이었다. 운전은 필수라고."

김현식이 말했다.

그가 차를 움직이는 사이, 이광호는 주택 창고에서 검은 천막을 가져왔다.

"이렇게 덮어두면 건드리는 사람은 없을 거예요. 이제 가시죠."

"어디로 갈 생각인가요?"

사라가 뒤를 따르며 말했다.

"그건 비밀이에요. 그런데 사라 씨는 우리 아버지에 대해서 얼마나 알고 계셔요? 비밀이나 그런 것도 공유하는 사인가요?"

"훌륭한 분이셨어요."

"아, 모른다는 얘기구나. 그럼 좀 오래 걸릴 텐데……"

이광호는 발길을 돌려 운전석 문 앞으로 향했다. 그가 창문 옆에 버티고 서자 김현식이 밖을 내다봤다.

"뭐해요? 내리세요. 제가 운전할게요."

자리를 바꿔앉고 운전대를 잡은 이광호가 둘을 바라보았다.

"멀미 심하시진 않죠? 꽉 잡으세요."

이광호가 말했다.

그의 말뜻을 완전히 파악한 것은 정확히 1분 정도 지난 뒤였다. 운전 스타일이 거친 듯 부드러웠다. 다른 차들 사이를 요리조리 잘 피해다니며, 그가 핸들을 꺾을 때마다 차가 곡예를 부리듯 움직였다. 사고가 나지 않는 것은 용하지만 뭐가 그리 급한지 전속력으로 속도를 내고 있었다.

사라는 손잡이를 생명줄처럼 부여잡고 김현식을 쳐다봤다. 김현식도 똑같은 처지였다.

이광호.

이름 석 자에 담긴 한자 뜻이 연상됐다. 그는 묘하게 웃고 있는 얼굴로 곡예질주를 펼치고 있었다.

말 그대로 미친 호랑이.

어쩌면 저 곱상한 얼굴 이면에 엄청난 야성을 지니고 있는 것이 아닐까.

차가 멈추자마자 사라는 창문을 끝까지 내렸다.

"이 자식아, 운전을 그렇게 해서 살겠냐?"

김현식이 인상을 쓰며 차에서 내렸다. 그는 가쁜 숨을 토해냈다.

"두 분 다 생각보다 멀미가 심하시네요. 경호원이면 이런 상황이 많이 있을 것 같은데."

"그건 영화 속에서나 그렇고!"

사라는 말할 기운도 없이 등받이에 몸을 맡겼다.

"이제 기다리죠."

이광호가 말했다.

"누구를 말이냐?"

김현식이 멍하게 주변을 둘러봤다. 아무리 봐도 인기척이라곤 없었다.

"차에 타계세요. 저만 나가 있으면 돼요."

이광호가 차문을 열고 밖으로 나왔다.

처음 괴한들을 마주친 공원길의 모퉁이. 아마도 그들이 나타날 게 분명했다.

08.

이광호가 공원 귀퉁이에 서서 하염없이 시간을 보낸 지 1시간 정도 넘어섰을 무렵이었다. 강두호가 부하들과 함께 공원에 도착했다. 부하 중 한 명이 펼친 은신술 속에 숨어서 이광호를 멀찍이 지켜보던 강두호가 무겁게 말을 꺼냈다.

"아무래도 우릴 기다리는 것 같지?"

"그런 것 같습니다. 총수님."

가끔씩 두리번거리는 것도 그렇고, 대놓고 인기척을 내며 누굴 찾는 모습도 그렇고 이광호는 누군가를 기다리는 모습이었다.

"우리가 감시하고 있다는 걸 어떻게 알고?"

"모르겠습니다, 총수님."

"혼자는 아닌 것 같은데. 우리의 정체를 알고 있을 확률은 얼마나 되는 것 같나?"

"일반인 중에서 우리의 존재를 아는 사람은 없다고 생각됩니다. 하지만 이훈철 박사가 미리 말해뒀을 가능성도 있습니다."

"그렇지, 그가 있었지. 하지만 죽었다고 들었는데 정보가 틀렸다는 건가?"

강두호가 말했다.

일찍이 부하로부터 전언이 있었다. 그의 말에 따르면 박사는 자신이 만든 발명품에 의해 처참한 최후를 맞이하고 말았다. 그렇게 쉽게 죽었다는 말을 믿는 것은 아니지만, 정보가 완전히 틀렸을 수도 없는 노릇. 결국, 오리무중이었다.

총수는 입술을 깨물었다.

정말이지 답답하기 그지없었다. 바로 앞에서 나 데려가라 시위를 벌이는데도, 섣불리 움직일 수가 없었다. 어쩌면 덫인 줄도 모르는 저곳으로 자진해서 뛰어들 순 없는 노릇 아닌가. 게다가 이광호는 이상한 여유까지 부리고 있었다.

총수인 강두호가 직접 움직이게 된 연유도 이 뜻밖의 상황에 있었다. 이광호가 혼자 남았을 때 긴밀히 그를 납치해 와서, 박사의 안위를 물을 작정이었다. 그런 뒤에 원하는 대답을 듣고 나면, 볼모로 잡거나 처치하면 되었다. 평범한 대학생을 납치하는 것 따위 식은 죽 먹기나 다름없으니 속전속결로 진행하면 될 참이었다.

"제길!"

강두호가 이를 갈며 말했다.

어린애에게 너무 겁을 집어먹은 것 같지만, 상대는 시간능력자를 뒤에 두고 있었다. 죽었는지 살았는지 모를 그가 나타난다면 상황은 역전될 것이다.

"도대체……"

허무맹랑한 그림이었다. 차 한 대가 멈추어있고, 그 앞에 가만히 서서 공원 쪽을 응시하는 이광호가 있었다. 그게 다였다. 찝찝한 원인을 꼽자면 그가 바라보는 장소였다. 그의 시선은 정확히 강두호와 부하들이 숨은 위치를 향하고 있었다. 아예 밤을 지새울 작정인지 간간이 담배까지 피고 있으니 기가 막힐 노릇이다.

10여 분 정도 더 시간이 지나자 강두호는 답답해 미칠 지경이었다. 결국 그는 항복하는 수밖에 없었다.

"안 되겠어. 내가 직접 가보도록 하지."

부하들이 미처 말릴 틈도 없이 그는 은신술 바깥으로 나가 공원 쪽으로 걸어갔다. 동시에 이쪽을 바라보던 이광호의 입가에 미소가 걸렸다.

"거기 숨어계셨군요. 한참을 기다렸어요."

이광호가 두 팔을 기지개켜듯 뻗었다.

찌뿌둥한 몸을 한참이나 풀어대던 이광호에게 강두호는 앞으로 향했다.

"나를 알고 있나?"

"아저씨도 저를 알고 있구요."

"그럼 이야기가 빠르겠군."

강두호는 정차된 차를 응시했다. 여자와 남자가 열린 창밖으로 바깥을 내다보고 있었다.

"일행인가?"

"아는 사람들이에요. 아버지의 동료라고 들었구요."

"동료?"

강두호의 시선이 다시 그들에게 향했다. 그는 고개를 내저었다.

"동료라기엔 너무 평범해 보이는데. 네 아버지는 저런 동료들과 함께했나? 하긴 박사 노릇을 했다고 알고 있으니 말이야."

"묻고 싶은 게 있어서 기다렸어요. 부탁드릴 것도 있구요."

"뭐지?"

강두호가 이광호를 내심 훑어보며 말했다. 청바지에 하얀 티셔츠 차림의 그는 평범한 대학생의 모습인데도 어딘지 눈에 띄는 구석이 있었다.

"당신은 어떤 일을 하시죠?"

이광호가 물었다.

"그럴싸한 대답은 잘 떠오르지 않아, 미안하네. 일단은 사업가라고 해둘까. 더 자세하게는 대답하지 않아도 괜찮겠지? 나도 그럼 질문을 하나 해도 될까, 자네 아버지는 살아있는 게 맞는가?"

"반은 맞고 반은 틀리죠."

강두호가 공원 안쪽을 응시했다. 아무도 없던 그곳에 사내 한 명이 나타났다.

"역시 제 생각이 맞군요."

이광호가 강두호의 부하를 보며 말했다. 그의 눈빛이 조금 더 정중하게 강두호를 바라보았다.

"한 가지 부탁을 해도 되겠습니까."

"말해보게."

"저를 도와주십시오. 아버지를 살려야 합니다."

강두호가 웃었다.

호기 있는 부탁이지만 어불성설이다. 살아있는 것도 죽은 것도 아니라더니, 이제 와서 그를 살려야 한다는 말은 결국 '죽을 위기에 처했다'와 매한가지였다. 그렇다면 굽히고 나와야 할 것은 이훈철의 아들, 이광호였다.

"내가 얻게 되는 건 뭔가?"

강두호가 말했다.

"무엇을 바라시죠?"

"오호, 뭐든 들어줄 수 있다는 말인가?"

강두호가 말했다.

사실 그의 모습에서 진실하지 못한 구석은 찾아보기 어려웠다. 무슨 조건을 내걸던 들어주겠다는 듯 결연했고 자세 또한 올곧았다. 그런 자가 신뢰를 저버리는 행위는 하지 않을 것이다.

문제는 그의 능력 여하에 있다.

"자네가 나와 손을 잡겠다면 생각해보겠네."

강두호가 농담처럼 말했다.

그가 알겠다고 할 리도 없고, 기대도 하지 않은 빈말이었다.

그런데 이광호는 순순히 고개를 끄덕이고 있었다.

"알겠습니다."

"손을 잡겠다는 말인가?"

강두호가 물었다. 어안이 벙벙했다.

"그게 조건이라면 그렇게 하겠습니다. 하지만 같이 일하게 될 시의 보수만 약속해 주시죠."

"그, 그래… 알겠네."

강두호가 마른 침을 꿀꺽 삼켰다.

경황이 없어 그의 머리가 제대로 돌아가지 못하고 있었다. 손을 잡겠다는 말이 뜻하는 바도, 그가 제시한 보수에 대한 약속도, 제대로 생각해볼 여유가 없었다.

그저 박사의 아들을 인질이나 볼모가 아닌 동료로 맞이했다는 사실만 확실해지고 있었다. 정체도 밝히지 않았는데 이미 모든 걸 엑스레이처럼 투시당한 느낌에 그는 옴짝달싹 할 수가 없었다.

"보수는 약속하지! 우리 편이 되어 준다면 내가 자네의 업무에 합당한 금액을 매달 지불하겠네."

강두호가 뒤늦게 말했다.

아들을 자기편으로 만들어 이훈철 박사까지 덤으로 얻게 된다면 천운이었다.

"차에는 두 명만 있는 건가?"

강두호가 말했다.

그의 손가락에 차키가 끼워졌다. 강두호는 천연덕스럽게 자동차 열쇠를 넘겨주는 이광호를 응시했다.

"직접 운전하십시오."

이광호는 이 말만 남겨두고 뒷좌석에 올라탔다.

마냥 서 있을 수도 없을 노릇. 강두호는 부하를 뒤로 물리고 운전석에 몸을 실었다.

차를 몰고 향한 곳은 도심 외곽의 큰 호텔이었다.

건물의 크기와 외관으로 보건대, 7성급 호텔을 연상시키는 호화로운 건물이었다. 상당부분을 디자인과 멋에 올인했음에도 실속은 다 갖춘 그런 건물.

강두호는 차 열쇠를 직원에게 건네고 일행을 안내했다.

1층 로비에 들어서자 강두호가 사라와 김현식을 바라보았다.

"3층으로 가있으시게. 나는 이광호 군과 긴히 나눌 말이 있으니. 우리 직원이 안내해줄 걸세."

그들에게 직원을 붙여주고 강두호는 5층으로 향했다.

"돈이 많으시군요."

층수가 바뀌는 것을 보며 이광호가 말했다.

"이 정도로 놀라기엔 이르네. 나는 자네를 호텔직원 정도로 채용한 게 아니니까."

강두호가 말했다.

엘리베이터가 멈추고 강두호는 이광호를 중앙접대실로 안내했다. 호텔 내부 오른 편의 테라스를 지나, 투명한 유리문이 인상적인 방이었다. 테라스 뒤편의 만개한 꽃봉오리들을 바라보며 이광호가 그를 뒤따랐다.

접대실 문을 열고 들어가자 초등학교 운동장보다 조금 작은 홀이 드러났다. 의연하던 이광호가 떡 벌어진 입을 다물지 못했다.

"세상에, 이만한 돈이면 평생 여행만 다닐 수도 있겠는데요?"

이광호가 감탄하듯 말했다.

전체적으로 아늑한 분위기의 조명과 높은 천장에 매달린 크리스탈 샹들리에가 인상적이었다. 황금빛과 아이보리색이 반반씩 섞인 가구들이 분위기를 더해주고 있었다. 마치 졸부들의 생일파티 현장으로 안성맞춤인 장소 같았다.

쓸쓸한 마음을 숨기는 이광호에게 강두호가 말했다.

"여기 앉아있게."

황금을 수놓은 소파에 이광호를 앉히고, 강두호는 창가로 다가갔다. 어울리지 않게 작은 창문이었다.

그가 창문을 열고 휘파람을 불자 하얀 새 한 마리가 날아와 방안을 휘저었다. 새는 곧 사람의 모습으로 변해 이광호의 맞은 편 소파에 자연스럽게 앉았다.

사람인지 새인지 모를 남자는 많이 익숙한 모습이었다.

"농담이죠?"

이광호가 강두호를 보며 말했다.

"새가 사람으로 변하다니, 이건……."

강두호가 창문을 닫고 다가왔다.

"간단한 초능력이네. 변신능력은 쉽게 접해보지 못했겠지. 인사들 하게나."

"영감, 이 자식이야? 생각보다 평범하게 생긴 외관인데 그래? 그런데 능력은 있어? 초능력은 유전이 잘 안 되는 걸로 아는데. 아무튼 능력이 없으면 발로 뛰든가! 신체능력이라도 좋아야 편할 거야. 거의 그런 일들 밖에 없거든."

사람으로 변한 남자가 수다스럽게 말했다.

이광호는 겨우 진정된 모습으로 말을 꺼냈다.

"저희 아버지도 초능력을 갖고 계셨죠. 다 알고 계신 것 같으니 말할게요."

"물론 알고 있네. 그래서 자네를 감시하던 거야. 근데 용서해줘야겠어. 단순히 이훈철 그 남자가 진짜로 죽었는지 사실을 확인하고 싶어서 그랬을 뿐이니까. 해코지를 한다거나 할 생각은 없었네."

강두호가 말했다.

이광호는 시선을 돌렸다. 그리고 변신한 남자를 향해 손을 내밀었다.

"이광호입니다."

"나는 유달수, 서른다섯. 너보다 형이니 깍듯하게 대하도록. 이상!"

통성명을 마친 이광호 앞에 하얀 종이가 놓였다.

3장 분량의 서류였다. 어떤 글들이 쭉 명시되어 있고, 그 밑에 서명란이 있었다.

"간단한 입사계약서야. 나도 받았어. 거기다가 그냥 사인만 하면 돼. 그리고 나도 들어왔을 때 썼으니까 찝찝해할 건 없어. 그런데 진짜 초능력이 없어? 그 이훈철 박사의 아들인데?"

유달수가 말했다.

눈을 빛내는 그의 얼굴을 밀어내며 이광호는 계약서를 집중해 읽었다. 하나라도 빼놓지 않겠다는 모습이었다.

"영감, 어때? 쟤 초능력은 없어?"

"아직은 모르네. 확인하지 않았어."

"아직 모른다고? 그를 닮았다면 혹시 시간능력자일 수도 있잖아. 여기로 오는 거 보고나서 정말 깜짝 놀랐다고. 그의 아들을 포섭하다니… 역시 총수야!"

유달수가 엄지를 척하니 내보였다.

사인을 마친 이광호가 자리에서 일어났다. 그는 계약서를 손으로 흔들었다.

"직원혜택이 꽤 되네요. 마음에 들어요. 노후보장도 웬만한 대기업보다 괜찮은 것 같구요."

"일단은 말단직원이야. 열심히 하게나."

강두호가 말했다.

"직원들은 모두 초능력자인가요?"

"직원이 몇 명인 줄 아는가? 한국 내 부하직원이 15만 명이 넘어. 그들 모두가 초능력자라면 도대체 한국이 어떻게 되었겠나. 일찍부터 강대국이 됐어야지. 아무튼 외국인 직원까지 합하면 모두 20만이라네."

"그렇군요. 잘 알겠습니다."

이광호가 말했다.

군더더기 없이 깔끔히 정리를 마쳤다는 뉘앙스였다. 강두호는 맥이 딱 풀려버렸다. 애써서 일행들과 떨어뜨려 긴밀한 자리를 마련한 데에는 그만큼 은밀한 이야기를 나누고 싶은 이유가 있었다.

친목도모를 핑계 삼아, 그에게 정말로 초능력이 존재하지 않는지에 대한 사실여부도 여기서 확인할 참이었다.

"뭔가 더 할 말은 없는가? 요구사항이라도 된다네. 아까 이야기했던 부탁에 대해서 자세히 들어보지. 아버지를 구하는 거라고 기억하네만."

강두호가 말했다.

그러자 역시나 이광호는 미끼를 물었다.

"그렇습니다. 아버지를 구하기 위해서 도움이 필요하다고 판단했습니다."

"하하, 우리가 어떤 자들인 줄 알고 그런 판단을 내렸는가?"

"초능력자라면 평범한 사람보다는 훨씬 도움이 되겠죠."

"물론 그렇지. 하지만 내가 하는 말은 그게 아니야. 우리말을 듣기 이전에 어떻게 우리에게 도움을 받을 거라고 기대하고 기다렸냐는 말이네. 우리가 만약 이상한 사람이거나, 마음을 바꿔 먹는다면 자네가 위험해지는 게 아닌가?"

강두호가 말했다.

그는 진열장에서 레드와인을 하나 꺼내왔다. 와인 잔에 붉은 루비색 와인이 채워져서 이광호에게 건네졌다.

"분위기를 전환하는 덴 술이 한몫하죠, 감사합니다."

이광호가 와인을 한 모금 입에 머금었다.

"그런데 우선은 둘이서만 이야기 하고 싶습니다."

"단 둘이 할 이야기라고?"

강두호가 유달수를 쳐다보며 말했다.

유달수는 다시 새로 변해서 창가 앞에 앉았다. 강두호가 창문을 열어주고 돌아왔다.

"이제 이야기 해보게. 박사가 죽을 위기에 처해있다는 것이 무슨 말인가? 그가 죽었다고 부하에게 전해들은 말이 거짓이었나?"

"역시 당신은 저희 아버지도 감시하고 계셨군요."

"나쁜 뜻은 없었네."

"타임머신이 있나요?"

"그래, 우리에겐 타임머신이 있네. 자유롭게 움직일 수 있지."

"미래는 어떤 상황인가요?"

"그게…… 지금은 나도 잘 모르네. 통신이 일방적으로 끊겼다고 봐야겠지."

강두호가 말했다. 못내 찜찜한 구석이었다.

"이야기하기 전에 먼저 당부드릴 것이 있어요. 일이 처리될 때까지 저희 어머님을 보호해주세요. 그리고 아버지를 구하는데 필요한 인원을 충당해주시구요. 학교는 휴학신청을 낼 거니까 괜찮을 것 같네요. 이 두 가지만 약속해주세요. 그러면 그 후의 시간 동안은 당신 밑에서 개처럼 일해주죠."

이광호가 말했다.

"하하하, 화끈해서 좋아. 이훈철 그자에게는 없는 덕목이지. 알겠네! 그렇게 하지. 어서 이야기나 해보세."

강두호가 말했다. 그의 눈이 호기심으로 반짝였다. 직원에게 개인적인 호기심을 갖는 것 이상으로 그는 들뜨고 있었다.

"우선은 아버지를 공격한 존재예요. 로봇이라고 들었죠."

"그건 이미 알고 있네. 그 말을 전해 듣고 나서 연락이 끊긴 거였으니. 그래, 로봇들을 어떻게 상대할 텐가? 알다시피 내 부하직원 중에는 쓸 만한 인원이 차고 넘치네. 하지만 모두 다 그곳으로 몰아넣을 수는 없어. 나도 먹고는 살아야 하니까."

"최대한 안전하고 신속하게 진행할 겁니다. 로봇은 강력한 열에 약하다고 들었어요. 상대할 만한 인원이 있나요?"

"그건 걱정 말게. 내 취미가 초능력자들을 모으는 거라네."

강두호가 말했다.

이광호에겐 배치할 인원들이 대략적으로 눈에 그려졌다. 그래, 그들이라면 괜찮을 것 같았다.

"문제는 다른 데에 있어요. 우리가 상대해야 할 적은 로봇뿐만이 아닌 것 같아요."

"걱정할 것 없네. 그 누구라도 상대가 가능할 터이니."

"믿음직하군요."

이광호가 멈칫하며 창밖을 내다봤다. 바람에 나뭇가지가 흔들거리고 있었다.

"우선은 이 정도로 이야기해두죠. 제가 몸을 단련할만한 장소가 있나요? 아주 커야 합니다. 그리고 방음이 잘 되어야 해요. 비밀스럽고 외부와 차단된 공간이어야 합니다."

강두호는 잠시 생각했다. 직원들의 트레이닝을 위해서 마련한 곳까지 모두 합하면 10군데였다. 그러나 외부와 차단된다는 점을 고려하면 역시 서너 군데 정도로 생각되었다.

"알겠네, 그런 곳으로 안내를 해주지. 이제 자네가 말해야 할 차례네. 혹시 나에게 숨기는 것이 있는가?"

"작전이 완료되면 말해드리겠습니다."

"그래, 기다리도록 하지."

강두호가 만족스럽게 웃으며 말했다.

"그럼 가보겠습니다. 저는 어디에 묵으면 됩니까."

"어디에 묵다니? 여기에 투숙할 생각인가?"

"미래에는 타임머신이 있다고 들었습니다. 혹시 위험할지도 모르는 상황에서 섣불리 자취방으로 돌아갈 순 없습니다. 어머니에게는 경호를 붙여주십시오. 물론 강한 초능력을 지닌 자였으면 좋겠습니다."

이광호가 말했다.

로봇의 배후가 있다면 그의 말대로 위험할 것이었다. 혹시라도 자객이 붙었다면 이제 막 직원이 된 그를 사지로 몰아넣을 수 없었다. 박사로 알려진 그의 아들을 굳이 죽이러 올지는 미지수지만 말이다. 어쨌거나 조심해서 나쁠 것이 없었다.

강두호가 둔중한 몸을 일으켜 세웠다.

"2층으로 안내해주겠네."

09.

"정말 살릴 수 있을까?"

사라가 말했다.

김현식은 침대에 걸터앉아 총을 손질하고 있었다.

"만약에 가능하다면 해봐야겠지."

"하지만 무슨 수로?"

"어떻게든 될 거야."

"박사님은 분명히 숨을 거두셨어."

"하지만 박사님이 화장되는 모습을 눈으로 본 건 아니지."

"그래도 지금쯤이면 처리를 했을 텐데."

"타임머신 잊었어?"

간단명료한 답변. 어쩌면 불안함 없이 저리 냉정할 수 있을까.

"침착한 것도 병이야, 현식."

사라는 답답함을 누르지 못하고 화장실로 향했다. 세면대에 손을 짚고 서서 거울을 보았다. 씻지 못한 얼굴이 비쳐졌다. 그녀는 물을 틀어서 얼굴 가득 적시고 다시 고개를 들었다.

"박사님은……."

김현식의 목소리가 화장실 밖에서 들려왔다.

"한 번도 자식이 있다고 우리에게 말하지 않았어. 그러다가 처음 말해준 거라고. 피치 못할 사정으로 숨겼지만 털어놔야겠다고 생각해서 말했던 걸 거야."

"하고 싶은 말이 뭐야?"

"어쩌면 박사님은 이렇게 되길 바랐을지도 몰라……"

"아들을 끌어들이겠다고 생각하셨을 거라고?"

사라가 코웃음 쳤다.

사라가 아는 한에서 박사는 그럴 만한 사람이 아니었다. 아들을 팔아 본인의 안위를 담보하려는 비겁한 자들과는 분명 달랐다.

그런 그가 살기 위해서 아들을 전쟁터로 끌어들이려 했다니.

"나는 그렇게 믿지 않아. 그럴 이유가 없잖아."

사라가 말했다.

"내가 자식은 없지만 말이야…… 만약에 있다면 죽기 직전에 얼굴이라도 한번 보는 게 소원일 거야. 뭐가 됐든 일단 진정해, 사라."

김현식이 다가와 말했다.

맞는 말이다. 하지만 마냥 기다릴 수는 없는 노릇이다. 왠지 느낌이 불안했다.

10.

처음 초능력자들을 하나로 묶자고 제안한 이는 유달수였다.

조직폭력배들의 세력다툼 때문에 국내가 전체적으로 몸살을 겪는 시기였다. 한 달에도 수십 번씩 상권이 뒤바뀌고, 조폭과 그를 소탕하려는 형사들의 싸움으로 번져 있던 시기. 국가는 '조직폭력배 소탕작전'을 대대적으로 선포하기에 이른다.

강두호는 그때 유달수를 처음 만났다.

한창 사업의 확장을 위해 재개발 중인 현장근처에서, 강두호는 건너편 건물을 바라보고 있었다.

"제길, 조폭들이란 싸움을 천직으로 여기는 놈들 같군."

건물 밑으로 시비가 붙은 조직 간의 말다툼이 한창이었다. 덕분에 재개발에 제동이 걸려있었고 이 때문에 착잡한 심정이었다.

"저들이 몽땅 통합된다면 불필요한 싸움은 없을 텐데."

강두호가 중얼거렸다.

그러나 과유불급이란 말이 있다. 세력 간에 통합이 이루어진다면 혼란은 고스란히 시민들의 몫이 된다. 사냥개들이란 본래 사냥을 삶의 목표로 하는 족속. 그들에게 적이 없어진다면 다음 목표물은 불 보듯 뻔했다. 갈 길을 잃은 조직폭력배들이 시민들에게 이빨을 드러낼 것이다.

비대해진 조폭과 경찰 사이에서 누구 편에 붙을지도 고민해야 된다.

사업을 하려면 어쩔 수 없이 뒤를 봐주는 사람이 필요한 법. 정치인과 조폭이 불가분의 관계인 것처럼 강두호도 선택을 해야 할 상황에 처하게 되었다. 그리고 굳이 조폭들의 대통합이 이루어지지 않더라도 선택지는 여전했다. 마음에 차지 않더라도.

경찰들은 너무도 고지식했다. 결국에는 뒤를 봐주는 강력한 폭력조직이 필요했는데, 문제는 그들의 세계가 너무나도 빨리 뒤집히는 판도에 올라 있다는 점이었다.

"힘만 있다면 저들의 도움 따위는 필요없을 텐데."

그때 운명처럼 나타난 것이 하얀 공작새였다.

공작새가 날아와서 말을 걸었다.

유달수는 보호받을 권력집단이 필요했고, 강두호는 그의 힘을 원했다.

아직은 치기 가득하던 20대의 끝자락 봄이었다. 당시 유달수는 열다섯 살의 소년이었다.

"영감, 그래서 몇 명을 보낼 건데?"

유달수가 말했다.

벽난로의 타오르는 불꽃을 보다가 강두호는 맥없이 기침을 내뱉었다.

"세나랑 철민이를 보내면 되겠지. 이미 점 찍어두고 있었으니."

강두호는 이불 끝을 잡아 조금 더 단단하게 몸을 여몄다.

"두 명만 보내려고? 위험하다고 들었는데 괜찮겠어?"

벽난로 앞에 쭈그려서 강두호가 낮게 웃었다.

웃음소리는 기침에 묻혀 사라졌다.

"영감은 또 왜 이 꼴이 된 거야. 하는 일도 별로 없으면서."

질책이 이어졌다.

강두호는 처량 맞게 두 손을 꺼내어 불꽃에 몸을 녹였다.

"알 거 없다."

그러더니 그는 고집스럽게 이불 속으로 손을 집어넣었다.

그에게도 말 못할 사정은 있었다. 만약 말을 꺼낸다면 바로 정신병원에 수감될 정도로 말도 안 되는 것이었다. 어디다가 털어놓지도 못하고 혼자서 끙끙 앓았다. 그로 인해 심한 몸살감기에 걸렸다. 이해의 범주를 넘어선 문제이기에 감내하다가 앓게 된 몸살감기는 그를 지금 걸어다니는 감기바이러스 보균자로 만들어놓았다.

"그럼 지금 이광호는 어쩌고 있어?"

"망할 훈련을 하고 있겠지."

강두호가 몸을 떨며 휴지를 집었다. 그가 휴지를 뜯어 코를 몇 차례 푸는 것을 지켜보다가 유달수가 말을 꺼냈다.

"어제 보낸 거지?"

"그래, 어제 보낸 거야. 바로 어제 보냈다고. 그 자식을!"

강두호는 히죽대기 시작했다. 코를 계속 훔치면서도 틈틈이 기괴한 미소를 지었다. 울상을 짓는 건지 웃는 건지 모를 미소다.

유달수는 뒤로 물러섰다.

"아무튼 간에, 오늘 보러가야 하지 않겠어? 이 상태로 갈 수 있으려나 몰라."

"이광호, 이게 다 그 깜찍한 자식 때문이야."

대뜸 강두호가 말했다. 병 때문에 평소에 야심 가득한 분위기도 온데간데없이 사라지고 없었다.

"뭐가 그 자식 때문이야?"

"내가 감기에 걸린 것. 내 스트레스의 원인은 모조리 그 녀석에게 있어."

"이광호가 어쨌는데?"

유달수가 의문을 내비치며 말했다.

'그토록 골치가 아프다면 내치면 되는 것이 아닌가?'

유달수는 생각했다.

강두호는 끙끙거리면서도 그를 버릴 생각이 없어보였다.

"너는 머리 안 아프냐?"

강두호가 다시 코를 훔치며 말했다.

"머리가 왜 아파?"

그의 명쾌한 대답에 강두호는 벽난로 앞에서 일어났다. 침대로 가려는 것 같았다. 움직일 힘도 없다는 듯 거북이처럼 느린 움직임이었다.

침대에 누워서 강두호는 몸을 웅크렸다.

"정말 안 가볼 거야? 세나랑 철민이 소개시켜 줘야하잖아. 하긴… 그

몸으로는 어려우려나?"

유달수가 말했다.

"그런데…… 오늘이 며칠이지?"

강두호가 이불 밖으로 얼굴을 내밀며 물었다.

"10월 16일이잖아. 영감, 치매라도 온 거야?"

"그래, 또 그 망할 16일이야. 내일이 온다면 나을지도 모르겠는데."

강두호가 병적으로 구시렁거렸다.

눈에 불을 켜며 누구를 원망하는 것 같으면서도 동시에 좋아하고 있었다. 문득 유달수는 그가 미친 것이 아닌가 걱정되었다.

"총수님이 건재해야 우리가 사는 거야, 알았어? 내가 다녀올게. 내가 대신 소개시켜주고 와도 되는 거지?"

유달수가 말했다.

그러자 강두호가 자지러지게 웃었다.

"진짜 걱정되는데. 괜찮은 거야? 뭐가 그렇게 웃겨?"

유달수가 걱정하며 물었다.

"아니, 걱정할 것 없어. 그래, 그게 좋겠어. 네가 나대신 갔다 와라. 가서 오세나랑 철민이 그 자식을 소개시켜주고 오면 되겠구나."

유달수는 말없이 고개를 저었다.

"나대신 다녀오라고. 그럼 내가 왜 이러는지 이해할 수 있을 거다."

강두호가 킬킬대며 말했다.

"알았어. 그럼 다녀올 테니까 푹 쉬고 있어."

유달수는 걱정하는 마음을 뒤로한 채 창문을 열고 새하얀 공작새로 변해서 날아갔다. 그가 강두호의 마음을 이해한 것은 그로부터 약 2시간 정도 흐른 뒤였다.

11.

"머리가 아파."

"어쩐지 어지러운데."

오세나와 박철민은 편두통에 시달리고 있었다. 이훈철 박사의 아들이 이번에 멤버로 들어왔다고 해서 그를 보러가는 참이었다. 강두호가 이훈철을 영입하기 위해서 그동안 노력했던 과거를 아는 그들에게, 이번 소식은 충격과도 같았다.

유달수에게 듣고 나서 그 길로 곧장 차를 타고 가는 길이었다.

그런데 도착하기 30분 전부터 원인모를 두통에 시달렸다. 두통은 목적지로 향하면서 더욱 심해졌고 결국은 입을 열 때마다 말소리가 메아리처럼 울리는 지경까지 이르게 되었다. 게다가 소식을 전하러 온 유달수 팀장도 마찬가지로 어쩐지 건강이 좋지 않아 보였다.

"기사아저씨, 조금만 천천히 부드럽게 가주세요."

오세나가 축 처진 공작새를 품에 안으며 말했다.

"세나야, 그것 때문이 아닌 것 같은데."

"머리가 너무 아파. 그렇다고 안 보러 갈 수도 없잖아. 어쨌든 팀원이 되었고 앞으로도 계속 볼 사람이야. 시간능력자의 아들이기도 하고. 궁금하고 너무 궁금해. 그래서 오늘 꼭 가야겠어. 멀미가 확실한 것 같으니까 느리게라도 가자."

"글쎄, 차멀미가 아닌 것 같다니까?"

그때 공작새가 힘없이 움직였다. 한쪽 날개를 파득거리며 그가 말했다.

"오늘 날짜가?"

"10월 16일이요."

오세나가 대답했다.

"염병할!"

공작새는 오세나의 품으로 더욱 파고들었다. 그도 멀미를 느끼는 것 같다고 오세나는 생각했다.

"이대로 가면 10분 안에는 도착입니다. 정말 천천히 갈까요?"

룸미러를 보며 기사가 말했다.

"아니요, 그냥 빨리 가주세요."

박철민이 대답했다.

오랜 여정을 마치고 도착한 곳은 SPC 산하의 한 연구소였다.

연구소 앞에 내려서 그들은 지하훈련실로 향했다.

초능력자들의 수련을 돕는 장소면서, 동시에 연구를 위한 데이터를 수집하는 곳. 처음 멤버로 영입된 그를 관찰하며 훈련까지 돕기에 최적의 장소였다. 도시의 외곽에 위치해있었고 그 때문에 찾는 이들도 많지 않았다.

홀로그램으로 이루어진 체력훈련장.

그가 선택한 훈련과정은 'P-3'였다.

예측불가능한 상황이 끝없이 발생하는 전쟁터 속에서, 이광호는 적들의 공격을 피하며 적진으로 침투하고 있었다.

홀로그램의 현실감을 위해서 센서가 달린 헬멧을 착용하고, 뇌파로 적들의 충격을 그대로 느낄 수가 있었다. 물론 그를 돕는 아군도 홀로그램 속에서 존재했지만, 훈련하는 자가 아군 모두를 통솔하며 적진을 탈환해야 끝낼 수 있는 훈련모드였다.

통제실의 붉은 버튼을 누르며 오세나가 마이크에 대고 말했다.

"이광호 씨, 총수님 연락을 받고 왔습니다. 잠깐 휴식하시죠."

홀로그램이 종료가 되고 이광호는 가쁜 숨을 토해내고 있었다. 그는 통제실 안쪽을 건너다보며 가볍게 몸을 풀었다.

오세나가 보는 이광호의 첫인상은 좋지가 못했다.

허우대도 멀쩡하고 특별히 비호감이라고 생각되지 않는 인상이지만, 어쩐지 그의 얼굴을 보면 울컥울컥 화가 치솟았다.

의아한 마음이 들었지만 머리가 아픈 탓이라고 여기며 그녀는 악수를 건넸다.

"오세나입니다. 유달수 팀장님처럼 초능력을 갖고 있고요. 옆에 있는 박철민 씨도 마찬가지예요."

"이광호입니다."

손을 맞잡으며 그가 웃었다.

"저는 박철민이라고 합니다. 팀장님은 보셨죠?"

말이 끝나자마자 오세나에게 안겨있던 유달수가 날개를 파득거렸다. 그는 그녀에게서 벗어나 허공에서 날갯짓을 하며 이광호를 보았다. 아니 공작새가 온 힘을 다해 노려보았다고 해야 정확했다.

"난 이제 가보겠어."

그는 훈련장 바깥으로 날아갔다.

유달수가 가버리고 세 사람만 남게 되자 이광호가 어깨를 으쓱했다.

"너무 심했나 보네요."

이광호가 말했다.

"팀장님과 무슨 일이 있었나요?"

오세나가 말했다.

사이가 안 좋다기보다는 유달수 팀장이 일방적으로 피하는 느낌이었다. 스스럼없고 겁이 좀처럼 없는 그가 왜 이광호를 보고 달아났을까.

그 이유를 나름대로 추측하고 있는데 이광호가 혼잣말처럼 말을 꺼냈다.

"하지만 꼭 필요한 수순이었어요. 알아볼 게 있었으니까요."

그는 구석의 상자에서 헬멧 두 개를 가져왔다.

"합을 맞춰보죠."

이광호는 머리에 쓴 헬멧을 두드렸다.

헬멧을 건네받은 그들은 착용을 마치고 이광호를 바라보았다. 어떤 능력을 지녔는지도 모르는 채, 합을 맞춰보다니 의아했다.

"이번에는 P-6가 좋겠군요."

이광호가 미소 지으며 말했다.

사악하게 미소짓는 그를 보며 오세나는 왠지 모를 오한을 느꼈다. 하지만 그녀는 오한이 드는 이유에 대해서 알지 못했다. 홀로그램에 집중하는 동안에도 이상해서 계속 그를 지켜보았지만 특별한 구석은 발견할 수 없었다. 그는 오로지 신체만을 이용해서 홀로그램 속 상황에 대응하고 있었다.

지끈거림은 마법처럼 사라졌지만, 어쩐지 속은 느낌을 감출 수 없었다.

'뭐지? 너무 기대가 커서 그런가? 왜 속은 느낌이 들지?'

오세나는 속으로 생각했다. 그러나 자신의 마음을 스스로도 파악할 길이 없었다. 벌써 몇 십 번도 넘게 오늘이 반복되어 왔다는 사실을 알 리가 없는 그녀는, 애꿎은 홀로그램 속의 적들만 박살내기 바빴다.

제 2장
죽음을 되돌려라

타임 워커 1 : 시간을 걷는 사람

12.

훈련이 모두 끝나고 미래로 떠나기 전이었다.

전원이 모인 자리에서 회의가 시작됐다. 이훈철 박사를 구하기에 앞서 확인할 사항이 있다는 이광호의 제안이었다. 무작정 떠나는 것은 무모한 감이 있었다. 강두호는 그의 제안을 받아들여 지금의 자리를 마련했다.

이광호는 찻잔에서 눈을 떼고 상석에 앉은 강두호를 응시했다. 그를 기준으로 사라와 김현식, 이광호가 순서대로 앉아 있었고, 반대편에 오세나와 유달수, 박철민이 앉아 있었다.

"총수님, 미래에 거주하고 있다는 SPC의 병력은 총 몇 명입니까?"

이광호가 물었다.

"초능력자들은 모두 합해서 43명 정도가 된다네. 국적을 불문하고 말이네. 음지로 숨어들어 있다고 들었는데 동굴 안쪽에 살고 있는 이들까지 합친다면 천 명에 조금 못 미치는 정도야."

강두호가 대답했다.

"많지는 않군요."

"전투로봇들이 반란을 일으킨 것인가? 원인이 뭐라고 판단이 되오?"

강두호가 김현식을 바라보며 말했다.

"저희도 자세히는 알지 못합니다. 그곳에서 탈출한 직후, 곧바로 타임머신을 타고 이곳으로 건너왔습니다. 박사님께서 정신을 잃기 직전에 했던 말을 토대로 이광호를 찾아왔고 이곳으로 오게 된 거니까요."

"예상되는 바가 있소? 인공지능에 대해서 자세히 들어봅시다."

"사라시스템은 안전합니다. 웬만한 해킹실력으로는 외부인이 침투할 수가 없고, 그녀도 로봇들을 조종해서 그런 짓을 할 만한 이유가 없었습니다.”

“그녀라니? 인공지능을 그렇게 부르는 건가 보군.”

“네, 인공지능의 모습이 여자라서 저희는 그렇게 부릅니다. 완전한 자아가 있으며 가치 있는 판단으로 세계의 균형을 맞추는 일을 했습니다.”

“완전한 자아는 무슨…… 기계에 영혼이라도 들어있다는 건지, 원.”

유달수가 중얼거렸다.

강두호는 그를 바라보았다가 다시금 고개를 돌렸다.

“웬만한 해킹실력으로는 침투가 어렵다고 했는데, 그 말은 월등한 실력이라면 가능할 수도 있다는 말이군.”

“그렇습니다. 최대한으로 노력했지만 그녀 역시 시스템이기 때문에 해킹이 아주 불가능한 것은 아닙니다.”

김현식이 말했다.

“그게 저희가 의심을 품는 부분입니다. 사라시스템은 지구 전체를 잇는 시스템이기 때문에 도덕성이 가장 우선시 됩니다. 인공지능에 인격을 부여하면서 가장 먼저 생각한 부분이 그것이니까요. 그녀는 절대로 자의로 그러한 짓을 벌일 인격이 못 됩니다. 그녀에 대한 교육은 전적으로 박사님이 맡아서 했습니다. 친아버지와 다름없는 박사님을 죽게 만들었을 리 없습니다.”

“누군가 어려운 난제를 해결했다는 것이군. 사라시스템을 해킹해서 가장 이득을 볼 사람이 누구라 보시오?”

강두호가 사라와 현식을 번갈아보며 물었다.

우물쭈물하다가 사라가 말을 꺼냈다.

“어떤 누구든 일단 해킹에만 성공한다면 이득을 볼 것입니다.”

“누군지 모른다는 이야기군요.”

“하지만 로봇들은 변한 직후 곧바로 연구원들을 몰살했습니다. 마지막에는 박사님까지 그렇게 만들었어요. 그런걸 보면 아마도 해킹한 자는 사라시스템에 관계된 자들을 모두 죽여야만 했던 이유가 있을 겁니다."

"방해받을 여지를 깡그리 없애버렸다고 보는 게 맞을 거요."

강두호가 말했다.

테이블 위에 갖가지 음식이 차려져 있어도 손대는 이가 없었다. 묵묵히 대화를 듣고 있던 이광호가 오세나를 쳐다봤다.

"최대로 상대할 수 있는 수가 몇이나 돼?"

"글쎄. 상대에 따라 다르긴 한데 깡통로봇이라면 몇이라도 상대할 수 있지. 내가 가진 능력이면 순식간에 녹여버릴 수 있어."

"그럼 됐고. 철민 형님, 형님은요?"

"마찬가지야. 범위가 문제가 되기는 하지만… 시간이 오래 걸릴 뿐이야. 아마 고전하는 일은 없을 거다."

박철민이 고개를 끄덕거리며 말했다.

이광호는 박수를 치며 주위를 환기시켰다. 모두의 시선이 집중되자 그는 일어서서 테이블을 손으로 짚었다.

"믿음직하군요. 좋아요, 그럼 이렇게 합시다."

"어떻게 말이냐?"

어깨를 움찔하며 강두호가 물었다. 지독한 고뿔에 걸린 이후로 이광호에 대한 기피증에 걸려버린 모습이었다.

이광호는 설명을 이어갔다.

"아버지의 죽음을 원했던 사람들이 있다고 가정하죠. 더불어 연구원들까지요. 그러면 우선 살리기만 하는 게 목표가 아니에요. 누가 배후에 있었는지 아는 게 먼저예요."

"귀찮게 뭘 그렇게 해. 그냥 사라시스템인가 뭔가가 개발되지 않도록 막는 게 제일 간단하고 좋지 않아?"

유달수가 투덜거리며 말했다.

"그건 안 돼요."

"안 됩니다."

거의 동시에 이광호와 김현식이 말했다.

"사라시스템이 완성되기 직전의 세계는 불안정했어요. 인공지능이 있었지만 인격이 수시로 바뀌는 체제였죠. 보안도 몹시 취약해요. 만약 사라시스템이 개발되지 않는다면 미래가 더욱 나쁜 상황에 처할 확률이 큽니다."

김현식이 대답했다.

"인공지능 자체를 없애버리면?"

"불가능합니다. 단순히 개발자 한 명만 막아서 되는 일이 아니에요. 변수가 너무 많고, 만족스러운 결과를 보기까지 아주 오래 걸릴 겁니다. 게다가 이 시대에도 인공지능은 개발되고 있습니다. 틀립니까?"

김현식이 물었다.

그의 말대로였다. 인공지능이 이미 개발되어가는 상황에서 단순히 노출되어 있는 개발자들만 막아서 되는 일이 아니었다. 일일이 찾아다녀야 하고 다양한 변수에 대응해야 했다. 게다가 세상에는 운명처럼 반드시 일어나고야 마는 일들이 꽤 많았다.

"그냥 말해볼 수도 있지 뭘 그래. 알았어, 항복할게."

유달수가 두 손을 치켜들며 말했다.

"총수님, 부탁 하나 드려도 되겠습니까."

이광호가 총수를 바라보았다.

잠시 말을 아끼던 강두호가 입을 열었다.

"무슨 부탁인가? 해보게."

"제게 지휘권을 주십시오. 세나와 철민 형님, 그리고 미래의 SPC 대원들은 제가 통솔하겠습니다."

"야, 잠깐만! 네가 대장을 한다고?"

박철민이 서둘러 말했다.

"우린 아직 네 능력도 모르는데?"

그는 황당한 눈으로 총수와 이광호를 번갈아보았다. 그러나 총수는 납득하고 있었다. 이해했다는 표정으로 끄덕거린 강두호가 박철민과 세나를 바라보았다.

"알겠네. 자네에게 지휘권을 주라고 미래에 일러두겠네. 단지 약속은 잊지 말게. 이번 일이 성공으로 돌아간다면 그 뒤엔 우리의 곁에서 일해야 할 게야."

강두호 총수가 말했다.

"당연하죠. 저는 약속 하나는 반드시 지킵니다."

이광호가 활짝 웃으며 대답했다.

"첫째도 안전, 둘째도 안전이네. 죽지 말고 살아 돌아와야 한다."

"예."

총수의 말에 박철민이 대답했다.

먼 길을 떠나는 그들이었다. 타임머신 기계가 있어서 기계가 박살나지만 않는다면 사실상은 30분 만에도 귀환할 수 있었다. 그럼에도 강두호는 그 30분을 아득한 시간처럼 체감하고 있었다.

강두호는 부하들이 떠난 뒤 곧바로 수면에 들 생각이다.

"너희들은 모두 내 소중한 부하직원이다. 털끝 하나도 다치지 말고 돌아와야 한다. 만약 위험하다고 느낄 시에는 지체하지 말고 돌아오도록 해라. 너희가 존재하지도 않을 미래에서 굳이 죽음을 맞이할 이유는 전혀 없다는 것을 알아두도록."

강두호가 말했다.

사라와 김현식이 타임머신 기계를 점검하고 돌아왔다.

"그동안 방치되었던 것치고는 상태가 괜찮은 것 같습니다. 감사합니다, 강두호 씨."

김현식이 말했다.

"아니네. 돕고 살아야 하는 것 아닌가. 이훈철 박사와 친밀한 관계는 아니네만 잘 아는 사이이니 모른 척 할 수야 없지. 게다가 이제는 내 직원의 부양가족이기도 하고……"

"박사님을 구하는 대로 직원들을 무사히 돌려보내겠습니다."

"꼭 그래야 하네. 인력은 나의 가장 큰 재산이니."

당부의 말이 오가고 강두호가 두 대의 타임머신 기계를 바라보았다. 하나는 SPC의 소유였고, 나머지는 이광호의 저택에 있던 기계를 가져온 것이다.

"따로 가는 겐가?"

"그래야 할 것 같습니다. 아무래도 인원이 많은 관계로 다 탑승할 수가 없네요."

강두호는 이광호를 응시했다.

그는 유달수가 나눠준 방탄복을 꼼꼼히 입고 있었다.

약속대로 그의 어머니인 윤정아는 SPC가 소유한 호텔로 데려가 보호 중에 있었다. 의아해하는 그녀에게 회사의 복지혜택이라고 둘러댔다. 처음에 믿지 못하던 윤정아는 아들을 보고나서야 납득했다.

강두호가 김현식을 쳐다봤다.

"타임워프 방식도 조금 다른 것 같은데. 역시 좌표를 찍어줘야겠군. 따로 간다고 해도 좌표가 같으면 문제없이 도착하게 되지."

김현식이 강두호와 함께 기계 앞으로 향했다. 구 모양의 타임머신 기계. 좌석이 두 개밖에 없는 소형 기계였다.

"받아 적게."

강두호가 미래 SPC지부의 좌표를 불렀다. 그것을 받아 적고, 김현식이 조종석 안에서 고개를 내밀었다.

"이것을 입게."

강두호가 유달수에게서 건네받은 방탄복을 건넸다. 김현식이 조종석에서 내려서 옷 안에 방탄복을 입었다.

능숙하게 방탄복을 착용하고 다시 조종석에 올라탔다. 그가 손짓하자 사라도 옆 좌석에 오른 뒤에 시스템을 점검했다.

"발진상태 이상 없음."

"지금 바로 출발해도 될 것 같아."

사라가 이광호에게 말했다.

강두호의 시선이 이광호에게 향했다.

"이미 언질을 해뒀으니 불편한 점은 없을 게야. 거기에 가면 내 증손자가 자네들을 반겨줄 걸세. 아무리 어린애라고 해도 모쪼록 잘 대해주길 바라네."

"영감, 잔소리는 그쯤 하라고."

유달수가 말했다.

"우리가 없어도 팀장님이 잘 챙겨줘야 해요."

"오세나, 총수님은 돌봐줘야 할 어린애가 아니야."

철민과 세나가 거들었다.

"그런데……"

모두의 시선이 한 곳으로 향했다.

이광호는 종아리와 허벅지를 비롯해, 팔뚝에까지 보호대로 칭칭 감고 있었다. 할 일을 마쳤는지 그가 자세를 바로하고 발걸음을 옮겼다.

"다 됐어요. 다녀올게요."

이광호가 총수의 앞에서 가볍게 목례했다. 그는 곧바로 지나쳐서 중앙의 시간이동장치로 향했다.

네모난 모양의 기계는 이전에 들어가서 본 적이 있는 '시간의 바다'를 연상케 했다. 다른 점이 있다면 정사각형의 기형적인 상자가 아니라는 점이다. 조금 더 평면에 가까웠다. 더불어 네 사람 정도가 서면 꽉 찰 것처럼 비좁았다.

이광호를 선두로, 철민과 세나가 옆에 섰다. 사라 일행을 비롯해 그들 모두 준비를 마치자 총수가 말을 꺼냈다.

"그럼 다녀오도록 하게."

"다녀오겠습니다, 총수님."

이광호가 말했다. 그는 유달수를 보며 덧붙였다.

"달수 형님, 다녀오겠습니다."

"잘 다녀와라. 그리고 오늘 날짜 꼭 기억하고 있고."

유달수가 말했다.

"잘못해서 어제 날짜에 도착하면 죽여버릴 줄 알아."

"형님, 농담이 지나치십니다."

이광호가 말했다.

타임머신 기계가 푸른빛을 내며 공명했다. 사라와 현식 역시 기계를 작동시켰다. 총수는 유달수와 함께 한걸음 뒤로 물러섰다.

구 모양의 기계가 먼저 사라지고 이광호 일행도 자취를 감췄다.

지하기지에 불이 켜졌다.

어둠 속에서 사람들이 걸어 나와 중앙으로 모였다. 과거에서 날아온 이들을 반기기 위해서였다.

침묵이 당연시되는 동굴 속의 세계.

동적인 움직임보다 정적인 움직임이 더욱 선호된다. 그럼에도 외부인을 반기는 까닭은 바깥세계에 있었다.

지하는 내분 중이었다. 바깥상황에 대한 대응책을 담은 의견이 엇갈리는 데에 원인이 있었다. 초능력자들의 보호 아래서 살아오는 이들이었다. 동굴 세계의 주민들은 대다수가 일반인이었다. 그밖에 다른 능력을 가진 이들도 많지만, 그보다 그렇지 않은 자들이 컸다. 모두가 우연한 계기로, 또는 선택에 의해 지하로 들어왔다.

군집처럼 늘어선 주택에 불이 켜지고, 밖으로 나온 사람들이 한 군데 모여들었다.

커다란 진동과 함께 이동장치가 떨리고 있었다.

빛의 팽창과 함께 세 사람이 나타났다.

"깜짝야, 왜 이렇게 인간들이 많아?"

"구경나왔나 보지. 세나야, 제발 오버하지 마."

"총수님의 증손자님은 아직 안 오신 모양입니다."

이광호가 이동장치 바깥으로 걸어 나왔다. 잠시 후 사라와 현식을 태운 타임머신도 동굴 내에 도착했다.

"숨어있다더니 예상보다 규모가 크군요. 이 정도라면 천 명에 살짝 못 미친다던 강두호 씨의 말이 맞는 것 같습니다."

얼굴을 내밀고 김현식이 말했다.

해저동굴을 연상케 하는 동굴 속 모습에 사라가 놀란 눈을 두리번거렸다. 깎아내린 암벽의 모퉁이에 지어진 집도 있었다.

가파르게 떨어지는 절벽 밑으로 물소리가 들렸다.

13.

인파가 갈라지며 그 속에서 한 남자가 나타났다. 어깨 옆으로 자기보다 연령이 높은 4명의 부하들을 이끌고 얼굴에는 미소가 만연했다. 그러나 이채로운 눈빛과 상반되는 밤하늘같이 어두운 분위기가 감돌았다. 시름에 젖은 사람처럼, 어떻게 보면 어젯밤 잠을 설친 사람처럼도 보였다.

남자가 다가와 이광호를 감싸안았다.

오세나, 박철민, 김현식, 사라 순으로 인사를 마친 그가 자신을 소개했다.

"이야기 전해들었습니다. 강한별이라고 합니다. 이곳의 대표라고 봐도 무방합니다. 편하실 대로 부르십시오."

나지막한 목소리였다.

"사람을 구하러 오셨다고요?"

"예, 그렇습니다."

이광호가 말했다.

그는 일행들을 차례로 보다가 강한별을 응시했다.

"지체 없이 파악만 마친 후 바로 떠날 겁니다. 길바닥에서 이야기를 나눌 수는 없으니 우선은 안내해주시죠."

"알겠습니다, 따라오시죠."

강한별 대표가 안내했다.

물끄러미 바라볼 뿐, 주민들은 움직이지 않고 있었다. 오세나가 그들을 바라보며 걷다가 돌부리에 발이 걸렸다.

넘어지려는 그녀를 이광호가 붙잡았다.

"조심해. 지형이 매끄럽지 못하니까."

대표는 구부정한 바위 길을 지나서 지붕이 없는 건물로 들어갔다. 불을 켜자 내부가 환해지며 집안의 모습이 드러났다.

"과거에서 손님이 오시면 항상 이곳으로 모십니다. 크게 불편한 점은 없을 겁니다. 침대는 많으니 충분하시겠군요. 개선사항이 있다면 말씀해 주십시오."

"미래에서 오는 손님은 따로 받는다는 말입니까?"

"아니요, 아직은 그런 적이 없습니다."

강한별 대표가 말했다.

"우리는 가보겠습니다. 몇 분 뒤에 회의가 있습니다."

그 말을 끝으로 대표는 남자들과 함께 바깥으로 나갔다. 습하고 한기가 도는 동굴의 내부를 고려한 듯 문이 빈틈없이 꽉 닫혔다.

"정말로 어려보이네. 나도 미래로 온 건 처음이라 강한별 대표는 처음 봤어. 총수님이랑 비슷한 위치인 건가?"

닫힌 문을 보며 박철민이 중얼거렸다.

많이 쳐줘야 열아홉 살쯤으로 보였다. 단지 총수의 증손자라서 대표로 지정되었다고 하더라도 너무 어린 나이였다. 강두호가 총수로 승격된 것은 삼십대 초반이었다. 그렇게 생각하면 총수보다 이른 나이에 무거운 자리에 오른 거였다.

"사정이 있었겠지. 짐이나 풀자."

침대 위에 가방을 내려놓고 오세나가 말했다.

"오래 있을 건 아니니까 다 풀지는 말라고."

이광호가 말하자 박철민이 고개를 돌렸다. 그는 캠핑용 가방을 전혀 풀어보지 않고서, 침대 옆에 내려두고 있었다. 대표와 이야기할 때만 해도 여유가 넘쳐보이던 그가 전에 없이 진지했다.

박철민이 그에게 다가가 말했다.

"아버지를 구하러 가기까지는 오래 걸릴지도 몰라. 정체도 모르는 적을 알아내야 하고 그 규모도 파악해야 할 거야. 만약에 예상보다 규모가 크고 그들의 입장이 분명하다면 싸움을 해야 할지도 몰라. 각오하고 있지?"

"현식 아저씨, 여기로 오기 전에 제가 무슨 생각을 했는지 아십니까?"

"나야 모르지."

"하나 있던 희망입니다. 기다리고 있던 소중한 사람이구요. 그렇게 떠나버리셨지만 언젠간 돌아올 거라고 생각했습니다. 그런데 결국에는 돌아오지 않고 달랑 죽었다는 이야기만 듣게 만들었지요. 아버지를 만나면 할 이야기가 많습니다."

"그래, 그렇겠지. 다 이해한다. 이 형님이 너보다 한참은 오래 살았는데."

"알고 있다는 말입니까? 저는 아버지를 만나면 따져볼 생각입니다. 살아있는 아버지에게 말입니다. 하지만 그러려면 저에게도 정보가 필요할 겁니다."

"죽다 살아나는 사람한테 너무한 거 아니냐. 아무튼 하고 싶은 말이 뭐야?"

"아버지를 되살리기까지의 과정이 아무리 길고 고되다고 해도 포기란 없습니다. 제가 하고 싶은 말은 그겁니다."

고집스러운 말이었다.

박철민은 씨익 웃었다.

"이 새끼, 그렇게 안 보이는데 은근히 고집이 있네."

그때 닫혔던 문이 열렸다.

말없이 집안을 둘러보던 사라와 현식이 방문객을 돌아봤다.

"안녕하십니까, 칼빈이라고 합니다. 대표님의 명을 받고 여러분의 안내를 도와주러 왔습니다."

남자가 인사했다.

"지휘감독을 이광호라는 분이 하게 될 거라고 들었습니다. 누구십니까?"

칼빈은 이광호를 응시했다.

"접니다."

"역시 제 예상이 맞나 보군요. 안녕하십니까. 당신을 돕기로 자원한 칼빈이라고 합니다. 대략적인 이야기는 전해 들었으니 설명은 괜찮습니다. 이제부터 당신들과 함께 지내면서 같이 행동하라 명받았습니다. 잘 부탁드립니다."

칼빈은 예의가 몸에 배어있는 사람처럼 보였다. 그는 신사적으로 인사를 마치고 남아있는 침대가로 다가가 이부자리를 정리했다.

2층 침대가 3개 있었다.

칼빈까지 합쳐서 인원이 찍어낸 듯 딱 맞았다.

"저희는 이쪽 사정을 잘 알지 못합니다. 현재는 어떤 상황입니까?"

이광호가 물었다.

"여러분이 살던 시대를 저도 알지는 못합니다."

칼빈이 운을 띄었다.

"안드로이드 로봇이 그 시대에도 있습니까?"

"아직 개발 중에 있습니다."

"역시 그 때에도 존재하긴 했군요. 바깥세계는 안드로이드 로봇이 가구당 하나씩 존재하고 있습니다. 상당수의 로봇들이 사람들과 함께 살아가고 있죠. 통역을 돕는 로봇들이 거리마다 존재하고, 경찰직과 소방직을 비롯해 상당수의 로봇이 사람의 일을 대신하고 있습니다."

"예상대로 일자리를 박탈해가는군……"

박철민이 중얼거렸다.

칼빈은 그를 힐끔 본 후에 말을 이었다.

"사람으로만 이루어진 군대에 염증을 느낀 국방부가 전투로봇을 만들었습니다. 경찰로봇을 개조한 로봇이었죠. 각국은 경쟁하듯 전투로봇을 생산하기 시작했고 전보다 더욱 삼엄한 경계체제가 마치 살얼음판처럼 진행되었습니다."

"어느 나라가 먼저 만들었습니까?"

"그건 중요하지 않습니다. 미국을 중심으로 세계를 통합한 국가가 나타났으니까요. 그럼에도 각국이라고 따로 표현했던 것은 특이한 독립체계가 존재하기 때문입니다."

"통합되되 정체성은 유지하자는 거였나요?"

이광호가 물었다.

칼빈은 만족한 얼굴로 고개를 끄덕였다.

"그렇습니다. 언어도 체제도 다른 국가를 모두 통합하기엔 불합리하고 효율성이 떨어졌으니까요. 아무튼 전투로봇이 경쟁적으로 생산되던 때에 나타났던 것이 사라시스템이었습니다. 그 뒤로 경계는 사그라지는 것 같았지요. 완벽한 도덕능력을 지닌 인격화된 인공지능이 각국의 보안시스템과 기밀들을 모두 관리했습니다. 비단 그뿐이 아니고 일상의 대부분에서 사라시스템이 쓰였습니다. 그러던 차에 갑자기 문제를 일으킨 것 같습니다. 지금 그 때문에 동굴 내부에도 의견이 분분합니다."

"해킹이 맞습니까?"

"잘 모르겠습니다. 인격을 가진 사라시스템 그녀가 개인적으로 판단해서 선택을 했을 경우도 배제할 순 없습니다."

"그렇군요. 그럼 저희 아버지의 죽음은 어쨌거나 사라시스템과 관련이 있겠군요."

"이훈철 박사님이 사라시스템을 완성한 장본인이니까요."

전투로봇의 수가 비약적으로 많아지던 그때에 생겨난 것이 사라시스템, 그 시스템이 개발되지 않았다면 자칫 전쟁이 벌어졌을지도 모른다는 말로 들렸다.

이광호는 턱을 만지며 잠시 침묵했다.

그가 한참 후에 말을 꺼냈다.

"바깥의 상황은 아비규환이겠군요."

"전투로봇 뿐만 아니라 모든 로봇들을 아우르던 사라시스템입니다. 무슨 이유 때문이던 지금 바깥은 큰 혼란 속에 있습니다. 정찰을 하려면 비교적 감시가 덜한 새벽 시간대에 나가보는 것이 좋습니다."

"달력이라던가, 시계가 필요합니다. 혹시 손목시계가 있습니까?"

이광호가 말했다.

칼빈은 집안 모퉁이의 벽을 가리켰다.

2152. 04. 15.

14일 날까지 엑스자로 표시가 되어있었다.

"손목시계는 대표님께 부탁해 가져오도록 하겠습니다."

"바깥의 시간과 이곳의 시계는 일치하나요?"

"그럼요, 여긴 햇빛을 볼 수 없는 곳이지만 시간을 알지 못하면 우울해지는 사람들이 많은 관계로 집집마다 시계를 달아둔답니다. 물론 날짜도 체크하고 살고요."

칼빈이 말했다.

"나오기 전의 시각은 오후 10시쯤이었습니다. 정찰은 한적한 새벽 3시쯤에 가도록 하죠. 그럼 저는 밖에서 손목시계를 구해오겠습니다."

허리를 굽혀 인사한 그가 바깥으로 나갔다.

"나는 잘게."

"나도, 깨워줘 광호야. 한숨도 못 잤다."

세나와 철민이 침대에 누웠다. 그들이 잠들고 이광호는 사라와 현식에게 다가갔다. 그들은 앉지도, 기대어 있지도 않고 가만히 선 채로 창밖을 바라보고 있었다.

"초능력이라니 눈으로 보기 전까지는 못 믿겠어. 정말로 박사님을 구할 수 있을까……"

중얼거리는 사라를 김현식이 바라보고 있었다.

"현식 아저씨, 잠깐만요."

이광호가 그를 바깥으로 불러냈다. 문을 닫으며 바라본 틈새로 사라가 주저앉고 있었다.

14.

폐허로 변한 도시.

적막감 가득한 도시에 전투로봇들이 불개미처럼 움직이고 있었다. 사람들은 로봇의 안내를 받으며 어디론가 들어갔다. 건물의 내부로 안내하고 있는 것 같았다. 도중에 이탈하는 사람이 나오면 제재가 이어졌다. 그 제재라 함은, 무식한 팔로 몸뚱이를 휘어잡아 사람들 무리에 집어던지거나, 아예 죽여버리는 것이었다.

전투로봇들은 불을 내뿜거나, 강압적인 힘을 사용했다. 총탄을 발포하는 인간 군인들에게는 무수한 총알세례가 이어졌다.

"무지막지하네요."

이광호가 말했다.

그는 하수구 바깥으로 고개를 조금 내민 채 상황을 주시하고 있었다. 그의 옆에 칼빈과 오세나도 함께였다.

"원래는 저렇지 않았습니다. 전투기능이 내재돼 있었지만 불을 뿜지는 않았으니까요. 문제는 그게 아닙니다. 가끔 소식을 전해들은 바에 의하면 로봇들이 사람들을 이용해 무언가를 하려는 움직임이 보입니다."

칼빈이 말했다.

"사람들을 어디에 쓰려는 걸까요?"

오세나가 물었다.

"그건 저도 잘 모릅니다. 저런 식으로 끌고 들어가는 사람들을 모두 어디에 쓰는지는 모르겠으나, 확실한 건 대규모의 인력이 어디론가 보내지고 있다는 사실입니다. 그곳을 따라가다 보니 미개발 지역이 나왔습니다. 개발이 되긴 하였어도 사라시스템이 미치지 못하는 장소들이었죠."

"개발을 하려는 걸까요?"

오세나가 물었다.

"그 역시 확실하진 않습니다."

칼빈이 딱 잘라 말했다.

이광호는 손목시계를 들여다보다가 하수구 뚜껑을 덮었다. 그가 하수구 밑의 길을 따라 천천히 움직였다.

벌레들이 벽과 바닥을 기어가고 있었다.

"세나야, 네가 사용하는 불 말인데 어느 정도까지의 온도를 낼 수 있어? 범위는 얼마나 되고?"

이광호가 물었다.

그를 따라 움직이며 오세나가 대답했다.

"범위는 상관없어. 그것 때문에 트레이닝을 오래해서 철민 오빠처럼 범위에 구애받진 않아. 온도는 모르겠어, 그건 왜?"

이광호가 몸을 틀었다. 그러더니 돌연 발길을 멈췄다.

"감시하는 로봇이 있어. 일단은 쫓아오고만 있지만 이제 곧 공격을 해올 거야. 제압할 자신 있지?"

벽 뒤에 붙어서 오세나를 응시했다.

무언의 사인이 오가고 그녀가 모퉁이 너머를 바라보았다. 조용히 뒤따르고 있는 전투로봇 한 대가 보였다. 크기는 작았으나 바깥에서 불을 내뿜던 로봇처럼 원통형의 팔이 달려 있었다.

"뒤에 한 마리 더 있어. 빠르게 제압해서 녹여 없앨 수 있을 정도의 고열이어야 가능해. 안 그러면 우리 모두 여기서 죽을지도 몰라."

이광호가 말했다.

"맡겨둬."

오세나가 모퉁이를 돌며 말했다. 그녀의 오른팔이 화염에 휩싸였다.

뒤쫓던 전투로봇의 팔이 붉어졌다. 안쪽으로 응축되는 마그마 같은 열이 매섭게 불길을 토해냈다. 사라를 완벽하게 덮어씌우고 그림자까지 지워버릴 기세의 화마였다.

칼빈은 재빨리 몸을 숙여 불길을 피했다. 그의 몸짓을 따라 하수구 속의 벌레들이 일시에 숨어들었다.

"쉿!"

칼빈이 큼지막한 돈벌레를 보며 말했다. 수많은 다리를 바르르 떨며 돈벌레가 몸통을 들어올렸다.

물이 증발되는 소리 외에 다른 소리는 없었다.

칼빈이 수로를 내다봤다.

"세나야, 그대로 앞으로 가서 오른쪽 귀퉁이에 몰래 지켜보고 있어. 이번엔 불조절을 잘해야 돼. 다 태워먹지는 말고 머리는 살려둬."

이광호가 말했다.

그녀의 생사도 확인하려하지 않고 뱉은 말이었다. 생사도 불확실한 사람에게 지시를 내리다니.

그런데 불속에서 대답이 들려왔다.

"알겠어. 나만 믿으라고."

칼빈은 눈을 의심했다.

화염의 여파인 줄만 알았던 불덩이가 통째로 움직이고 있었다. 현재도 불을 사용하는 초능력자는 있었지만 규모에 있어서 확연한 차이가 있었다. 우선은 불을 다루는 능력이다. 몸집의 몇 배나 되는 불을 달아 두고서 움직이는 사람은 없었다. 게다가 나이도 어린 초능력자가 저토록 완벽하게 초능력을 제어하는 모습은 여태껏 보지 못했다.

돌연 칼빈은 겁먹은 눈으로 이광호를 바라봤다.

그는 등을 기댄 채 손목시계만 들여다보고 있었다. 여유 가득한 얼굴로 초침이 흘러가는 모습만 바라보던 이광호가 고개를 꺾어 옆을 바라보았다. 오세나의 왼쪽 손에 녹다가 만 로봇의 머리채가 들려있었다.

"확실히 살려뒀네? 잘했어."

"이걸 뭐에다가 쓰려고?"

오세나가 그를 보며 물었다. 그녀의 몸을 장식하던 불길은 사라지고 없었다. 꿈에서 깨어난 듯한 멍한 얼굴로 칼빈이 그들을 번갈아 봤다.

"블랙박스가 필요해."

"이 속에 들은 영상? 그걸 가지고 뭐하려고?"

"그 녀석 머리통에 메모리칩이 있을 거야. 그걸 분석해야 돼. 그것만 빼서 식혔다가 주머니에 넣고 있어. 아주 중요한 거니까 잃어버리면 안 돼. 이제 서두르자."

이광호가 말했다.

그의 눈길이 멍하니 듣고 있던 칼빈에게 향했다.

"칼빈 씨, 동물들과 대화를 나눌 수 있죠?"

"마, 맞습니다! 대화도 통하고 원한다면 부탁도 할 수 있습니다. 다른 초능력에 비하면 아주 사소한 능력이죠. 대신 동물, 곤충 등 살아있는 거라면 뭐든 가능합니다. 많은 도움이 되어드리지 못해 죄송합니다."

칼빈이 말했다.

"아닙니다. 그 정도면 충분해요. 칼빈, 우선은 저 바깥의 상황을 알아야 하겠습니다. 최대한 크기가 작은 곤충으로 선택해 주세요. 내부의 상황을 알아봐야 합니다."

"하루살이 정도면 되겠습니까?"

칼빈이 이광호를 보며 말했다. 그는 어쩐지 긴장한 얼굴이었다.

"예, 그렇게 해주십시오."

이광호가 말했다.

칼빈은 입을 열어 소리를 냈다. 인간의 성대로 표현이 불가능한 아주 작은 소리였다. 얼핏 날갯짓 소리 같기도 한 그것을 듣고 하루살이들이 하수구 밑으로 모여들었다. 하루살이 떼는 잠시간 머물다가 구멍 바깥으로 빠져나갔다.

"명령 내렸습니다. 이제 잠시 후면 정보를 얻을 수 있을 겁니다."

칼빈이 말했다. 그는 곧은 눈으로 이광호를 바라봤다.

"지휘를 맡겠다고 하셨습니까? 훌륭한 지휘관이 되시겠군요."

칼빈이 말했다. 그는 치아를 드러내며 웃었다. 그리곤 말했다.

"모쪼록 함께 하는 동안 잘 부탁드립니다. 모시게 되어 영광입니다."

오세나가 이런 그들을 보았다가 로봇의 머리에 달린 메모리칩을 뜯었다. 손가락 한 마디 크기의 부품이었다. 밖으로 나간 하루살이 떼가 돌아온 것은 그로부터 20분이 지나서였다.

15.

박철민은 끌려가는 이들을 가만히 관찰했다.

행렬을 따라 사람들이 움직이고 있었다. 그 중간마다 서있는 로봇들의 지시를 받으며 일제히 움직였다. 넓게 이어진 인파가 마치 피난길처럼도 보였다.

박철민은 행렬에 끼어들었다.

눈물로 얼룩진 몰골의 여자가 보였다. 여자는 갓난아이를 한 손에 안은 채로 조심스럽게 발길을 옮기고 있었다. 그런가 하면 목발을 짚고 비틀대며 움직이는 남자도 있었다.

"포기하시오."

서늘한 목소리가 들려왔다.

백발이 듬성듬성 돋아난 노인이었다. 나이는 추정하기 어려웠다. 박철민은 노인의 다음 말을 기다렸다.

"노인인 나도 끌고 가는 것들이라오. 저기 아이 보이시오? 무슨 일인지 아이 엄마도 열외가 없더이다. 식민지라도 만들려는 모양이라오."

노인이 말했다.

어깨를 들썩거릴 때마다 날숨에 섞여 비릿한 냄새가 났다. 노인은 왈칵 손바닥에 피를 토해냈다.

"미안합니다. 내가 몸이 좋지 않아서 그러니 이해해주시오."

"미안할 것 없습니다."

박철민이 말했다.

그는 저 멀리 비행선을 바라봤다. 그가 사는 시대에서는 절대로 보지 못할, 마치 UFO와도 같은 형체의 것이었다.

"나는 도망을 다녔소. 저들을 피해서 말이오. 그래도 어떻게든 잡히게 됐소. 이제 우리는 어디로 끌려갈지 모르오."

노인이 힘없이 말했다.

박철민은 이광호의 지시를 떠올렸다. 그가 오세나와 바깥을 둘러보고 온 뒤에 긴히 자신에게 내린 지시였다.

지시의 내용은 이러했다.

외부로 향하는 사람들 틈에 섞여서, 정보를 알아 와라.

그들을 끌고 가는 이들의 정체가 무엇인지, 규모는 얼마나 되는지, 목적지에 흘러들어가 대략적인 상황을 파악하라는 거였다.

혼자서 보낸 이유는 그 때문이었다. 또한 가능하다면 초능력을 들키지 않은 채 귀환해야 했다. 적의 정체가 무엇인지 자세히 모르는 형편에서 정체를 노출시킬 수는 없다는 뜻에서였다.

"거기가 살만한 곳이면 좋으련만……"

혼잣말처럼 노인이 중얼거렸다.

박철민은 비행선에 올랐다. 내부에 웅크리고 앉아있는 사람들이 보였다. 벽에 고정된 벨트를 착용한 이도 있고, 그런 안전장치 없이 내버려진 이들도 있었다.

"여기 앉으면 되겠구려."

노인이 말했다.

비행선 내부에 넓게 깔린 융단이 있었다. 사람들은 거기에 앉아서 갈 곳을 잃은 눈길을 옮기고 있었다.

박철민은 노인과 함께 융단에 몸을 웅크렸다.

문이 닫히며 비행선이 요란한 소리를 냈다. 내부가 흔들렸다.

"이런 것은 생전 처음 타보는 것 같소이다. 혹시 타본 적이 있소?"

노인이 말했다.

박철민은 고개를 저었다.

"나는 허버슨이요. 통합의 날에 한국에 입국해서 여태까지 살았소이다. 당신은 보니 동양인 같구려. 한국 국적을 가지고 있소?"

"네, 그렇습니다."

비행선이 움직였다. 1m 간격으로 떨어진 작은 창밖으로 구름이 빠르게 지나쳐갔다.

"하지만 그건 중요하지 않죠."

"그렇소. 지금 와서 그게 다 무슨 소용이오. 어디서 태어났건, 우리는 하나라오. 분명히 하나가 되었다 생각했는데 세상에는 그걸 못마땅해 하는 사람들이 있나보오."

노인이 로봇을 보며 말했다.

그는 낮게 기침했다.

"벌써 도착했나 봅니다."

노인이 말했다.

흔들림이 멈추고 약간의 진동이 있었다. 문이 열렸다. 군복을 입은 병사들이 총을 들고서 내리라고 소리쳤다.

"우리도 가봐야 되겠구려. 다 늙어서 어디서 죽을지 선택하지도 못하니 원."

노인이 힘겹게 몸을 일으켰다.

박철민이 그를 부축하며 비행선 바깥으로 내렸다. 세찬 바람이 불어왔다. 그들이 도착한 곳은 남아프리카였다.

노인을 땅에 내려두고 박철민은 행렬에서 빠져나갔다. 그는 비행선 뒤에서 귀에 꽂은 통신기의 버튼을 눌렀다.

"나야, 광호. 도착했어."

박철민은 앞을 바라봤다. 2020년 정도의 한국 도심부와 닮아 있었다.

도시와 별반 다르지 않지만 영토가 넓을 뿐이다.

잡음 속에서 이광호가 말했다.

[형님, 우선은 그곳에 머물러 주세요. 가능한 눈에 띄지 않고 살아 남으셔야 합니다. 가까운 시일 내로 찾아뵙겠습니다.]

"알았다. 노력해보마."

박철민이 대답했다.

통신이 끊겼다.

"거기 너, 혼자서 뭐해! 빨리빨리 안 따라와?"

군복을 입은 남자가 소리쳤다. 우악스럽게 목덜미를 잡아 내치는 바람에 박철민은 손을 털고 일어났다.

"앞에 사람들 따라서 가도록 한다. 명령을 따르지 않으면 사살하겠다."

군인이 말했다.

말을 들을 때까지 움직이지 않을 작정인 것처럼 고집스러운 모습이었다.

박철민은 뛰어서 행렬 속에 파묻혔다. 앞서 걷던 허버슨이 뒤를 돌아봤다. 그는 손바닥을 흔들고 다시 발길을 재촉했다.

남아프리카는 무장한 조직들에게 점령당해 있었다. 무장병력이 몇 미터 간격으로 두세 명씩 짝지어 사람들이 감시하듯 서 있었다.

'이곳에서 초능력을 쓰지 않고 버티고 있으라니.'

벌써부터 몸이 근질거렸다.

박철민은 군인들의 안내를 받으며 막사 안으로 들어갔다.

16.

이광호는 SPC 본부에 도착했다.

해저동굴의 안쪽에서 기다리던 자들이 그를 데리고 지하감옥으로 들어갔다. 밖으로 나가있었던 잠깐 사이에 사라와 김현식 일행이 문제를 일으켰다는 것이다.

그들은 SPC의 대표인 강한별의 건물에 몰래 침입해 연구일지를 훔친 혐의를 받고 있었다.

오세나와 칼빈은 면회가 거부되었다.

"광호야!"

쇠창살을 부여잡고 김현식이 그를 불렀다. 시퍼런 멍이 군데군데 나있었다. 몸싸움을 하다가 생겨난 걸로 보였다.

"잠깐 이야기를 해도 될까요?"

이광호가 말했다.

그러나 남자들은 비켜주지 않았다. 마치 관찰하듯이 지켜보고 있었다. 그들은 멀찍이 서 있었다. 더 바짝 다가가서 조용히 이야기를 나눈다면, 그들에겐 들리지 않을 것 같았다. 이광호는 철창 앞으로 가까이 붙어 섰다.

"아저씨, 어떻게 됐나요?"

작은 목소리로 이광호가 물었다.

남자들을 바라보며 김현식이 목소리를 낮추었다.

"네가 일러준 대로 대표의 방에 들어갔었다. 연구지를 봤는데 초능력에 대해서 연구를 진행하는 것 같았어. 이미 초능력을 갖고 있으면서 왜 연구를 하고 있는지는 모르겠지만. 아무튼 제법 자세히 설명이 적혀져 있었다."

"알겠어요. 그밖에 다른 것은 없었나요?"

"대표의 방에는 별다른 게 없었다. 빽빽한 책을 모두 꺼내 읽어보진 못했지만 바깥세계에 관심이 아주 많은 것 같았어. 일기장도 살펴봤는데 어떤 문제에 대해서 고민하고 있는 것 같았다. 그보다 우리는 언제 나갈 수 있는 거냐?"

남자들이 눈치를 줬다.

이광호가 조용히 일어섰다.

그의 뒤편에서 김현식이 중얼거렸다.

"대표를 너무 믿지 마라."

"끝나셨습니까?"

군복을 입은 여자가 말했다.

이광호는 고개를 끄덕였다.

"저들에 대한 처분은 우리 식대로 하겠습니다. 허락해주시기 바랍니다."

그녀가 딱딱한 목소리로 말했다.

그러고는 이광호를 바깥으로 안내했다. 한 남자가 이광호에게도 책임을 물어야 한다고 의견을 내놓았으나 묵살되었다.

함께 머물던 집. 칼빈과 오세나는 막 도착한 이들을 보았다.

"대표님이 시름이 많으십니다. 이광호 씨와 SPC 조직원들에게는 책임을 묻지 않아야 한다고 하시더군요. 그럼 쉬십시오, 저는 이만 가보겠습니다."

군복을 입은 여자는 깜빡한 것이 있다는 듯이 돌아섰다.

"행여나 그들을 도울 생각은 하지 마십시오."

문이 닫혔다.

그 뒤로 침묵이 흘렀다. 동료 둘이 감옥에 들어가 갇히게 되었지만 이광호는 이미 예상했다는 얼굴이었다.

"어떻게 된 거야? 갑자기 왜 연구지를 훔쳐? 우리도 연구를 하고 있는데 그건 단지 초능력을 키우기 위함이야. 별 다를 게 없다고."

오세나가 말했다.

"넌 저들을 믿어?"

작은 목소리로 이광호가 말했다.

그는 누군가를 의식하고 있었다. 조심스러운 몸짓으로 바깥을 건너다본 후에, 이광호는 칼빈에게 다가갔다.

"칼빈, 난 당신을 믿어요. 당신처럼 순한 사람은 절대로 신의를 저버리지 못하죠. 지금부터 제가 하는 이야기에 따라줄 수 있어요?"

"제가요?"

칼빈이 놀라서 되물었다. 자신 없는 목소리였다.

"하지만 도움이 못 될 거예요. 그리고 대표님의 뜻을 거스르기도 좀 그런데……"

"지금 지휘관은 저예요. 함께 일하게 됐으니 일이 끝날 때까지는 힘을 합쳐줘요."

그러자 머뭇거리며 칼빈이 입을 열었다.

"어떻게 하면 되는데요? 우선 들어보고 결정할게요."

"이봐요, 칼빈. 양심에 찔리는 짓은 결단코 시키지 않을 거예요. 그러니까 안심해요. 세나야, 이리로 와봐."

한 곳에 모여 그들은 머리를 모았다.

이야기가 진행될수록 칼빈은 경악을 금치 못했다. 온 몸의 털이 쭈뼛거리는 것 같았고 자기도 모르게 어깨에 힘이 들어갔다.

이광호는 박사의 집으로 걸어 들어갔다.

그가 죽음을 맞이하기 직전 시점으로부터 3년 전으로.

2149년 3월.

집에 온기가 가득했다. 벽난로 바깥으로 불길이 흘러나오고 있었고, 박사는 흔들리는 의자에 몸을 기댄 채로 잠들어 있었다.

인기척을 느끼고 그가 일어났다.

"누구시오?"

목이 잠긴 목소리였다.

이광호가 그림자 밖으로 걸어 나왔다. 박사는 그만 넘어져버렸다.

"광호야, 네가 어떻게 여기에 있는 거냐?"

그러더니 퍼뜩 생각났다는 듯이 말했다.

"그래, 그랬구나. 그때 낚시터에서 네가 이 모습으로 변하는 걸 보았었다. 그런데 내가 왜 잊고 있었던 걸까. 잘 모르겠구나."

박사는 혼란스러워보였다.

이광호가 그를 일으켜 세웠다.

"고맙다, 우리 아들. 시간여행을 하고 있나 보구나. 이게 당하는 사람 입장에서는 이런 느낌이었다니!"

이훈철 박사가 즐겁게 웃었다.

그는 이광호를 식탁으로 안내했다.

"잠깐 앉아 있어라. 여기도 맛있는 음식이 아주 많단다. 너에게 맛보게 하고 싶을 만한 음식들이 아주 많지."

박사는 서랍에서 동그란 통을 꺼냈다. 이어서 냉장고를 뒤적여 고기 한 덩이를 꺼내 프라이팬에 굽기 시작했다. 연기가 환풍기 안으로 흘러들어 가는 것을 보며 이광호가 말을 꺼냈다.

"시간여행을 하고 있어요, 아버지."

"그런 것 같구나. 그런데 어떻게 알고 여기까지 찾아온 거냐?"

박사가 물었다.

"개발 중인 것이 있다고요?"

"그래, 그거 말이다. 개발 중인 게 있지. 아주 중요한 거다. 지금 시대에 꼭 필요한 시스템을 개발 중에 있다. 어떠냐, 개발은 성공적으로 된 거냐?"

"그래요. 아버지는 개발에 성공하셨어요."

이광호가 말했다. 그는 박사가 내려놓은 동그란 통을 열었다. 분말이 가득 담긴 통에서 향긋한 꽃잎향이 났다.

"그래, 성공했다니 다행이구나."

박사가 말했다.

그는 접시를 가져와 고기를 담았다.

"스테이크를 해봤다. 그곳에서도 충분히 먹을 수 있는 거겠지만 말이다. 그래도 맛있게 먹거라. 평범한 고기가 아니라 콩으로 만든 고기다. 사실 여기서 콩고기는 식량이 부족해져서 발생한 어쩔 수 없는 선택이다. 그래도 식감은 훌륭하단다."

박사가 말했다.

말없이 식사를 마치고 그가 일어나 와인을 가져왔다. 물건이든 뭐든 오래된 디자인을 좋아하는 그답게, 아주 오래 숙성된 와인인 것 같았다.

"네가 왔으니 이놈을 개시해야 하겠구나."

이훈철 박사가 말했다.

그는 코르크마개를 열어 와인을 따라 이광호에게 건넸다.

"여행이라, 좋지. 그래서 어떤 곳을 보고 다니는 거냐?"

박사가 말했다.

아무도 거론하지 않았지만 이광호는 느끼고 있었다. 침울한 분위기였다. 박사의 불안해 보이는, 붉어진 눈이 내포한 바가 예상되었다.

"시간능력은 언제 잃게 되신 거죠?"

이광호가 말했다.

박사는 침묵했다. 그의 책상위에 빼곡히 논문과 어질러진 종이들이 보였다. 펜이 굴러다니고, 노트북은 켜져 있었다. 사라시스템을 위한 연구 자료임이 자명했다. 그의 노고가 절로 눈앞에 그려졌다.

"타임머신 기계는 언제 나왔죠?"

이광호가 몸을 일으키며 물었다.

"몇 개월 전에 개발에 성공했다. 상용화는 안 될 것 같구나."

박사가 대답했다.

이광호는 거실의 낡은 텔레비전을 지나쳐 박사의 책상 앞으로 향했다. 거기서 자홍색의 수첩을 집어들었다.

"그런데 왜 보러 오시지 않았어요? 여기가 그렇게 좋았어요?"

"모르겠구나. 그래도 광호야, 할 일만 끝마치면 돌아갈 거란다."

박사가 서둘러 말했다.

이광호가 몸을 일으켰다. 급하게 일어서는 바람에 스테이크를 썰던 나이프가 식탁 아래로 떨어졌다.

"가볼게요. 너무 늦은 시간이에요."

이광호가 수첩을 가죽점퍼 안쪽에 넣으며 말했다.

"얘, 광호야! 가기 전에 내 말 좀 들어 보거라."

박사가 소리쳤다.

이광호는 점차 사라지고 있었다.

"다시 보게 될 거예요."

그 말만 남기고 그는 없어졌다. 이훈철 박사는 멍한 눈길로 이광호가 사라진 부근을 바라보다가 급하게 책상 앞으로 다가갔다.

17.

이광호가 떠난 후, 박사는 서랍을 뒤적여 검은색의 usb를 꺼냈다. 사라시스템에 대한 정보를 담고 있는 파일이 그 안에 가득했다.

그는 안경을 치켜올리고 화면을 주시했다. 불안정한 그의 시선이 책상 위의 약병에 향했다. 병은 비어있었다.

좀 전에 꺼내둔 와인. 병을 들고 와서 다시 책상 앞에 앉았다. 박사는 usb를 노트북에 연결하고 어지럽게 놓인 A4용지를 정리해 손에 쥐어들었다. 그동안의 연구결과들이 적혀 있었다. 인쇄된 종이에 군데군데 메모가 적혀 있다. 신경증 환자의 필체마냥 엉망인 글씨로 적힌 수식이었다. 수많은 실패의 요인과, 그 요인을 바탕으로 찾아가야 할 해결방법을 담은.

박사는 손으로 무겁게 얼굴을 받쳤다.

아들의 방문.

그렇지만 복잡한 심경을 더해줄 뿐이었다.

"네가 이곳에 왔다는 것은 어쨌거나 사라시스템이 세상에 나왔다는 말이겠지."

양면성을 내포한 방문일 터였다.

성공했지만 무언가 잘못된 부분이 있다는 거였다. 그게 아니라면 아들이 저토록 화를 내며 돌아갈 리 없었다.

해야 할 일이 있고, 마치자마자 돌아갈 셈이었다. 능력을 잃은 뒤 개발에 성공한 타임머신 기계를 타고서라도 말이다.

"하지만 포기할 수는 없어. 어쨌든 시스템만 완성되면 곧바로 돌아갈 셈이니까 나중에 돌아가게 된다면 그때 용서를 구하도록 하마. 조금만 기다려 주거라."

박사가 중얼거렸다. 그는 거실 한 편을 응시했다.

"히피, 불을 켜 다오."

충전 중이던 안드로이드 로봇이 몸을 움직였다. 불이 켜진 뒤에 박사는 현관문이 흔들거리는 소리를 들었다.

"광호냐?"

박사가 서둘러 일어났다.

미닫이문을 열고 사라가 들어오고 있었다.

"자네였군, 사라."

박사가 한숨처럼 중얼거렸다. 기민하게 숨을 토해내는 그의 뒤로 겉옷을 벗어놓고 사라가 물었다.

"박사님, 광호라니 그게 누구죠?"

박사는 입을 벌렸다. 그러나 말이 나오지 않았다. 누군가의 방문이 안개처럼 기억에서 멀어졌다.

18.

화장실을 간다던 이광호는 돌아오지 않고 있었다. 입도 뻥끗하지 않는 칼빈을 보며 오세나는 마른 침만 삼키고 있었다. 딱히 이광호가 편해서는 아니다. 칼빈이 너무 말이 없는 탓이었다.

"안 되겠어. 궁금해서 아무래도 가봐야겠어."

참지 못하고 오세나가 문을 열며 말했다.

바깥은 쥐죽은 듯 조용했다. 원래 그런 건지 마을주민들은 유령 같았다. 오세나는 문을 잡고 칼빈을 보다가 바깥으로 향했다.

"어디가시는 겁니까?"

칼빈이 따라나오며 말했다.

"쉿, 사라 언니랑 현식 씨를 보고 올 작정이에요."

"감옥에 들어가겠다고요? 하지만 거기 갔다가 들키면 어쩌려고요?"

오세나는 유령같은 주민들의 행렬에 동참했다. 그들은 서로 말을 나누며 어디론가 향하고, 가만히 서서 눈만 움직이고 있었다.

힐끔 쳐다봤지만 다시 자신들의 일에 열중하는 모습이었다.

"잠깐 면회 왔다고 하면 되죠."

"면회 왔다고 하면 들어준답니까? 아까 소령님 말 못 들었습니까?"

"그 여자가 소령인가요? 주제에 많이도 올라갔네. 얄밉게 생겨서는. 근데 소령이 왜 여기에서 이러고 있는데요? SPC는 초능력 회사였잖아요. 우리 때보다 규모도 많이 작아진 것 같고… 아무래도 이상한데?"

오세나가 말했다.

지하감옥은 대표의 저택으로부터 멀리 떨어진 곳에 위치해 있었다. 그런 이유로 경비는 그다지 많지 않았다. 서너 명의 초능력자들을 포함해, 일반인 열 명 안팎의 간수들이 감옥을 관리했다.

오세나는 절벽 밑 튀어나온 암벽 위에 세워진 건물을 내려다봤다. 돌계단을 만들어 놔서 움직이기 용이했다. 다만 바짝 붙어서 가야 하는 길이라, 도망쳐야 할 상황에서는 속도를 내지 못할 듯 했다.

"으씨, 따라와요. 여하튼간 방해되었다가는 알아서 해요!"

오세나가 말했다.

그녀가 먼저 앞장을 서고, 그 뒤를 칼빈이 따랐다.

3층 높이의 건물이 나타나고 그들은 건물의 뒤편에서 정문을 응시했다. 두 명의 보초가 자리를 지키고 있었다.

"칼빈, 감옥을 지키는 사람들은 모두 몇이나 되나요? 들키지 않고 들어갈 수 있어요?"

"굳이 그래야 할 이유가 없습니다. 그냥 면회 왔다고 하는 게 좋겠습니다."

칼빈의 주장에 일리가 있었다.

문제를 일으킬 필요가 없으며, 일행들은 실제로 절도를 저질렀다. 감옥에 갇히게 된 것은 어떻게 보면 자업자득이었다. 만약 다른 이들의 눈을 피해서 사라와 현식을 만난다면 탈옥을 도우러왔다고 해도 납득할 만한 상황이 된다.

"그럼 그냥 정면 돌파해야 하네."

"면회에 쓸 만한 이유가 있습니까?"

칼빈이 물었다.

"물어보러 왔다고 하면 돼요. 왜 그랬는지 이해가 안 된다고."

"그렇군요."

그들은 정문 쪽으로 걸음을 옮겼다. 칼빈과 오세나를 발견하고 보초들이 몸을 돌렸다.

"거기 누구십니까?"

보초가 눈을 비비며 말했다.

"아아, 과거에서 오신 분이군요. 그 옆엔 많이 보던 사람인데… 칼빈이었나?"

"네, 맞습니다. 잠깐 용무가 있어 면회를 왔습니다."

칼빈이 말했다.

보초가 팔을 길게 늘어뜨렸다.

"하지만 소령님께서……"

"야, 그냥 보내. 쟤 몰라? 우리 주민이잖아, 이 자식아."

보초가 서둘러 그들을 통과시켰다.

그들 옆으로 지나치며 오세나는 보초를 바라보았다. 그가 찡긋 윙크를 던졌다.

"하지만 소령님이……"

"소령님은 좀 잊어, 새끼야."

영문 모를 남자다. 오세나는 계단을 밟고 올라갔다. 가파른 계단을 지나 올라가니 감청색에 가까운 쇠창살이 보였다.

그 안에 죄수들이 힐끔힐끔 내다보고 있었다.

"기분 나쁜 새끼들이네. 왜 쳐다보고 난리래."

오세나가 흘리듯 말했다.

칼빈의 설명이 이어졌다.

"이곳의 죄수들은 비교적 수감기간이 바깥보다 짧아요. 주민이 많지 않기 때문에 한 명이라도 비게 되면 제대로 굴러가지 않죠. 장기간 수감되는 사람들은 바깥에서 연쇄살인범으로 유명한 사람들이나 그런 사람들밖에 없어요. 드물게 보안상의 죄를 짓고 들어오는 사람들도 있지만요."

"사람이 너무 없는 것도 문제겠네요. 우리 땐 너무 많아서 문제였는데."

"혹시 꺼내줄지 모른다고 생각해서 보는 걸 테니까, 너무 기분 나빠할 것 없어요."

칼빈이 말했다.

"그럼 사라 언니랑 현식 씨는 어디에 있을까요? 예상되는 곳 있어요?"

"정치범으로 분류가 됐다면 장기간 수감될 예정일 거예요. 살인범들과 함께 3층에 투옥돼요. 물론 칸막이는 쳐져있으니 안심하세요."

멀리서 간수들이 다가왔다. 오세나는 고개를 아래로 숙이고 그들을 지나쳤다.

"3층이요."

"네, 3층이요. 2층까지는 경범죄자들이기 때문에 괜찮아요. 하지만 3층은 다를 거예요. 초능력자들이 감시하는 유일한 층이에요."

위로 갈수록 간수의 인원이 점차 늘고 있었다. 삼엄한 분위기 속에서 간수들의 발소리가 울려 퍼졌다.

칼빈의 말처럼 3층에 감시가 집중된 느낌이었다. 문득 2층까지 건너오면서 만난 간수들의 수가 5명이 넘지 않았던 것이 떠올랐다.

"잠깐 면회 왔습니다. 허락해주시죠."

각진 모자를 눌러쓴 남자에게 다가가 칼빈이 말했다. 모자 밑으로 보이는 남자의 눈길이 창살 너머를 흘겼다.

"칼빈이군. 지휘관이 다녀갔던 걸로 아는데 뭔가 할 말이 더 있나?"

남자가 말했다.

"사건과 관련해 물을 말이 있답니다."

칼빈이 대답했다.

남자는 창살을 흔들어보더니 뒤로 물러났다.

"대화는 되도록 짧게 하게."

오세나가 간수들의 수를 어림잡았다. 죄수들을 들여다보는 남자가 둘, 복도를 지나다니는 사람이 서넛, 그리고 가만히 서있는 남자가 둘, 그리고 칼빈과 대화를 나눈 남자까지 포함해 최소 8명의 인원이었다.

"알겠습니다, 그럼……"

칼빈이 쇠창살 안을 응시했다.

불편한 자세로 누워있던 김현식이 눈을 뜨더니 기어왔다. 사라는 자고 있는 것 같았다.

"칼빈이라고 했나, 우리 저번에 봤었지?"

"저도 왔어요, 아저씨."

오세나가 바짝 붙었다.

"그래, 우리 광호는 뭐하고 있는지 물어봐도 될까?"

김현식이 말했다.

그는 창살을 움켜쥐고 있었다.

"그게… 화장실 갔어요. 그 틈에 잠깐 온 거예요."

"그렇구만… 화장실에 갔다고 둘러댔다는 말이지……"

김현식이 중얼거렸다.

"무슨 말인가요?"

세나가 물었다.

"별 것 아니야. 나한테는 곧장 일을 하러 갈 거라고 했었거든. 아무튼 알겠어. 그런데 여기는 왜 온 거지?"

"아저씨, 연구지는 왜 훔쳤던 거예요?"

오세나가 물었다.

뒤편의 모자 쓴 남자를 응시하다가 김현식이 그녀를 바짝 끌어당겼다.

"그 녀석이 부탁을 했었다."

"시킨 짓이라고요? 대체 왜 그런 일을 부탁해요?"

"알아볼 것이 있다고만 했었지. 처음엔 나도 잘 몰랐다. 그런데 여기 갇혀서 생각을 해보니 조금은 알 것도 같아."

김현식이 목소리를 낮춰 말했다.

"바깥의 상황으로 동굴 내 의견이 엇갈리고 있다던 말을 기억하지? 칼빈, 당신이 분명히 그렇게 말했었지. 어떤 식인지 여기서 지내보니 알 것 같소."

"아저씨, 그게 어쨌다는 거예요?"

"이광호는 누구도 믿을 수 없다고 했다."

"초능력 연구는 개인을 위한 거예요. 특별히 안 좋은 목적을 가질 수가 없다고요. 바깥이 그 지경이 됐는데 사람마다 입장이 달라질 수밖에 없는 것도 어쩌면 당연한 거예요."

"들어봐라. 초능력을 연구하는 이유가 뭐냐?"

"초능력을 더 키우기 위해서죠, 뭐겠어요? 총수님은 초능력의 개발을 위해서 꼭 필요한 거라고 하셨어요."

오세나가 말했다.

김현식이 입술에 검지를 대 보이며 입을 열었다.

"여기는 SPC 조직이야. 너희가 나보다 더 잘 아는 대로 초능력자들을 필두로 하는 회사라는 말이지. 시간이 흐르면 연구결과도 쌓이게 된다. 그렇게 되면 가지고 있는 데이터의 양도 많아질 거고, 그 수준은 상상도 못할 수준에 이르게 돼."

"불필요한 연구를 진행 중이란 말씀인가요?"

"광호는 막대한 초능력을 지닌 자들이 지하에 숨어서 쥐새끼처럼 지내고 있다는 점에 의문점을 제기했지. 여기는 지금 의견이 분분한 상태고… 어떤 권력 관계가 숨어있는지 우리는 제대로 알지 못했다. 전부가 썩었는지, 일부만 썩었는지 알아보는 게 이번 일의 목표였던 것 같다. 감옥에 갇히고 나서 알게 되는 모든 정보들을 빠짐없이 기억했다가 나중에 말해달라고 했었지."

"물론, 사람이 사는 곳이라 청렴하지 못할 수는 있습니다!"

칼빈이 반박했다.

"하지만 당신들의 대화는 꼭 우리가 수상한 마음을 먹고 있다고 생각했다는 것 같아서 기분이 나쁘군요."

"아니에요, 칼빈. 오빠는 당신을 믿는다고 했어요. 우리가 이야기 중인 건 대표를 비롯한 실제적으로 이곳을 움직이는 자들에 관해서예요."

오세나가 말했다.

칼빈이 불쾌한 표정으로 일어났다. 그의 뒤로 간수가 다가왔다.

"언제까지 대화할 생각이십니까? 칼빈 씨, 과거에서 오신 손님과 함께 이만 물러나주시기 바랍니다."

"안 그래도 그럴 작정이었어요."

오세나가 몸을 일으켰다.

그리고 칼빈을 지나쳐 가려던 순간이었다.

"그 말 책임지셔야 합니다. 당신들의 의심을 풀던 제 의심을 풀던, 둘 중에 하나는 해야겠습니다."

칼빈이 중얼거리듯 속삭였다.

그는 순식간에 간수의 총을 빼앗아들고 창문을 향해 발포했다. 조용했던 감옥이 죄수들의 함성소리로 소란스러웠다.

간수들이 복도 끝에서 달려왔다.

"잡아!"

칼빈은 총을 내려놓고 투항했다. 달려온 간수들이 그의 어깨를 거칠게 잡아 감옥의 문을 열었다. 멍하게 서있던 오세나까지 그 안에 던져졌다.

19.

지하감옥.

대표와 사령관이 다녀갔다. 그들이 떠나간 뒤에 소령의 방문이 있었다. 그녀는 딱딱하고 거만한 미소를 짓고 칼빈을 오랫동안 응시했다. 그들을 도울 겸 감시도 하라고 붙여줬더니 배신을 하는 거냐고 그녀가 따지듯 물었다.

칼빈은 무슨 생각을 하는지 모를 얼굴로 조용히 소령을 돌려보냈다.

"정말로 무슨 생각이에요! 우리까지 갇혀버리면 어떻게 하라고요? 지금 이라도 이걸 태워버리고 나가요."

오세나가 말했다.

칼빈은 고개를 내저었다.

"이광호 씨가 이곳으로 온다고 했었죠."

"여기서 기다리라고 했어. 일을 마치는 대로 이리로 오겠다고."

김현식이 답했다.

"그럼 일단은 기다립시다."

칼빈이 부동자세로 앉았다.

오세나가 미간을 찌푸렸다. 말이 통하지 않는 것도 정도가 있었다. 그런데 이들은 화장실에 간다고 한 뒤로 여태껏 오지 않고 있는 그를 기다리자고 하고 있었다. 전부 얼간이들인 게 분명했다. 아무리 생각해도 꼭 두각시처럼 놀아나고 있는 게 아닌가하는 생각을 지울 수 없었다.

그때 사라가 눈을 떴다.

"이제 일어나는 거냐?"

현식이 말했다.

"김현식, 박사님의 아들은?"

"이광호는 아직 오지 않았어. 조금만 기다리자. 무슨 수가 있으니 이런 것까지 예측을 하고 내게 말했을 거야."

김현식이 사라를 일으켜 세웠다.

물도 입에 대지 못한 사람처럼 그녀의 입술이 메말라 있었다.

"언니, 설마 아무것도 못 먹었어요?"

오세나가 물었다.

"망할 놈들, 여태껏 제대로 된 음식도 못 먹어 봤다."

김현식이 대신 대답했다.

그의 말처럼 사라는 못 본 새에 말라 있었다. 원래도 마른 몸이었지만 음식을 먹지 못해 생긴 앙상함 때문에 쓰러질 것 같은 모양새였다.

"갇힌 뒤로 3일이 지났나요? 찾아오길 잘했네요. 이거라도 먹어요."

오세나가 점퍼 안에서 손바닥 크기의 빵을 꺼냈다.

"크림빵이에요. 팁팁하겠지만 아저씨랑 같이 나눠 먹어요. 밖으로 나갈 방법은 찾아볼게요. 언제까지고 그 오빠만 기다리고 있을 수는 없잖아요."

"일단은 기다려보자. 다 생각이 있을 거 아니냐."

"기다리다가 굶어죽어요!"

오세나가 소리쳤다.

부동자세로 묵묵히 눈을 감고 있던 칼빈이 움직였다.

"아니요, 이광호 씨는 반드시 올 겁니다. 우리가 죽기 전에 귀신같이 나타날 거예요. 그가 저를 믿어줬듯이 저도 광호 씨를 믿습니다."

그는 벽에 붙은 채로 쇠창살 근처로 다가갔다. 순찰하던 간수 하나가 힐끔거리며 그를 내려다보고는 그대로 지나쳐갔다.

"절대로 저희를 죽게 내버려둘 사람이 아닙니다. 제 눈은 정확해요."

"그런 사람이 이런 비인간적인 곳에 우리를 있게 만들었네요?"

오세나가 퉁명스럽게 칼빈에게 말했다.

"저도 있고 싶어서 그랬던 건 아닙니다."

칼빈이 오세나를 돌아봤다.

그녀는 대꾸하려고 했지만 이어진 그의 말 때문에 입을 다물 수밖에 없었다.

"동굴에서 나고 자랐습니다."

그 말은 햇빛이 통하지 않는 곳에서 평생을 보냈다는 말과 다르지 않았다. 그의 세계 대부분은 동굴을 중심으로 흘러갔던 거였다.

어둠 속의 생명체가 어떻게 움직이게 되는지 상상이 가지 않았다. 그제야 이해가 갔다. 유령처럼 걸어 다니던 사람들.

오세나는 퍼뜩 정신을 차리고 칼빈을 보았다.

"초능력을 발견하고 나서야 가끔씩 밖에 나갈 수 있었습니다. 정말 가끔이지만 행복했습니다. 하지만 이곳도 버릴 수는 없었어요. 제 모든 추억은 이곳에서부터 시작 됐으니까요. 내가 머물렀던 공간을 쉽게 버릴 수는 없었습니다."

"이렇게 비인간적인 곳이란 걸 알고도 말인가요? 칼빈, 당신은 지금 잠깐 책을 몰래 들춰봤다고 죄수들에게 물조차 주지 않는 곳에서 살고 있어요!"

"정확히 말하면 기밀을 엿봤던 거였죠. 하지만 질책하는 것은 아닙니다. 제가 여기에 스스로 갇히고자 했던 건 그동안의 의문을 풀기 위해서예요. 김현식 씨와 사라 씨가 힘들었던 점에 대해서는 죄송하게 생각합니다. 하지만 저도 이런 수준인 줄은 꿈에도 몰랐습니다."

"그래도…!"

오세나는 그만 말문이 막혔다. 캔 모양의 작은 물체가 복도바닥을 소리 없이 굴러가는 것을 발견한 것이다. 그 수상한 물건이 바닥을 구르는 것을 보자 그만 어이가 없어졌다.

"바깥에서 구할 수 있는 마취가스입니다. 모두들 코와 입을 막고 눈을 감으세요. 그리고 앞으로 10초 동안은 숨을 들이마시면 안 됩니다."

칼빈이 말했다.

… 7, 8, 9, 10.

눈을 뜨는 그들에게 이광호가 다가왔다.

"아저씨, 저 왔습니다. 고생 많으셨어요."

그의 손에 열쇠가 들려 있었다. 간수에게서 빼앗은 것처럼 보였다.

문이 열리고 이광호는 현식을 부축해 나왔다.

오세나가 사라의 어깨를 붙잡아 일으켰다. 칼빈이 뒤따랐다.

"칼빈, 잠깐이지만 고생 많았어요."

이광호가 웃으며 말했다.

"아니요, 말씀하신 것처럼 아주 잠시였습니다. 반나절도 안 지났으니까요."

"여기 있어보니까 어때요?"

"좋지는 않았습니다. 계단 조심하세요, 많이 가파릅니다."

"제 앞가림은 제가 합니다. 그보다 칼빈 씨와 다른 분들이 해줘야 할 일이 있습니다. 일단은 밖으로 나가서 이야기하죠."

이광호가 말을 끝마쳤다.

1층과 2층 역시 마취되어 정신을 잃은 간수들로 혼란스런 상태였다. 정문 바깥으로 보이는 한 남자의 실루엣에 오세나가 걸음을 멈추었다. 사라를 부축하지 않은 반대편 손으로 불길을 끌어모았다. 바깥의 보초들을 처리하기 위해서였다.

그런데 이광호가 태연하게 밖으로 걸어 나갔다.

큰소리로 부르지도 못하고 바라보는데 남자가 웃으며 손짓했다. 칼빈이 먼저 나가고, 하는 수 없이 오세나도 발걸음을 옮겼다.

"약속한 돈은 꼭 주셔야 합니다. 정말 제 평생의 꿈이었어요."

보초가 말했다.

감옥에 갇히기 전, 그녀와 칼빈을 그냥 보내주었던 그 남자였다. 윙크를 던지던 이상한 남자를 기억해내고 오세나가 이광호를 쳐다봤다.

"어떻게 된 거야?"

오세나가 물었다.

연고도 없던 그들이 손을 잡을 이유가 없었다. 돈이 오가는 속사정이 있었더라도 그러한 뒷거래는 잘 아는 사람들에게서나 가능한 거였다. 그게 아니라면 모종의 약점이라도 알고 있어야 했다. 이광호와 보초의 사이에는 성립될 게 없었다.

궁금증을 보이는 그녀의 눈빛에도, 이광호는 눈길도 주지 않고 보초와 대화했다.

"아, 그러면 거기에 그냥 서 있으면 되는 겁니까?"

"맞아요, 거기 서 있으면 우리 세계로 갈 수 있을 겁니다."

"아이고, 형님. 고맙습니다. 여기보다 살기 좋은 곳이라고 하셨죠? 약속했던 금액은 꼭 주셔야 합니다."

"그럴 필요 없이 그곳에 가시면 강두호라고 선대 총수가 있을 겁니다. 내 이름을 대며 금액을 요구하면 줄 거예요. 걱정마시고 얼른 뛰어가십시오."

이광호가 서둘러 보초를 보냈다.

그는 계단을 뛰어오르는 보초를 멀찍이 보다가 일행들을 돌아봤다.

"그럼 이제 이야기를 마저 해보죠."

수면과 가장 가까운 지하감옥.

비밀리에 이야기를 주고받기에 더없이 적당한 장소였다. 절대로 바깥으로 나올 수 없는 3층의 강력범죄자들. 그들 앞에서 입조심을 못했던 것은 실수라면 실수였다.

"그렇게 된 거였군요."

이광호가 말했다.

"그런 말까지 했었다니. 사령관님도 대표님도 어딘가 이상한 게 분명합니다. 그동안 감쪽같이 속았다고 생각하니 열이 받는군요. 소령님의 인성은 익히 알고 있었지만 말입니다. 워낙에 남을 무시하는 짓을 유희로 여기고 사는 여자다 보니……"

"확실히, 바깥의 사람들은 안중에도 없는 것이 문제가 있더군요. 어떻게 보면 이해할 수는 있겠지만, 그들이 죽든말든 자기 팔자라고 했던 말에는 분명 어폐가 있습니다. 여기 바깥에도, SPC의 일원들은 소수지만 존재한다고 강두호 총수께 들었던 바가 있어서 알고 있습니다. 칼빈, 제 말이 맞지요?"

이광호가 말했다.

"네, 맞습니다."

칼빈이 이를 갈며 말했다.

"세나야, 아저씨랑 사라를 데리고 전에 우리가 갔던 하수구로 가있어. 몇 시간이나 걸릴 것 같아? 최대한 빨리 말이야. 단, 사람들에게 들키진 말아야 해."

이광호가 오세나를 보며 물었다.

"외부로 나가는 길이 있습니다."

칼빈이 말을 꺼냈다.

"저만 알고 있는 길이에요. 거기로 가면 조금 오래 걸리지만 들킬 염려는 없을 겁니다."

"그럼 얼마나 걸릴까요?"

"이틀은 넘게 걸릴 겁니다. 제가 기억하고 있습니다."

"그럼 삼일 뒤에 거기서 뵙도록 하죠. 시간은 몇 시로 할까요?"

"그게… 시계가 없습니다."

"그럴 줄 알고 가져왔어요. 저녁 8시에 보기로 하죠."

이광호가 씨익 웃으며 칼빈을 향해 손목시계를 내밀었다. 이광호가 차고 있는 시계와 같은 것이었다. 직접 구해다 주었던 것이어서 칼빈은 웃음을 터뜨렸다.

"사라, 그리고 아저씨. 사라시스템이 이상 현상을 일으켰던 때가 정확히 언제죠?"

"시간은 잘 모르겠다. 하지만 날짜는 기억해. 3월 17일이다."

김현식이 대답했다.

이광호는 등을 돌려 칼빈을 바라보았다.

"칼빈, 모두를 부탁합니다. 세나야, 부탁해."

"알겠습니다. 걱정 마십시오. 삼일 뒤, 저녁 8시에 보도록 합시다."

칼빈이 대답했다.

"어디가려고?"

오세나가 물었다.

무슨 능력을 지녔는지도 모르는데 대뜸 혼자서 행동을 하겠다니 기가 차다. 지휘관의 자리를 달라고 했던 자가 일행과 떨어져 행동하는 것도 이해가 가지 않았다.

"혼자 다니다가 죽으면 총수님한테 내가 뭐라고 말하라고!"

"내가 죽는 일은 없어, 오세나. 조금 위험할 수는 있어도."

근거 없는 말이었다. 초능력자들을 방금 전, 모두 적으로 돌렸으면서 누구에게 도움을 받는다는 말인가. 멀어져가는 모습을 지켜보고 있다가 오세나가 칼빈을 바라봤다.

그녀의 어깨를 잡으며 칼빈이 서둘러 길을 찾았다.

"약속시간까지 도착하려면 부지런히 가야 합니다, 자 가시죠."

칼빈이 말했다.

이광호는 건물 뒤쪽으로 모습을 감췄다.

20.

이광호는 이훈철 박사가 죽은 장소에 와있었다. 현식의 말에 따르면 그는 이곳에서 기습을 받았다. 컴퓨터 본체에서 로봇 팔이 튀어나와 그의 몸통을 갈랐다.

본체 속에 그런 것이 숨겨져 있었다면 아버지가 정말 몰랐을까? 누군가가 의도적으로 상황을 예측하고 숨겨놓았다는 말이다. 그 정도의 능력이 되는 자가 어째서 박사를 이곳으로 들어오도록 용인했을까. 그것 또한 의문이었다.

하지만 아직은 조용하기만 했다.

'정확한 시간을 모르니 불편해죽겠네.'

언제까지 기다려야 할까. 인공지능이라고 했던 사라시스템의 여자 형상은 보이지 않았다. 넓게 늘어진 배선, 대형 컴퓨터가 한 대, 그리고 수많은 본체들. 하얗고 네모난 타일이 넓게 깔린 공간이었다.

설명이 일치하는 것으로 보아 이 장소가 맞았다.

그는 일어나 내부를 구경했다. 자판은 세 개가 있었다. 두 개는 연결되어 있는 듯 했고 한 개는 줄이 달려있지 않았다. 컴퓨터와 연결된 본체가 무엇인지는 파악이 불가했다.

중앙에 액체가 담긴 원통형의 물체가 바닥과 천장에 쭉 이어져있었다.

뒤로 폭발음이 들렸다. 이광호는 몸을 숨겼다.

문이 열리고 박사가 먼저 들어왔다. 그의 뒤로 레이저건을 들고 있는 사라와, 권총을 쥔 현식이 보였다.

"… 뒤를 막아주게."

박사가 말하고 있었다.

그가 usb를 꺼내서 어딘가에 꽂는 모습이 보였다. 이광호는 원통형의 물체를 지나 배선판 뒤로 향했다.

대형모니터에서 카운트가 시작되었다.

농담처럼 그들이 대화를 주고받는 것을 지켜보았다.

25, 24, 23, 22 ……

사라가 안절부절 못하며 벽면에 귀를 갖다 대었다.

"진짜 이상합니다, 박사님. 이리로 와 보십시오."

사라가 말했다.

배선판에서 이상한 소리가 들리고 있었다. 작은 톱니가 돌아가는 소리처럼 들렸다. 이광호는 그 안을 들여다보았다.

어떤 장치가 그 안에서 엇박자를 내고 있었다. 마치 기폭장치인 것처럼. 기계의 붉은 빛이 점멸하고 있었다.

유독 그 배선판의 줄만 다른 것보다 길게 이어져 있었다.

"박사님! 오, 안 돼."

사라가 크게 소리치고 있었다.

카운트는 여전히 돌아갔다.

15, 14, 13, 12…….

톱니소리도 점차 빠르게 들려왔다. 늘어진 선들이 본체와 연결되어 있었다. 수많은 배선판의 줄이 본체와 하나씩 연결되어 있었지만, 그게 문제가 아니었다.

이곳은 잠시 후 폭발할 것이다. 흔적도 남기지 않고.

10, 9……

단순히 시간만 돌린다고 되는 문제가 아니었다. 지금 그들 앞에 나타나 박사를 살릴 수는 없었다. 현식과 사라가 과거로 되돌아가는 일이 없을 것이고, 부탁한다 하더라도 이번엔 과거의 자신이 순순히 따라나서지 않았을 것이다.

카운트를 멈춰야 한다.

이광호가 모니터 앞으로 손을 뻗었다. 그리고 반시계방향으로 움직였다. 카운트가 뒤로 돌아가기 시작했다.

'됐다! 성공했어!'

성공했다는 놀라움도 잠깐 뒤로 미루어둬야 했다. 이광호는 들려오는 소리에 촉각을 곤두세웠다.

누군가 넘어지는 소리가 들렸다. 아마도 그를 부축하려고 했던 것 같았다.

"여길 빠져나가도 얼마 살아있지 못할 거야. 이봐, 내게 아들이 있네. 그 녀석을 찾아가주게. 이름은 이광호라고 하고. 이건 좌표가 적힌 집주소야. 이걸 받고 얼른 그리로 가주게. 가서 내 이야기를 전해주었으면 하네."

박사가 말했다.

울고 있는 사라를 부축해 김현식이 바깥으로 빠져나갔다.

카운트는 1분에서 멈춰 있었다.

이광호가 아버지에게 다가갔다. 정신을 잃은 박사를 그가 흔들어 깨웠다. 그의 얼굴을 보자 이훈철 박사가 실소를 터뜨렸다.

"역시 와있었구나, 광호야. 내가 왜 이리 깜빡깜빡 하는지 모르겠구나. 계속 이 모습으로 나를 찾아와 주었었는데. 아까 기억이 났단다. 주마등처럼 스치더구나."

이훈철 박사가 말했다.

이광호가 그를 일으키며 usb를 뽑아서 주머니에 넣었다.

"누군가 여기에 폭탄을 설치했어요."

"폭탄까지? 누구라고 보는 거냐?"

"아마도 사라시스템을 지독하게 싫어하는 사람들이겠죠. 그런데 사라시스템을 사용해 이득을 볼 수 있는 집단이 누가 있죠?"

박사를 부축해 문밖으로 나갔다. 전투로봇으로 깔려있다던 지부는 쥐죽은 듯 조용했다. 피범벅 되어 쓰러져있는 연구원들이 보였다.

"너무 많아서 헤아리기 힘들단다."

박사가 말했다.

이광호는 그를 데리고 주차장으로 향했다. 박사의 차는 B구역에 주차되어 있었다.

복부를 틀어막은 박사를 이광호가 뒷좌석에 태웠다.

"집집마다 안드로이드가 한 대씩 있다고 들었어요. 주변에 로봇이랑 안 친한 사람 없을까요? 지금은 가정용 로봇도 믿을 수가 없거든요."

이광호가 말했다.

"… 그런 친구가 한 명 있다."

박사가 힘겹게 말했다.

"멀튼이라는 친구다. 국제경찰이 되었지. 세계가 하나로 통합이 된 후에 국제경찰이라는 게 생겨났다. 로봇을 원수 보듯 하는 친구지."

"믿을 수 있는 사람인가요? 아버지랑 친해요?"

"친하다마다."

박사가 말했다.

손을 적신 피를 보며 이광호가 차 안을 뒤져 약상자를 꺼냈다. 그는 급한 대로 붕대를 박사의 손에 쥐어줬다.

"약봉지, 약통, 붕대에 연고, 대일밴드까지. 지독한 건강염려증이 이번엔 아버지를 살렸네요."

이광호가 차를 출발시켰다.

"멀튼 형사는 서울 북부에 살고 있단다."

"도로 위가 어떤 상황인지는 모르겠어요. 아버지, 꽉 잡으세요."

박사가 차 위편의 손잡이를 잡았다.

도로는 연구소에서 빠져나간 전투로봇들로 점령돼 있었다. 로봇의 통제를 받는 사람들, 로봇에게 맞고 있는 사람들, 그들과 대치하는 사람으로 각양각색이었다.

사람들은 차에서 내려 인도로 향하고 있었다.

"저길 빠져나가야 해요. 새끼들, 차를 도로에 그대로 버리고 가면 남은 사람은 어떻게 하라고?"

이광호는 속도를 높여 좁은 골목길로 들어갔다. 그곳도 상황은 다르지 않았다. 차 한 대가 놓여 있었다. 그나마 다행인 것은 이 사태가 벌어진 뒤로 얼마 안 된 상황이어서 아직 도로를 달리는 차들도 많았다는 거였다.

그대로 빈 차를 치고 지나갔다. 대로를 달려 멀튼의 집에 도착했다.

"아버지, 치료는 어떻게 받나요."

"이건 내가 알아서 할 테니 어서 내리자."

멀튼의 주택 앞에서 그들은 문을 두드렸다. 깔끔한 인상의 남자가 모습을 드러냈다. 그는 바깥으로 나와 이훈철 박사를 보더니 황급히 집안으로 데려갔다.

"멀튼 형사님, 긴히 할 이야기가 있어요."

이광호가 말했다. 멀튼은 거리로 나온 전투로봇들을 창 너머로 응시하다가 커튼을 치고 돌아왔다.

제 3장
멀튼 형사

타임 워커 1 : 시간을 걷는 사람

21.

이광호가 다녀간 후 멀튼은 이훈철 박사와 마주앉았다. 출혈이 심각해 보였다. 멀튼은 그를 소파에 눕히고, 상처 주변을 깨끗이 닦은 후 붕대를 감았다.

병원에 데려가고 싶었지만 박사가 한사코 거절했다. 의사를 집으로 불렀다. 그리고 그가 무사히 오기만을 기다리는 중이었다.

"도덕적으로 완벽한 인공지능은 애초에 불가능하다고 말씀드렸습니다."

멀튼이 말했다.

"아니야, 사라시스템은 완벽했네. 언제나 인간들이 문제였지. 그녀를 이용해서 이득을 취하려는 집단이 존재하는 것 같아."

박사가 말했다.

"그래서 그 것은 지금 어디에 있습니까."

멀튼이 말했다.

박사가 사라시스템에 갖고 있는 애정을 모르는 바가 아니었다. 그래서 사라시스템을 구현화하겠다고 나섰을 때, 말리지 못했다. 하지만 이런 상황을 예측하지 못해서 가만히 지켜보았던 것은 아니었다.

시스템 안에서나, 밖에서나 살아갈 수 있는 괴물.

박사는 괴물을 만들어냈다. 문득 그 괴물을 만드는 데 일조했다는 생각이 들었다.

"미안하네. 내 욕심이 과했던 것 같아."

박사가 말했다.

멀튼은 커튼을 들추고 바깥을 내다봤다. 집에서 돌아다녀야 할 가정용 로봇이 주인을 내버려두고 거리를 활보하고 있었다.

"말리지 못했던 제 잘못도 있습니다. 하지만 이렇게 된 게 온전히 박사님 탓만은 아닙니다. 그 빌어먹을 로봇이란 물건은 원래도 있어왔고 박사님은 그걸 통합하고 싶었던 것뿐이죠. 하지만 틀렸습니다. 불안정한 로봇은 폐기처분해서 없애버려야 할 대상이지, 더 업그레이드해서 보존해야 할 물건이 아니었어요."

멀튼이 말을 이어나갔다.

"물론 질책하는 말은 아닙니다. 박사님 말처럼 사람들은 그 불안정한 물건이라도 이용해서 전쟁을 벌여왔던 겁니다."

그는 다시 박사와 마주 앉았다.

"아까 그 자는 누굽니까?"

멀튼이 물었다.

박사의 몸을 감은 붕대 위로 피가 조금씩 새어나왔다.

"내 아들이네."

박사가 말했다.

"아들이 있다는 말은 처음 듣습니다."

"그럴 테지. 아무에게도 그런 말을 하지 않았으니까."

"당신은 제게 아버지 같은 분이십니다."

잠시 침묵이 흘렀다.

문이 열리며 의사가 들어왔다. 의사는 박사의 상태를 눈으로 어림잡더니 황급히 다가왔다.

의사가 박사를 치료하는 동안 멀튼은 usb를 꺼내어 응시했다. 박사의 아들이 중요한 단서가 담긴 물건이라며 건네주고 간 것이다. 그리고 또 다른 장치 하나는 메모리칩 같은 것으로 보였다.

박사가 신음을 흘렸다. 의사는 박사를 소파에 반듯이 눕혀둔 채로, 주사 한 대만 놓고 급히 수술을 진행 중이었다.

한참이 지나 의사가 말했다.

"다행히 즉사는 면했습니다. 운이 좋았네요. 만약 상처가 조금 더 심했더라면 여기까지 오지도 못하고 죽었을 겁니다. 하지만 이건 처음보네요. 인공심장이라니, 기계로 된 것은 그 중에서도 엄청 고가인 것으로 아는데, 아무튼 다행입니다."

그는 덤덤하게 심장부분을 봉합했다. 기계심장과 미세한 혈관들을 잇는 수술이었다. 위험한 혈관은 모두 피한 덕분에 목숨을 부지한 것으로 보였다.

박사는 소파의 가죽을 움켜잡고 신음했다.

의사는 심장수술을 마치고 박사의 가슴표면을 닦아냈다. 이제 그의 피부를 깨끗이 봉합하고 나면 일단은 해결이었다.

수술 후에 발생할 열병이 문제였다. 어떤 상황이 벌어질지 모르니 옆에서 지켜보고 끈기 있게 돌봐야 할 것이다.

멀튼이 일어섰다. 그는 바지 뒤에서 권총 한 자루를 꺼내어 탁자 위에 두었다.

"의사 양반, 박사님과 함께 있어주시겠습니까. 탄창은 탁자 밑의 상자에 가득 쌓여 있습니다. 위급한 상황에 사용하시면 될 겁니다."

의사가 말없이 고개를 끄덕였다.

멀튼은 차키를 꺼내 뒷문으로 향했다.

차고 안, 행선지는 같은 서울지역 소재의 국제경찰청이었다.

22.

경찰청을 둘러싸고 경비대가 줄지어 서있었다. 검은색 방탄조끼를 착용한 채로 경찰봉을 들고 진압대가 차에 오르고 있었다.

멀튼은 차에서 내려 경찰청 안으로 들어갔다. 전화기를 붙잡고 소리치는 사람들과, 언성을 높이는 경찰관들이 보였다.

길목에 서서 대화를 나누던 남자가 멀튼을 발견하고 다가왔다.

"멀튼, 그렇지 않아도 기다리고 있었다."

"청장님, 이게 도대체 어떻게 된 겁니까?"

멀튼이 물었다.

청장은 거칠게 머리카락을 쓸어 넘겼다. 그의 얼굴에서 피곤함이 감돌았다.

"로봇들이 폭동을 일으켰어. 문제는 그게 한 두 대가 아니라는 점이지. 문제가 아주 심각한 모양이야. 멀튼, 여기까지 오면서 자네도 봤을 거야. 도로를 점령한 로봇들을 피해서 도착했겠지?"

"그렇습니다, 청장님."

청장은 자리를 옮겼다.

그를 따라 걸으며 멀튼은 주변을 둘러봤다. 일사분란하게 움직이는 사람들의 틈 속에서 한 남자가 서늘한 눈길을 보내왔다.

멀튼은 고개를 돌려 청장을 바라보았다. 그도 말없이 묵묵히 걷고만 있었다.

연회색의 문을 밀고 내부로 들어갔다. 자판을 두드리며 일하는 직원들이 자리를 지키고 있었다.

청장은 발길을 멈추고 섰다.

"멀튼, 저기를 보게."

그가 화면을 가리켰다.

차가 다니는 길목을 비롯한 전국의 CCTV영상이 빠르게 바뀌며 비쳐지고 있었다. 진압을 나간 경찰들이 로봇과 전투를 벌이고 있었다. 행인이 맞아서 죽고, 끌려가거나, 도망치고 있었다. 가정용 안드로이드 로봇이 사람을 살해하는 장면도 가감 없이 비쳐졌다. 상식을 깨는 끔찍한 장면이 경찰청 내부로 고스란히 송신되고 있던 것이다.

"로봇들이 문제를 일으키다니 이건 재난이라고 할 수밖에 없어. 각국에 로봇공장이 얼마나 되는지 아나?"

"헤아릴 수 없습니다."

"조금 전에 그곳 생존자로부터 전화가 왔었다. 공장직원들을 모조리 죽이고 로봇들이 직접 로봇을 생산하고 있다더군. 참나."

"로봇이 직접 말입니까?"

멀튼이 놀란 눈으로 물었다.

"자네가 이훈철 박사와 연이 있다는 것을 익히 알고 있지."

"지금 저희 집에 머물고 있습니다."

"혼자 있다는 말인가? 그가 살아남은 게 사실인가?"

"의사와 함께 있습니다. 연구소의 로봇들도 오작동하고 있는 모양입니다. 박사는 아들과 함께였습니다. 아마도 그가 박사를 도와주었던 것처럼 보였습니다."

"그렇다면 일단은 다행이네. 어서 가서 박사를 데려오도록."

"하지만 박사의 몸 상태가 좋지 않습니다."

멀튼이 말했다.

청장은 허리를 집고 서서 부하들에게 명령했다.

"멀튼 형사의 집을 띄워, 빨리!"

국제경찰청 내 상황실 모니터 화면 가득 그의 집이 비쳐졌다.

1층집.

불이 꺼져있었고 그 주변으로 안드로이드 로봇들이 모여들고 있었다. 커튼 사이로 권총을 든 사람의 손이 나왔다. 로봇 한 대가 주춤거리며 물러나고 있었다. 시간이 지체된다면 완전히 포위당할 것처럼 느껴졌다.

"멀튼, 자네 팀을 이끌고 지금 당장 박사를 데려오도록!"

청장이 말했다.

멀튼은 청장에게 usb와 네모난 메모리칩을 내밀었다.

"이게 뭔가?"

"박사의 아들이 건네준 것입니다. 이 사태가 벌어진 중요한 단서가 저장되어 있을 거라고 했습니다."

멀튼이 말했다.

손톱보다 조금 큰 크기의 usb에 단서가 들어있다는 것이다. 그리고 메모리칩. 블랙박스처럼 영상을 저장하는 기능이 있는 제품이다. 로봇을 만들 때 쓰이는 부품이다.

청장은 계단을 밟고 내려가 usb를 상황실 직원에게 건넸다.

"가정집보다는 여기가 안전할 거야. 우리가 이것을 열어볼 동안 자네는 박사를 여기로 데려오도록 해. 최대한 안전하고 신속하게."

청장이 말했다.

멀튼은 상황실 밖으로 몸을 돌렸다. 문 틈 사이로 바라본 청장은 상황실 직원에게 귓속말을 전하고 있었다.

23.

통합의 날, 한 아이의 부모가 모두 죽었다. 사인은 사고사였다. 생존자는 뒷좌석에 타있던 멀튼이었다. 그는 구급로봇에 의해 강제로 구해졌다.

멀튼은 남겨진 돈을 모두 털어서 한국으로 건너왔다. 어딘가로 도망가겠다는 생각은 아니었다. 다만, 어머니가 한국인이었기 때문이다. 그곳에서 나고 자란 분이셨고 미국으로 건너와 아버지와 만났다고 들었다.

어머니의 고향을 좇아 무작정 한국을 찾았다. 돈이 없어서 거리를 전전하던 그에게 다가와 손을 내밀어 준 것은 바로 이훈철 박사였다. 멀튼에게 국제경찰을 권유한 것 또한 이훈철 박사였다.

"경감님, 도로가 막혔습니다. 다른 길로 가야할 것 같습니다."

부하직원이 말했다.

"뚫고 들어간다. 박사님을 안전히 보호하도록."

멀튼이 말했다.

부하들이 박사의 몸을 안전하게 꽉 붙잡았다. 멀튼은 전방에 포진한 로봇을 피하지 않고 돌진했다. 안드로이드 로봇의 잔해가 공중에서 흩어졌다. 전투로봇들이 달려들어 차체에 매달렸다. 로봇들이 창문을 깨고 손을 집어넣자 박사를 붙잡고 있던 남자가 총을 발사했다. 로봇은 팔을 내저어 선루프를 깨려다가 가로등에 짓이겨져 떨어져나갔다.

"경찰청 소속의 로봇은 어떻게 처분했나?"

멀튼이 운전을 하며 물었다.

"그게… 경찰로봇에는 아무 문제도 없습니다. 지금 가동되는 로봇들로 기동대를 편성해서 임시 대책으로 안드로이드 로봇들을 제압하고 있는 실정입니다. 하지만 경감님, 군사목적으로 제작된 전투로봇을 상대할 전력에는 못 미칩니다."

"알겠다. 그러면 전투로봇이 문제군. 군사시설은 어떤가?"

"전투로봇에게 포위당한 상태입니다. 고전을 면치 못할 것입니다."

부하직원이 말했다.

통합의 날이 있었지만 세계를 완벽하게 하나로 묶는 데엔 어려움이 있었다. 인종과 생김새가 다른 각국의 수장들은 군사시설에서 전투로봇을 계속해서 생산했다. 박사가 인공지능 사라시스템을 구축해 적용한 이후로 전세계 전투로봇들은 동일한 시스템 체제를 사용하고 있었다.

사라시스템이 적용되지 않은 것은 구조 활동을 위해 제작된 로봇뿐이었다.

"박사님, 사라시스템을 이용하려는 자가 있는 것이 확실합니다."

멀튼이 룸미러를 보며 박사에게 말했다.

그는 악셀을 끝까지 최대한 밟았다.

24.

멀튼 형사는 이훈철 박사를 청장실로 안내했다.

청장은 좌불안석으로 청장실 안을 맴돌고 있었다.

"이훈철 박사."

청장이 말을 건넸다.

"안녕하시오."

이훈철 박사가 인사했다. 그는 긴장한 것처럼 보였다.

"박사, 블랙박스와 usb의 내용을 모두 확인했습니다. usb에 사라시스템을 재부팅하는 프로그램이 깔려있는 걸 봤습니다. 그 외의 문서는 해독이 불가능하게 락(lock)이 걸려 있던데. 그 안에 혹 무엇이 들은 것인지 물어봐도 되겠습니까?"

청장이 말했다.

박사의 시선이 좌로 향했다. 그는 멀튼 형사를 보고 있었다.

"멀튼, 잠깐 나가 있게."

청장이 말했다.

멀튼은 그에게 가볍게 목례를 한 후 청장실을 나갔다.

"이제 말해보시오. 사라시스템에 무슨 문제가 발생한 것이오?"

경찰청장은 뒷짐을 지고 창밖을 건너다봤다. 서울 한복판, 국제경찰청을 둘러싸고 대치가 벌어지고 있었다. 단단한 바리케이드로 막아놨지만 로봇이 계속해서 넘어오고 있었다. 기동대와 무장한 경비대가 넘어온 로봇을 끌어내려 팔을 부러뜨리고 있었다.

"누군가가 해킹을 시도한 것 같소."

박사가 말했다.

"그게 성공했다는 것처럼 들리는데 맞습니까?"

경찰청장이 말했다.

"파일에 들은 내용은 무엇이오? 사라시스템을 재부팅하면 원상태로 돌아올 수 있는 겁니까?"

"재부팅에 성공하면 모든 프로그램이 초기화됩니다. 처음 상태 그대로 되돌아가지요. 더불어서 프로그램을 이루는 코드가 랜덤하게 바뀌도록 설정해놨소. 성공만 하면 원래대로 되돌아 갈 것으로 보고 있습니다."

"시도는 어디서 해볼 수 있는 겁니까?"

청장이 물었다.

"사라시스템을 처음 만들었던 장소에서만 가능하도록 해놨소. 아시아지부로 가야 합니다."

박사가 말했다.

"지금 세계가 전부 혼란스러운 상태라 한국에 지원을 올 수 있는 병력이 있을지 모르겠지만……"

"한국의 군인들은 어떻소?"

"군사기지에서 쫓겨난 수뇌부들도 모두 서울로 모이고 있고, 오다가 죽는 이들도 많을 걸로 생각됩니다. 하지만 걱정 마시오. 그들에게 모두 서울로 모이라 하겠소. 박사, 지금 아시아지부를 탈환에 성공하면 사라시스템이 정상적으로 가동하는 것이 확실합니까?"

청장이 뒤돌아보며 물었다.

박사는 고개를 저었다.

"탈환에 성공하기까지가 어려울 겁니다."

"무슨 수를 써서든 탈환에 성공할 것이오. 대답해보시오, 가능합니까?"

"재부팅 시스템을 점검할 시간이 필요합니다. 청장, 사실 그곳에서 탈출하기 전에 이미 시도를 한 번 해봤소. 하지만 먹히질 않았소."

"그럼 방법이 없다는 게 아닙니까?"

청장이 소리쳤다.

잔뜩 화가 난 그에게 박사가 말했다.

"그 usb에 미리 장치를 해놨습니다. 단순히 자료를 저장하고 읽기만 하는 물건이 아니지요. 사라시스템이 어떤 상태에 처해 있는지 usb에 자동저장 됐을 거요. 잠겨있다던 파일들은 바로 그것이오."

"파일을 열어보는 데 시간이 얼마나 걸립니까?"

"최대한 빠르게 해보겠소."

박사가 말했다.

25.

경비대의 뒤를 통과해 대치중인 장소로 향하려던 멀튼을 잡아당기는 손길이 있었다. 멀튼은 아차하며 기습한 자를 재빨리 쳐다봤다.

"안녕하세요, 멀튼."

이광호가 먼저 인사를 건넸다.

"여기는 어떻게 온 거냐? 오면서 방해가 많았을 텐데."

"다 방법이 있습니다. 멀튼 형사님, 아버지를 무사히 보호해 주셔서 감사합니다."

"지금 청장님과 함께 있다."

"알고 있습니다. 확인하고 나오는 길입니다."

"박사님과 만났다는 말이냐?"

"아뇨, 멀리서 보고만 왔습니다. 그리고 청장님과 아버지의 대화를 엿들었습니다. 잘못인 줄은 알지만 불가항력이라 어쩔 수 없었습니다."

이광호가 서류뭉치를 내밀었다.

"이게 뭐냐?"

"아버지의 집에서 가져왔습니다. 경황이 없어서 아마 챙기지 못했을 겁니다. 연구자료입니다. 어떤 걸 챙겨야 할지 몰라서 집에 있는 걸 통째로 가져왔습니다. 도움이 될지는 모르겠네요."

"알았다. 내가 전해주도록 하지."

멀튼은 서류를 받아들었다.

복잡하게 적힌 수식과, 빼곡한 메모들이 보였다. 박사가 지녔던 의문점에 대한 글귀도 적혀있었다.

"언제 진압이 가능할지는 모르겠다."

멀튼이 바리케이드를 오르는 로봇들을 보며 말했다. 밖으로 나가려는 그를 이광호가 다시 끌어당겼다.

"제가 여기에 온 건 반드시 비밀로 해주십시오. 이 서류들은 멀튼 형사님 당신이 아버지의 집에서 가져온 걸로 하는 겁니다."

이광호가 말했다.

"숨겨야하는 이유라도 있는 거냐?"

한쪽 눈을 찌푸리는 그에게 이광호가 되물었다.

"경찰청 내부는 썩지 않았다고 확신합니까?"

"의심이 너무 많은 것 같은데?"

"사람이 일정 수 이상 들어찬 조직은 어딘가 썩어있기 마련입니다. 그 어디라도 말입니다. 제 신조가 있습니다. 손아귀에 많은 것을 쥐고 있는 자들은 결단코 믿지 않습니다. 아무튼 해야 할 일이 있어서 저는 이만 가보겠습니다."

"확실히 그렇긴 하다만……"

멀튼이 이광호의 행색을 살폈다. 단순히 점퍼 차림인 것 같지만, 그는 온 몸에 방탄물품을 두르고 있는 것 같았다. 허벅지와 팔뚝에도 쇠처럼 단단한 무언가가 들은 듯 불룩 튀어나와 있었다.

"총기 사용법을 알고 있나?"

멀튼이 물었다.

그가 경찰복 안쪽에서 권총을 꺼내 이광호의 손에 쥐어줬다.

"나갈 작정이면 이걸 가지고 가라. 그렇게 다니다가는 머리가 날아가고 말 거다."

"예, 또 뵙겠습니다."

이광호가 말했다.

그는 주차장을 가로질러 달렸다. 그대로 넘으려는 건지 점프해서 철조망에 매달렸다. 로봇이 정문에 몰려있어서 그곳은 비교적 안전해보였다.

멀튼은 그의 뒷모습을 보다가 옷깃을 여미고 건물 앞으로 나갔다. 경비대에게 보급되고 있는 헬멧을 받아서 머리에 뒤집어썼다.

멀튼은 바리케이드 앞으로 달려나갔다.

제 4장
아시아지부 탈환 작전

타임 워커 1 : 시간을 걷는 사람

26.

이광호는 미래로 가서 오세나와 합류했다. 그리고 이훈철 박사의 생환을 알렸다. 두 손을 모으며 눈물을 흘리는 사라를 김현식이 다독였다. 지금 어디에 있냐는 그들의 질문에 아마도 국제경찰청에 몸을 숨기고 있을 거라고 대답했다.

하수구 뚜껑을 덮으며 김현식이 말을 꺼냈다.

"3월 17일로 다녀왔다는 거군."

"하지만 타임머신은 동굴에 있잖아요. 우리랑 헤어진 후에 거기로 갔던 거예요?"

사라가 물었다.

"다 방법이 있어요. 사라, 아무튼 아버지는 지금 거기 계실 거예요."

"알겠어요. 박사님이 살아났다면 이제 우리는 어떻게 해야 하죠?"

"로봇들은 아시아지부를 폭파시키려고 했어요. 사라시스템의 재부팅을 막으려고 했던 것 같아요. 일단은 놈들의 생각을 조금은 알게 되었으니 우리도 대비를 해야 합니다. 칼빈, 지금부터 아시아지부를 탈환해야 해요. 하지만 어떤 상태인지는 자세히 알 수가 없군요. 국제경찰청은 무사한가요?"

이광호가 칼빈을 응시했다.

칼빈이 몸을 숙이고 수로를 응시했다. 그 속에서 새끼 쥐 한 마리가 얼굴을 내밀고 몸을 털었다.

"물어볼게요."

칼빈이 새끼 쥐를 만지며 말했다.

쥐가 입을 벌려 소리를 내기 시작했다. 수로 안에 쥐들의 목소리가 일제히 메아리쳤다. 잠시 후, 새끼 쥐가 칼빈을 응시했다.

그는 말없이 사인을 주고받았다.

"경찰청은 아직도 대치중이라고 합니다."

칼빈이 답을 내놓았다.

"박사님은 무사하실까요? 공격받고 있다고 하잖아요."

사라가 소매로 눈을 훔치며 말했다.

"경찰청장이 극진히 보호하고 있을 테니 안전할 겁니다. 아버지는 거기서 해킹한 놈들이 남긴 코드를 알아볼 거라고 했어요. 시간이 없습니다. 우리가 먼저 움직여서 아시아지부를 안전한 상태로 만들어놔야 합니다."

이광호가 대답했다.

따분하게 앉아있던 오세나가 움직이자는 이광호의 말에 환하게 웃었다.

"세나, 아시아지부 내에는 일단 로봇이 없어. 하지만 그 근처를 포진하고 전투로봇이 아주 많지. 그때 네가 녹여버렸던 로봇이 한두 대도 아니고 수천 대 정도, 아주 바글바글 하다는 소리야. 혼자 상대할 자신이 있어?"

"그럼! 날 뭐로 보고."

"그들은 움직이는 게 아주 빨라. 하수구 밑에서 싸우던 거랑은 비교가 안 될 거야. 수천 대가 우리한테 막 달려올 텐데 혼자서 다 상대가 가능하다고? 그 와중에 우리도 보호해야 하는데. 그리고 나는 뜨거운 걸 아주 못 견뎌해. 괜찮겠어?"

"그, 그래도 해야지 어쩌겠어! 근데 정말 나 혼자서 다 상대해야 해?"

이광호가 치아를 드러내며 웃었다.

"칼빈 씨도 널 도울 거야."

"너는 뭐하고?"

"오빠한테 이제 너라고 하기야? 그리고 난 지휘만 하면 돼. 내 역할은 그게 끝이야."

그는 칼빈의 어깨에 손을 올렸다.

"칼빈 씨, 덩치 큰 동물들도 다룰 수 있다고 했죠. 그렇다면 혹시 날아다니는 새들도 불러들일 수 있어요?"

"가능합니다. 새들과도 대화한 적이 있어요."

칼빈이 대답했다.

"최대한 많이 불러주세요. 하늘을 수놓을 정도면 됩니다. 아시아지부 근처에서 밤하늘이 아예 안 보일 정도여야 합니다. 할 수 있겠죠?"

이광호가 칼빈의 어깨를 두드리며 말했다.

"지금 부르면 되는 겁니까?"

"네, 불러주세요. 얼마나 걸리나요?"

"하늘을 수놓을 정도면 오래 걸릴 겁니다. 그래도 한 시간 넘게는 안 걸릴 겁니다."

"좋아요."

이광호가 만족스럽게 말했다.

그는 손목시계를 틈틈이 들여다보고 있었다.

"일단 아시아지부를 우리가 탈환하는 걸로 하죠. 쉽게 말해 땅따먹기라고 생각하시면 됩니다. 그렇게 해서 서울을 우리 걸로 만들어 놓고보면 적들의 목적을 대략적으로는 알게 될 겁니다. 더불어 아버지가 코드를 해석해서 가져오면 사라시스템도 원래대로 돌아오겠죠."

"새들이 도착할 때까지 여기서 있어야 한다는 거야?"

오세나가 코밑을 막으며 물었다. 지독한 냄새 때문에 참기 어려운 표정이었다.

"참고 있기 힘들어?"

"당연하지. 이런 똥내 나는 곳에서 너 도착하기 한 시간 전부터 계속 있었다고… 만나기만 하면 바로 나갈 줄 알았는데. 어지러워 죽을 지경이야."

그녀의 말에 이광호가 뚜껑틈새를 응시했다. 불빛이 한 차례 쏟아지고 사라지기를 반복하고 있었다. 사람들의 목소리는 들려오지 않았다. SPC 본부에서 처음 탐색을 나왔을 때 봤던 것처럼 어디론가 끌려가고 없는 것 같았다.

비어있는 도시.

누군가의 눈치를 볼 필요가 없었다.

"알았어, 세나야. 우리만 먼저 나가자."

이광호는 맨홀뚜껑을 열었다.

"칼빈, 여기서 대기하고 있다가 새가 도착하면 밖으로 나와요."

"괜찮으시겠습니까?"

"이 때를 대비해서 방탄용품으로 도배를 해놨어요. 제 걱정은 말고 아저씨와 사라 씨를 지켜주세요."

이광호가 뚜껑을 열고 밖으로 나갔다. 그는 도로에 납작 엎드려서 오세나를 향해 손을 뻗었다.

'아싸! 드디어 나간다. 이 똥통에서 해방이야!'

오세나가 즐거워하며 그의 손을 붙잡고 밖으로 나왔다. 상쾌한 공기에 코를 들썩이기도 전에 그녀는 거친 도로면에 얼굴을 파묻어야 했다.

"쉿."

이광호가 목소리를 낮추라고 작게 주의를 줬다. 그는 로봇의 시선을 피해 조금씩 기어가기 시작했다. 오세나가 뒤따라 기었다. 건물 옆의 계단에 도착해서 이광호가 몸을 일으켰다. 그들은 조심조심 계단을 올랐다. 그러나 빠른 움직임이었다.

"올라가서 뭐하려고?"

오세나가 계단을 오르며 물었다.

"가 보면 알아. 우리가 미래로 오기 전에 했던 훈련 기억하지?"

"P-6 말하는 거야?"

오세나는 P-6 훈련이라면 정확하게 기억하고 있었다. 한번밖에 합을 맞춰보지 않았지만 완벽한 팀워크를 발휘했었다. 우주가 배경이고 날아오는 운석 속에서 외계침략자들과 싸움을 벌였다.

"이번에도 잘하자. 형님도 지금 고전하고 계실 테니까."

이광호가 의미심장하게 웃었다.

27.

건물 옥상에 서서 하늘을 바라보았다. 새떼가 조금씩 몰려들고 있었다. 하늘을 덮을 정도는 아직 아니었다.

이광호는 건물 아래를 내려다봤다.

"아주 징글징글하네. 미래에 태어나지 않은 게 천만다행이야."

도시를 점령한 로봇은 혐오감을 조장하고 있었다. 온통 검은색 군집이었다. 망가진 로봇의 잔해를 치우는 로봇 군집은 먹이를 옮기는 개미떼처럼 보였다. 버려진 화염병을 짓밟고 구급차 한 대가 멈춰 섰다.

로봇 3대가 구급차에서 구호용 로봇을 꺼내어 덤프트럭에 내동댕이쳤다.

"아이코, 아프겠네."

이광호가 중얼거렸다.

"그래서 언제 시작할 건데? 뚜렷한 계획이 있는 거야?"

오세나가 물었다.

그에게는 별다른 계획이 없어 보였다. 실제로 옥상에 올라온 후 이십여 분 지나도록 아무런 움직임도 없었다.

그저 가만히 서서 구경하듯 한마디씩 내뱉는 게 다였다. 여태까지 그의 말을 따라서 좋지 못한 결과가 발생한 적은 없었다. 그래도 이건 너무하다는 생각이 들었다. 수수방관도 정도가 있는 것이다.

"오빠!"

오세나가 참지 못하고 소리쳤다.

꼼짝도 않고 밑을 구경하던 이광호가 그녀를 응시했다.

"세나야, 불벽을 세울 거야."

이광호가 말했다.

"불벽?"

"그래, 불로 된 벽."

"어디다가?"

"저기."

그가 가리킨 곳은 사라시스템의 본거지, 아시아지부 건물이었다. 웜홀 속에 빨려드는 운석처럼 전투로봇들이 달라붙어 있었다. 너무 멀어서 무엇을 하는 건지 식별하기 어려웠다.

"저길 불태울 작정이야? 그렇게 하면 사라시스템을 원래대로 되돌릴 방법이 없어지게 되잖아."

"불벽을 세운다고 했잖아. 앞으로 여기엔 얼씬도 하지 않게 만들어야 해. 그들 스스로 자발적으로 말이지."

"무슨 수로?"

"내가 하라는 대로만 하면 아마도 큰 탈은 없을 거야. 그러기 위해서는 우선 시선을 돌려야 해. 이쪽으로 오게끔 만들 거야."

"알았어."

"우선 저 로봇들의 일부만 태워봐. 여기로 오게 하자."

"잠깐!"

오세나가 손을 뻗어 불길을 토해내려던 순간이었다. 이광호가 서둘러 그녀를 제지했다. 당혹한 기색이 역력했다.

이광호가 옥상 문을 응시했다.

"세나야, 사고로 차가 폭발한 것처럼 연출할 수 있어?"

"차에 작은 불씨를 심으면 그렇게 보일 거야."

"그럼 계속 그렇게 해줘. 상황을 보려고 조금씩 몰려올 거야. 그럼 그 로봇들을 한꺼번에 녹여버리면 돼."

이광호가 문을 향해 다가갔다. 숨어있던 로봇 한 대가 머리를 내밀고 밖으로 걸어 나왔다. 하수구 밑에서 보았던 로봇에 비해 상당히 거대한 몸집이었다. 혼자 상대할 수 있으리란 보장은 없었다.

"언제까지?"

오세나는 여전히 건물 아래를 보고 있었다.

"내가 그만하라고 할 때까지, 계속! 혹시 한꺼번에 몰려오면 불바다로 만들어버려! 뒤는 신경 쓰지 말고."

이광호가 로봇을 향해 빠르게 돌진했다. 묵직한 마찰음과 함께 그는 주먹을 털어내며 주저앉았다. 강철로 만든 것인지 몸체가 아주 단단했다. 그동안 경우의 수를 다 따져 근접한 미래를 보고 다녔는데 이번에는 그렇게 하지 않은 것이 실수였다.

몸집의 두 배만한 전투로봇이 고개를 좌우로 갸웃거렸다. 로봇은 몸을 풀면서 그를 내려다보았다.

'해보자 이거지, 깡통로봇아.'

"뭐야, 괜찮아?"

오세나의 목소리였다.

새떼가 완벽하게 모여드는 타이밍을 준비해야 했다. 그러려면 차질 없이 진행이 되어야 한다. 오세나에게 도움을 요청할 수는 없었다. 상황도 상황이지만 체면상 여자 뒤에 숨는 행위는 그의 자존심이 허락하지 않았다.

떨리는 몸을 애써 진정시키며 이광호가 일어났다.

"오빠만 믿어."

"오빠는 무슨!"

무력은 통하지 않을 것이다. 체력훈련을 열중해서 하긴 했지만 그건 능력에 맞춰 임기응변을 키우기 위함이었다.

"좋아, 해보자고."

로봇이 신사적으로 고개를 끄덕였다. 마치 인격이라도 가진 느낌이었다.

"간다!"

이광호가 로봇의 팔을 향해 주먹을 내리치는 척하면서 오른쪽 다리를 꺾었다. 발등에 뜨거운 열기가 느껴졌다. 생각보다 너무 아프다. 얼얼한 다리를 감싸 안기도 전에 로봇에 의해 옥상난간까지 내던져졌다.

"이광호! 세상에, 완전 발리고 있잖아?"

지시대로 로봇을 유인하던 오세나가 그를 응시했다. 이광호가 아무것도 아니라는 듯 난간을 잡고 일어섰다.

"시킨 거나 잘하고 있어."

"세상에."

로봇은 그 자리에 서있었다. 눈이 마주치자 로봇이 가운데 손가락을 위로 치켜 올렸다.

"정말 짜증나는 새낀데, 이거."

목적이 뭔지 가늠이 되지 않았다. 뒤따라 왔다면 빨리 제압하고 가버리면 되는 거였다. 굳이 버티고 서서 신사적으로 굴 필요가 없었다. 자존심이 상하지만 단순히 힘만으로 보면 이광호는 로봇의 상대가 안 되었다.

"인격을 가지게 된 게 비단 사라시스템 뿐만은 아니란 거군."

이광호가 중얼거렸다.

그는 방탄용으로 끼워넣었던 철판을 기억해냈다. 그리고 오세나를 바라보았다. 눈치 챈 로봇들이 건물을 에워싼다면 난감해진다.

"네 목적이 나란 말이지?"

이광호가 물었다. 로봇은 손마디에서 소리를 내며 또다시 위아래로 머리를 움직였다.

앞으로 10분.

10분 이내에 끝내야 남은 시간을 운용하기가 편해진다. 새떼는 이미 충분히 모여들었고, 일행들이 바깥으로 나오기 전까지 거리를 깨끗하게 만들어놔야 했다. 최대한 빠른 시간 내에 로봇을 제압하고 오세나와 함께 건물을 빠져나가야 한다.

문득 한 가지 기억이 스쳤다. 이전에 사라시스템에 심어져있던 폭탄의 카운트를 뒤로 돌린 적이 있었다. 하지만 그건 도박과도 같았다.

'해보는 수밖에 없지.'

로봇이 달려왔다. 이광호는 자세를 낮춰 달려오는 로봇의 다리를 붙잡았다. 엄청난 기동력이 손끝에서 전해져왔다. 그러나 피할 수는 없다. 그는 손바닥을 펼쳐 로봇의 몸체에 갖다 댔다. 악물린 치아 사이로 피가 흘러나와 입술을 적셨다. 팔다리가 사시나무 떨리듯 저절로 떨려왔다. 로봇은 꼼짝도 하지 않고 다리를 움직이려 하고 있었다. 그 힘과 마주하여 버티는 것도 용할 지경이었다.

"으아악!"

비명이 새어나왔고, 이광호는 그러한 와중에 폭탄의 카운트를 되돌리던 순간을 생각했다. 이 순간을 끝낸다면 소원이 없을 정도로 절실했다.

"이광호! 로봇이 점점 이곳으로 모여오고 있어. 어떻게 해?"

오세나가 소리쳤다.

이광호는 카운트를 돌리던 때를 생각하며 눈을 감았다. 그의 손이 반시계 방향으로 서서히 움직였다. 순간, 파직하며 무언가 떨어지는 소리가 들렸다. 그리곤 로봇의 몸체에서 크고 작은 나사가 떨어져 내리기 시작했다.

마치 누군가 해체를 하는 것처럼 정교하게 몸체가 하나씩 분리되었다. 메모리칩이 바닥에 떨어지고 머리가 전선을 가득 매달고 바닥에 굴러 떨어졌다. 큼지막했던 전투로봇이 볼트 하나 남기지 않고 해체되어 바닥에 놓였다.

'이 정도도 가능하다는 거군.'

"좋아."

이광호는 손바닥을 가만히 응시하다가 오세나에게 달려갔다.

아시아지부 건물을 기어오르던 로봇을 포함해서 모든 로봇이 그가 있는 곳으로 오고 있었다. 빠르게 걷던 로봇들이 이제는 무서운 속도로 달려오고 있었다.

이광호는 옆 건물을 바라보았다. 1m 정도의 간격을 두고 옥상 난간이 나란히 어깨를 마주하고 있었다. 하지만 난간 사이를 계속 건너다닐 정도로 건물은 많지 않았다.

"저것들을 다 녹여버릴까? 불바다로 만드는 거야."

"안 돼. 일단은 스스로 돌아가게 만들어야 해. 그렇지 않으면 새떼를 불러 모은 게 의미가 없어져."

이광호가 말했다.

로봇들이 건물 밑에서 빠르게 기어오르고 있었다.

"빨라!"

"저것들이 우릴 이 주변에 가득 모였을 때 건물채로 태워버려."

"우리는?"

"점프 잘해?"

이광호가 오세나의 팔목을 세게 붙잡았다. 옥상 위까지 올라온 로봇들을 피해서 옆 건물로 뛰었다. 간신히 착지하기 무섭게 오세나가 손에서 불길을 쏘았다. 건물이 용광로에 빠진 것처럼 형체도 없이 불에 타올랐다.

그들은 건물 외벽의 배관을 타고 내려왔다. 미처 건물을 오르지 못한 로봇이 포진해 있었다.

"이제 불벽을 만드는 거야. 아시아지부를 덮을 정도로 만들어줘. 거리는 괜찮아, 날 믿고 한번 해봐."

이광호가 조용히 속삭였다.

작고 빽빽한 건물이 아시아지부를 막고 있었다. 벽을 뚫고 불길을 만드는 것은 아무리 능력이 출중해도 불가능했다.

자신 없는 얼굴로 오세나가 팔을 들어올렸다.

'정말로 가능할까.'

오세나는 확실치 않았다.

그때 이광호가 그녀의 옆에서 손바닥을 펼쳐 시계 방향으로 천천히 돌렸다. 활활 타오르는 불벽이 건물 위로 고개를 내밀었다.

28.

불벽이 아시아지부 건물을 에워싸는 것을 보고 전투로봇들이 되돌아가고 있었다. 그들이 빠져나가고 난 자리에는 잔해들로 가득했다. 부서져 내린 간판, 문이 열린 채로 버려진 승용차, 저항의 흔적들이 넘쳐나는 거리를 보다가 칼빈이 말을 꺼냈다.

"박사가 오기 전까지 탈환에는 성공했네요. 이제 그를 여기로 데려오면 되는 겁니까?"

"아니요, 아직 문이 잠겨있습니다. 문을 여는 것부터가 순서입니다."

이광호가 오세나에게 불을 끄도록 지시했다. 불이 사그라져 없어지고 칼빈이 연구소의 문을 열려고 했다.

"잠겨있네요."

"전투로봇도 열지 못했어요."

"지부 내에는 전투로봇이 없다고 했죠?"

"네, 기폭장치가 작동하기 직전에 로봇들은 여길 모두 빠져나갔습니다. 제가 아버지를 데리고 나올 수 있었던 건 그 덕분이에요."

"그런데 문이 잠겼다는 건?"

"제가 나간 직후 내부에서 임의로 닫았다는 소리죠. 칼빈, 바깥에 머무르고 있는 SPC 조직원들은 모두 몇이죠? 그 중에 쓸 만한 사람이 있나요?"

이광호가 잠긴 문을 들썩이며 말했다.

"3명 정도 될 겁니다."

"전부 모아주세요. 가능합니까?"

"동물들을 대신 보내면 됩니다. 새들은 어떻게 할까요?"

"연구소 문이 열릴 때까지는 그대로 두도록 하세요. 세나야, 당분간은 로봇이 이 근처를 얼씬하지 않을 거야. 하지만 만약에 공격받는다면 네가 그들로부터 모두를 보호해줘. 할 수 있지?"

오세나는 이광호를 바라봤다. 또 어디론가 가겠다는 말처럼 느껴졌다. 로봇의 공격에 한방에 나가떨어지는 주제에 어디를 혼자서 돌아다닌다는 건지 걱정스러웠다.

"칼빈 씨랑 같이 가."

오세나가 말했다.

"아냐, 그는 여기서 동료들을 모아줘야 해. 너희랑 함께 있는 편이 나을 거야. 내가 누구를 데리고 다닐 형편도 못 되고……"

이광호는 소매에서 무언가를 끄집어냈다. 방탄용으로 넣어둔다던 얇은 철판이었다. 팔다리를 감싼 철판을 모두 끄집어내고 그가 사라시스템의 아시아지부 연구소를 응시했다.

아무리 봐도 혼자서, 그것도 맨몸으로 돌아다니는 것은 어리석어 보였다.

"그건 또 왜 빼는 거야."

오세나가 투덜거렸다.

그녀의 말에 이광호는 웃어보였다.

"불편해서 움직이기 어렵더라고. 그리고 이젠 이게 없어도 괜찮을 것 같고."

"어디서 나오는 자신감인데?"

툭 던지는 말이지만 걱정이 묻어 있었다. 그 마음을 모를 리 없는 이광호가 오세나의 어깨를 두드렸다.

"문을 열러갈 거야. 문이 열리면 사람들 데리고 곧바로 안으로 들어와. 내부에는 전혀 로봇이 없으니까 네가 걱정할 필요가 없어."

"로봇만 적이라는 법도 없잖아. 그리고 없을 거라고 어떻게 확신하는 건데? 폭탄을 설치해뒀다고 모두 기어 나왔다 생각하면 정말로 순진한 거야."

오세나가 이광호의 옷깃을 붙잡으며 말했다.

이광호는 그런 그녀의 손을 떼어냈다.

"괜찮을 거라고 했잖아."

이광호가 말했다.

"칼빈, 세나를 돌봐줘요."

둘은 무언의 사인을 주고받았다. 그러더니 이광호는 손목시계를 내려다봤다.

"지금 시각은 9시 20분이군요. 그들이 여기에 오기까지 얼마나 걸릴까요, 칼빈?"

"오래 걸리지는 않을 겁니다."

칼빈이 대답했다.

"다녀올게요. 문이 열리면 세나랑 모두를 데리고 들어와 주세요."

"그렇게 하겠습니다."

칼빈이 대답했다.

이광호는 연구소 뒤로 향했다. 마치 비밀통로가 있다는 것처럼 보였다. 오세나가 황급히 쫓아갔다.

"야, 이광호! 오빠! 혼자서 어딜 가는데…"

건물 귀퉁이를 돌아서 앞을 봤다. 그러나 이광호는 사라지고 없었다. 놀란 그녀에게 칼빈이 다가와 말했다.

"당신 생각처럼 약하기만 한 분은 아니랍니다. 그도 우리와 같은 초능력자. 무슨 능력을 지녔는지 알면 아마도 놀랄 겁니다."

"설마 공간이동?"

"조금 다릅니다. 아니 비슷해 보일 수도 있겠군요."

칼빈이 의미심장하게 웃었다.

멍한 눈길로 오세나는 타다 만 화초더미를 바라봤다.

29.

박진성 연구소장은 지하창고에 몸을 숨기고 있었다. 창고의 식자재로 허기를 채우며 버텨왔지만 슬슬 한계점에 도달해가고 있었다. 음식은 거의 다 떨어져가고 있었고, 이젠 마실 물조차 찾아볼 수가 없었다.

완벽한 탈진상태였다.

목젖을 치며 올라오는 쉰내가 구역질을 유발하고 있었다.

박진성은 바닥을 기어 선반에 매달렸다. 선반이 앞뒤로 흔들리며 빈 통조림을 떨어트렸다. 쏟아지는 통조림을 피해 그가 몸을 웅크렸다.

동료들의 죽음을 눈앞에서 목격했다. 믿고 있던 로봇에게 당하다니 놀랄 노자다. 더욱이 연구소를 지키던 전투로봇이었다. 뒤통수를 맞은 것을 채 느낄 새도 없이 도망쳐 나왔다.

"크읍!"

박진성은 주먹으로 입을 막고 아이처럼 울었다.

SARA.

그녀가 무장한 군인들과 빠져나가는 것을 도망치며 목격했다. 사라시스템을 처음 안드로이드 로봇처럼 실체화시켜 옮기자는 것은 이훈철 박사의 제안이었다. 인공지능을 연구한 기간만 10년이 넘었다. 더 완벽한 인공지능 시스템을 구축하기 위해 쏟은 세월이다. 자식 같은 사라시스템을 눈앞에서 실체화하여 보는 것은 박진성 연구소장도 간절히 원하는 바였다. 그는 승낙을 했고 'SARA(사라)'라는 이름을 붙여서 그녀와 함께 지냈다.

그러나 1년도 안 되어 이 사단이 터졌다.

'사라야, 대체 어디에 있는 거냐.'

그녀의 납치가능성도 있었다. 사라는 전투기능이 탑재되어 있지 않았고, 자아를 가진 이상 죽음의 공포도 느낄 수 있었다. 그렇게 따지면 그녀를 겁주고 끌고 간 놈들이 개자식이라는 결론이 나왔다.

쫓아야 했지만 그럴 처지가 아니었다. 일단 몸에 힘도 없었고 자꾸만 정신을 놓고 싶은 충동에 휩싸였다.

박진성은 선반에서 통조림 하나를 꺼냈다. 고등어가 들어있는 통조림. 마지막 식량을 물끄러미 바라보던 그가 조심스레 뚜껑을 열었다.

고등어를 하나 꺼내 입에 넣었다. 오랜만에 느낀 음식의 맛에 그는 참을 수 없는 허기를 느꼈다. 한 끼 식사거리도 되지 않는 음식을 모조리 입안에 털어 넣었다. 설움이 밀려왔다.

사라를 납치해 데려간 이들.

그들이 이 난동을 만든 장본인일 터였다. 그렇다면 어떻게 해서든 살아남아, 연구원들의 죽음과 사라를 뺏긴 데에 대한 죗값을 치러야 했다. 그러나 도사리고 있을지 모르는 위험에 섣불리 나갈 용기가 없었다.

비어버린 통조림을 바닥에 내려놓고 주저앉았다. 순간 삐거덕거리며 무언가 움직이는 소리가 들려왔다. 연구소장은 귀를 쫑긋 세우고 들려오는 소리에 집중했다. 발소리가 점점 가까워지고 있었다. 창고 내부에서 들려오는 소리다. 로봇이 움직일 때 들려오는 미묘한 소음은 없었다.

박진성 연구소장은 선반 밑에서 쇠파이프를 들고 일어섰다.

"누구야!"

곤색 점퍼를 입은 남자가 서있었다. 어쩐지 낯설지 않은 모습에 그는 팔을 들어 눈을 닦았다.

"또 보네요."

남자가 빙긋 웃었다. 그러나 기억에는 없었다.

"사라를 어디로 데려갔지?"

박진성 연구소장이 말했다.

"역시 기억을 못하시네요. 다시 소개하겠습니다. 이광호라고 합니다. 이훈철 박사님의 하나뿐인 아들이기도 하고요."

이훈철 박사의 아들.

그 말을 들은 박진성이 쇠파이프를 고쳐 잡았다.

"정말이야? 그걸 어떻게 믿지? 게다가 문은 분명히 닫혀있는데!"

박진성이 말했다.

문을 열어준 기억도, 그렇다고 창고에 스스로 갇히게 된 1달이 넘는 기간 동안 그를 보았던 기억도 없었다.

"아버지와 닮았다고 생각하지 않으십니까?"

이광호가 말했다.

박진성은 그를 꼼꼼하게 살폈다. 넓은 어깨, 그리고 총명해 보이는 눈빛. 전체적인 생김새와 느낌이 닮아있었다.

"박사가 살아있다는 말이지? 그래서 지금은 어디에 있지?"

박진성이 말했다.

눈앞의 남자가 하는 말이 사실이든 아니든, 얼른 그를 찾아서 사라를 되찾아 와야만 했다. 그런데 그 속을 아는지 모르는지 이광호는 개구지게 웃고 있었다.

"배고프다고 하지 않았습니까?"

박진성을 향해 무언가 날아왔다. 시중에서 쉽게 구할 수 있는 빵이었다. 하지만 그마저도 지금은 구하기가 쉽지 않을 것이다.

"난 배고프다고 한 기억이 없어."

박진성이 경계하듯 말했다.

금세라도 싸울 자세를 잡는 그를 지나쳐 이광호가 창고의 문을 열었다.

"무슨 짓이야? 밖에 뭐가 있으면 어쩌려고."

"안심하세요. 연구소는 안전합니다. 오면서 CCTV도 모두 박살내었으니 너무 숨어 계실 필요 없습니다."

이광호가 말했다. 박진성은 빵 봉지를 손에 쥐고 밖으로 나왔다. 피로 칠갑된 벽면과 곳곳의 시체들은 여전했기에 그는 눈살을 찌푸렸다.

"우리는 통제실로 갈 겁니다."

이광호가 말했다.

그러더니 그는 잘 아는 길목을 가듯 앞장서기 시작했다. 그를 뒤따르며 박진성 소장이 건물내부를 샅샅이 훑었다. 깨진 CCTV가 붉은 빛을 점멸하고 있었고 연구소 안은 쥐죽은 듯 조용했다. 그들의 발소리만 유일하게 소음을 만들어내고 있었다.

"로봇은 모두 밖으로 나갔습니다. 원래대로면 건물을 폭파시켰을 거예요. 직접 부탁하셨던 빵이니까. 배고프면 지금 드셔도 됩니다."

이광호가 말했다.

그는 통제실로 들어갔다.

"자네 대체 누구야? 어떻게 통제실의 위치까지 정확하게 알고 있지?"

박진성이 물었다.

"그녀를 다시 데려오고 싶다고 하셨잖아요. 우선은 문을 여는 게 먼접니다. 아시아지부를 원래대로 만들어놓고 나면, 아버지를 이쪽으로 불러올 거예요. 밖에는 동료들이 기다리고 있습니다."

이광호가 통제실을 가로질러 의자에 앉았다.

문을 열기 위해서는 우선 통제시스템을 되돌려야 했다. 긴급한 일이 있을 때 버튼만 누르면 작동하게 되어있는 간단한 거였지만, 다시 풀기 위해서는 매우 많은 시간을 필요로 했다.

사라시스템, 이훈철 박사. 그리고 그의 아들이라는 낯선 사내.

박진성 연구소장이 이광호의 옆 컴퓨터에 앉았다.

"랜덤으로 뒤바뀌는 암호코드야. 혼자 해석하기엔 시간이 많이 걸릴 거야. 함께 하면 시간을 절반으로 덜 수 있지. 무슨 작정인지 모르겠지만 지금은 자넬 믿겠어. 할 수는 있는 거지?"

박진성이 말했다.

그가 떨리는 손을 자판 위에 올렸다.

30.

방어시스템이 실행되기까지 5분 정도가 남아있었다. 박진성 연구소장은 이광호가 건네준 빵을 입에 넣고 있었다.

카운트가 진행 중이었다. 이제 5분 후면 출입구를 비롯한 모든 문이 일시에 열린다. 그의 일행들이 들어오면 출입구만 다시 봉쇄해둘 예정이었다.

"짐작 가는 사람들이 있습니까?"

손목시계를 내려다보며 이광호가 물었다.

"사라를 데려간 자들 말이지?"

박진성은 빵을 씹어 삼키고 그를 응시했다.

믿어도 될지 자꾸만 망설여졌다.

한참 후에 연구소장이 입을 열었다.

"군복을 입고 있었어."

"군인의 짓이란 말입니까?"

"확신할 수는 없다. 하지만 예상해볼 수는 있겠지. 통합의 날 이후로 각국은 전쟁에 대비해야 할 필요성이 없어졌어. 그렇지만 군사시설은 남겨뒀다. 최소한의 인원으로 군사시설을 지킬 뿐이지. 사실상 군사기지는 멈춰있는 거나 다름없어. 군사훈련도 많이 하지 않아. 그럼에도 군대를 남겨둔 이유가 있었다."

"그게 뭐죠?"

박진성이 의아한 눈으로 그를 응시했다.

이광호는 마치 외지에서 살아왔던 사람처럼 세상 물정을 모르고 있었다.

"테러조직이 존재하고 있기 때문이지."

박진성이 말했다.

1분여 카운트를 남겨두고 있었다.

"규모는 얼마나 됩니까?"

이광호가 물었다.

"사라시스템을 모두가 받아들인 건 아니었어. 테러조직들은 사라시스템을 적용하지 않은 각 지역을 점령해 나갔다. 그 규모는 통합되지 않은 나라들 전체라고 볼 수 있지. 그들이 사라를 데려갔다고 생각하는 거냐?"

박진성이 물었다.

만약 그 말이 사실이라면 테러조직 모두를 소탕해야 끝이 나는 싸움이었다. 아득하도록 많은 시간이 필요할지도 모른다. 사라시스템에 강한 적개심을 표출한 적이 있던 테러집단의 사정을 알고 나니 이번의 사태가 일어났던 정황이 드러나는 것 같았다.

카운트의 숫자가 0으로 변했다. 박진성 연구소장은 마른 침을 꿀떡 삼키며 스위치를 작동시켰다.

31.

각국의 통합이 성공리에 이뤄졌던 것은 연방체제 덕분이었다. 생활양식과 기존의 문화를 건드리지 않고 군사적 합일만 이룬다. 그로 인한 평화와 결집력을 손에 얻기 위함이었다. 인간 본성과 관련해 수많은 의문을 제시하던 학자들의 입을 다물게 만든 것은 사라시스템의 완성이었다.

핵시설을 포함한 모든 군사체계가 인공지능 사라의 관리 하에 들어갔다. 사라의 도덕성과 해킹가능성을 모두 따져 내린 결정이었다.

그렇게 지속가능한 평화를 손에 얻는 듯 했다.

"내 이름은 캐서린이야. 잘 부탁해."

"캐서린 씨는 물을 다룰 수 있습니다. 동굴에 있을 때는 그녀가 물 조달을 담당했어요. 물을 움직이거나 비를 내리게 할 수도 있습니다."

이광호가 캐서린에게 악수를 청했다.

캐서린은 인사를 마치고 연구소장을 응시했다. 그가 기울이던 생수병에서 물이 두둥실 떠올라 날아왔다.

캐서린의 검지 근처로 물의 띠가 형성됐다.

"이런 것도 할 수 있죠."

물 띠가 덩어리로 변해서 멍해진 소장의 입 속으로 들어갔다.

"남궁 설입니다. 국적은 한국이고. 자랑은 아니지만 순간이동을 할 수 있습니다. 당신이 명령을 내릴 거라고 들었는데 잘 부탁합니다."

상당한 덩치를 지닌 남자였다. 2m는 족히 넘는 거구의 사내에게도 이광호는 악수를 청했다.

"도우러 와주셔서 감사합니다."

"내 생태계를 파괴하는 놈들을 두고 볼 수 있어야지. 그래서 왔습니다."

남궁 설이 칼빈을 응시했다.

"허창이오. 나이로 따지면 내 손자뻘이겠군. 정말 고만고만하게 생겼구려."

정정한 신체를 자랑하는 노인이었다. 그는 무술을 익히는 사람처럼 검은 도복을 입고 있었다.

"와주셔서 감사합니다. 이광호라고 합니다."

허창이 이광호의 손을 잡았다.

진득한 미소와 다르게 잡은 손의 악력은 무시무시했다. 이광호가 얼른 손을 빼내자 그가 껄껄웃으며 뒷짐을 졌다.

"민망하지만 초능력이 이거외다. 내 힘은 완력이요. 무력이라고도 할 수 있지."

허창이 말했다.

이광호는 칼빈을 바라보았다.

"할 이야기가 있습니다."

"네, 하십시오."

이광호는 구석진 곳으로 칼빈을 데려갔다. 사라와 현식은 시스템을 점검하는 중이었다. 연구소장은 그들에게 무언가를 지시하고 있었다.

칼빈의 부탁을 받고 모인 초능력자들은 자기들끼리 모여서 대화하고 있었다. 몇 마디 대화를 나누다가 왁자지껄하게 웃음을 터뜨렸다.

이광호는 그들을 바라보다가 칼빈에게 시선을 돌렸다.

"칼빈, 외부에 살고 있는 조직원들은 저들이 전부입니까?"

눈에 띄게 작은 목소리였다.

그러나 알아들을 정도는 되었다.

"아니요, 동굴에서 살다가 외부로 나와 정착한 이들이 조금 더 있습니다. 하지만 그들 모두가 초능력자는 아닙니다. 굳이 위험한 상황에 내몰고 싶지 않아서 그들 모두를 부르지는 않았습니다."

"연구소장은 군인들이 사라시스템을 데려갔다고 했습니다. 그리고 전투로봇들이 사람들을 납치해가고 있습니다. 집결지에 그녀와 다수의 사람들이 머물고 있을 겁니다. 칼빈, 저들을 완벽하게 믿을 수 있습니까?"

"의심이 많으시군요."

"조심해서 나쁠 건 없습니다."

칼빈은 초능력자들을 바라보았다.

캐서린.

그녀는 5살 때 초능력이 나타났다. 동굴 내에서 태어났으며 12살 때 외부로 나가 동굴로 돌아오지 않았다. 그녀가 어디에 머물고 있는지 칼빈은 알고 있었다. 그러나 거리가 너무 멀어서 가끔 동물을 통해 편지만 주고받았다.

남궁 설은 외부에서 태어난 사람이었다. 순간이동을 하던 중에 동굴 내의 초능력자들과 만나 외부와 동굴을 잇는 역할을 했다.

허창은 산 속에 틀어박혀 산다고만 알고 있었지, 직접 얼굴을 마주한 것은 처음이었다. 그러나 그 역시 의심스러운 부분은 없었다.

"캐서린 씨는 잘 아는 사이입니다. 그녀는 믿어도 될 겁니다."

칼빈이 말했다.

"알겠습니다. 지금 국제경찰청에 편지를 하나 보내야 합니다. 새들을 물리고 그 중에 하나만 남겨 주십시오. 그리고 이 쪽지를 새에 매달아 보내주십시오."

이광호가 주머니에서 쪽지를 꺼내 칼빈에게 건넸다. 쪽지를 받아들고 칼빈은 통제실 밖으로 나갔다.

32.

멀튼의 부축을 받으며 이훈철 박사가 들어왔다. 오른쪽 허벅지에 총상이 있었다. 새로 생긴 상처로 보였다.

그를 발견하고 사라가 달려갔다.

"박사님!"

멀튼은 박사를 의자에 앉혔다.

"박사님, 상처가!"

"오다가 생긴 거야. 참을 만한 정도야."

박사는 상처를 자세히 보려는 사라를 만류하고 이광호를 쳐다봤다. 그리고 차례로 현식과 초능력자들을 응시했다.

그의 시선이 남궁 설에게 고정되었다.

"자네, 나랑은 구면이지."

"오랜만입니다, 이훈철 박사."

둘은 말없이 시선을 주고받았다.

사라는 밖으로 나가 구급상자를 가져왔다. 가위로 허벅지 주변의 천을 잘라내고 핀셋으로 총알을 빼냈다.

"이광호, 이들은 누군가?"

멀튼이 초능력자들을 보며 물었다.

"우리를 도와줄 사람들입니다. 멀튼, 그들이 남겨두었던 파일은 어떻게 되었습니까? 열어보았습니까?"

"물론 열어보았다."

멀튼의 안색이 눈에 띄게 굳어졌다.

이훈철 박사도 마찬가지였다.

"단서를 찾으셨군요."

이광호가 말했다.

누군지 알아야 박사의 복수를 할 수 있다. 그리고 끌려간, 지금도 그들에게 납치되고 있는 사람들을 도울 수 있을 것이다.

둘은 계속 입을 열지 않고 있었다.

한참 후에 박사가 어렵게 말을 꺼냈다.

"분쟁이 인류의 숙명인 것 같구나. 사라시스템을 처음 개발하려던 이유는 인류의 분쟁을 막기 위해서였다. 무기가 점점 큰 힘을 갖게 될수록, 막상 쓰지는 않고 있어도 사람은 두려움을 느끼게 되지. 언젠가 전쟁이 벌어질 것은 뻔했다. 불안정한 인공지능과 점차 발전되어가는 전투로봇들의 성능을 보면 그런 생각을 떨치기 어려웠지. 나는 언젠가 발생할 전쟁을 막고 싶었다. 사라시스템은 핵시설을 비롯한 모든 무기를 무효화 시킬 수 있는 거였지."

사라가 박사의 허벅지를 붕대로 감고 있었다.

박사는 다리를 내려다보며 덧붙였다.

"사라시스템을 거부한 국가들이 있었다. 우리는 그들을 유사시에 적으로 간주할 수도 있었고, 아주 간단히 제압할 수 있을 거라고 생각했다. 그리고 통합의 날에 그들을 빼두었지. 그런데 그곳으로 테러단체가 몰리기 시작하더구나. 지금은 완벽하게 테러단체들의 나라나 마찬가지야. 매일 크고작은 분쟁이 벌어진다고 들었지만 여태까지 그들이 우리를 공격하는 일은 없었단다. 사라시스템은 각지의 모든 CCTV로 수상한 움직임을 포착해내고 경찰로봇을 보내 제압했어. 문제는 없었다."

"테러단체의 짓이라는 말인가요?"

이광호가 말했다.

"사람들이 많이 죽을 거다."

박사는 죄책감을 느끼고 있었다.

절망하는 그의 어깨를 감싸며 연구소장이 말을 꺼냈다.

"ZMO, 그들의 짓이야! 그들은 현 시점을 종말의 시기로 간주하고 있지. 어떻게 해서든 세상이 멸망해야 한다고 믿는 것 같아. 이훈철 박사, 자네 탓이 아니야. 아 그리고 그들이 그녀를 데려갔어."

"사라시스템을 데려갔단 말인가? 어디로?"

이훈철 박사가 박진성 연구소장을 바라보았다.

"시간이 없어, 박사. 재부팅 프로그램을 내게 주게."

소장이 말했다.

박사가 usb를 꺼내 그에게 건넸다.

"재부팅 시작 전에 해야 할 일이 있습니다. 소장님, 배선판 밑에 폭탄이 설치되어 있습니다. 규모는 모릅니다."

"이곳을 폭파시킬 작정이었군."

"멀튼, 폭탄제거반을 불러주세요. 저는 옥상으로 가겠습니다."

이광호가 오세나를 응시했다.

"세나야, 칼빈을 데리고나가서 이곳으로 오려는 로봇들을 막아줘. 재부팅이 시작되면 여긴 타겟이 될 거야. 사람이든 로봇이든 공격하려는 자가 있으면 빠짐없이 제압해야 해. 그리고 캐서린과 허창 씨도 부탁드립니다."

"저는 뭘 하면 됩니까?"

남궁 설이 의아한 눈빛으로 물었다.

설마 자신을 빼고 진행하지는 않을 거라 생각하는 듯 보였다.

"당신은 절 따라오십시오. 긴히 드릴 말씀이 있습니다."

이광호가 말했다.

계단을 오르면서 이광호는 아무런 말도 꺼내지 않았다. 긴히 나눌 말이
있다는 것이 어떤 내용인지 남궁 설은 도무지 예측할 수가 없었다. 그와
는 오늘 처음 만났고 사적으로 둘 사이에 물어볼 이야기는 존재하지 않
았다. 그렇다면 작전에 관계된 긴밀한 이야기라는 건데, 그것도 짐작에
불과했다.

예상 밖의 말이 던져진 것은 옥상에 도착했을 때였다.

"우리 아버지를 아십니까?"

이광호가 물었다.

"아버지라면…?"

"이훈철 박사님 말입니다."

"아!"

남궁 설이 탄성을 내질렀다. 물론 그는 알고 있었다. 조금 전에 그 때
문에 인사를 나누기도 했었고, 잘 아는 사이는 아니지만 모른다고 할 수
는 없었다. 허를 찔린 부분은 그게 아니었다. 아버지라니, 그에게 아들이
있다는 사실은 처음 듣는 것이었다.

"알고 있습니다. 그렇다면…?"

"아버지의 능력에 대해서는 알고 있습니다. 숨기지 않으셔도 됩니다.
더불어 SPC 조직에게 쫓기고 있었다는 사실도 알고 있죠."

이광호가 말하며 날카로운 눈빛으로 남궁 설을 응시했다. 적대적인 눈빛이 순간 나타났다가 사라졌다.

"하지만 저와는 상관없습니다. 초능력자였고, 그곳과 연락하고 있기는 하지만 사실상 외부인이나 마찬가지입니다. 이훈철 박사의 일은 유감스럽게 생각합니다. 저랑은 관련이 없습니다."

남궁 설이 변명처럼 말했다.

사실이었다. 자신이 미안할 일은 없었다. 박사가 SPC 조직을 피해서 몸을 숨기고 있었을 때도 자신은 모른 척 해줬다. 초능력자들이 그를 암살하려는 이유를 이해하지 못했기 때문이다.

궁금증을 참지 못하고 그와 접촉했던 적이 있다. 박사와는 그렇게 안면을 트게 되었다. 박사는 점잖은 사람이었고 위험한 존재라는 인식이 들지 않았다. 그렇게 해서 이해가 안 되는 조직인 SPC를 점차 멀리하게 되었다.

"당신을 믿어도 되겠죠?"

이광호가 말했다.

"네, 믿어도 됩니다. 저는 제 신념에 따라 움직이는 사람입니다. 지금은 SPC와 협력하지 않고 있습니다."

남궁 설이 말했다.

진심을 담은 그의 눈을 보고 이광호가 만족스러운 표정을 지었다.

"그 점은 좋군요. 그럼 한 가지 부탁드릴 게 있습니다. SPC 조직에 대해서 알아와 주십시오. 한동안 그들과 함께하며 제게 조금씩 정보를 넘겨주시면 됩니다."

"잠입하라는 거군요."

멍해 있는 그를 보며 이광호가 천천히 고개를 끄덕였다.

33.

허창이 움직일 때마다 그 자리엔 로봇이 고철이 되어 흩뿌려졌다. 엄청난 힘, 듣도 보도 못한 초능력에 오세나는 계속 놀라고 있었다. 나비처럼 가뿐한 움직임으로 적의 공격을 피하고 단 일격으로 상대를 제압했다. 아니 제압의 수준을 넘어서 완전히 작동되지 못하게 만들어 버렸다.

몸체에서 떨어져 움직이는 로봇 팔을 허창이 짓밟았다. 어깨를 푸는 그에게 로봇 3대가 달려들었다. 그러나 생채기도 내지 못한 채 나가 떨어졌다.

"괴물이네, 괴물이야······"

오세나가 중얼거렸다.

미래엔 세력이 약해져서 숨어 사는 줄로만 알았다. 그런데 초능력자의 수가 적어졌을 뿐이다. 힘만으로 보면 강두호 총수를 따르는 자들과 겨뤄도 될 것 같았다.

로봇이 한꺼번에 달려오면 오세나가 불덩이를 던져 몰아냈다. 불길을 뚫고 들어오는 이들을 허창과 캐서린이 상대했다.

그녀의 힘은 물을 다루는 능력. 공기 중의 수분을 끌어 모아 로봇이 뿜는 화염만 골라 무력화시키고 있었다.

그에 비해 칼빈은 시무룩하게 앉아있었다.

"재부팅은 아직 안 됐나…?"

칼빈이 중얼거렸다.

끝날 것 같지 않던 전투는 곧 종료되었다.

로봇들의 움직임을 살피며 오세나가 소리쳤다.

"모두 저길 봐요!"

로봇들이 동작을 멈추고 가만히 제자리에 멈춰 섰다. 하나둘씩, 그러더니 주위를 둘러보다가 발길을 돌려 걸어갔다.

"포기한 건가?"

캐서린이 고개를 갸웃거렸다.

"시스템이 원래대로 돌아왔나 봐요."

오세나가 불길을 멈추고 말했다.

장벽이 사라졌음에도 다가오는 로봇이 없었다. 안드로이드 로봇은 도로를 빠져나가 어디론가 향하고 있었다. 전투로봇은 주변을 둘러본 후, 거리의 쓰레기와 잔해들을 치우기 시작했다. 정상적으로 작동되고 있다는 신호였다.

"들어가 보자."

캐서린이 말했다.

안으로 들어가자 이훈철 박사와 박진성 연구소장이 멀튼과 대화를 나누고 있었다. 함께 모여있는 것은 비단 그들뿐만이 아니었다. 모니터 위로 경찰청장의 얼굴이 보였다.

"재부팅에 성공했습니다, 청장님."

"잘했다, 멀튼. 박사도 고생이 많았습니다. 멀튼, 여기도 로봇들이 물러가기 시작했네. 아무튼 ZMO가 움직였다는 말이군. 박사, 뒤는 우리에게 맡기시오. 멀튼은 임무를 마쳤으니 돌아오게. 우리가 해야 할 일이 많네."

"알겠습니다. 곧 귀환하겠습니다. 그런데 군사시설은 어떻게 됐습니까? 핵시설이 불안하다고 하셨잖습니까?"

멀튼이 모니터 속 청장을 보며 말했다.

"이상작동이 발견됐어. 그렇지만 다행히도 핵미사일은 안전하다고 봐야겠지."

청장이 말했다.

오세나는 주변을 둘러봤다.

김현식, 연구소장, 멀튼, 그리고 박사. 그러나 그녀가 찾는 이광호는 보이지 않았다.

"이광호라면 아까 전에 사라랑 나갔어. 할 이야기가 있다더군."

김현식이 오세나를 보며 말했다.

청장과 멀튼은 계속 대화를 이어나가는 중이었다.

"어디 갔는데요?"

오세나가 물었다.

허창의 솜씨에 대해서 말해줄 작정이었는데, 그가 보이지 않는다니 속이 상했다. 한편으로 그 여자랑 무슨 대화를 더 한다는 건지 기분이 나빴다. 어쩐지 얄미운 기분이었다.

"우릴 내팽개치고 갔단 말이지?"

오세나가 문 밖을 내다봤다.

그들이 돌아온 것은 멀튼이 경찰청으로 돌아가고 나서였다.

34.

'시간의 바다'라면 기록(log)이 존재할 것이다. 이광호는 전에 온 적이 있던 네모난 통 속으로 걸어 들어왔다. 얇고 평평한 막으로 둘러쳐진 상자 속에서 밖을 바라보았다. 우주와도 같은 모습이지만 무언가의 흐름이 눈에 보였다. 그것은 물살의 움직임이기보다는 차라리 바람의 흩날림과 비슷했다.

"다시 봐도 신기한 곳이네."

이광호가 중얼거렸다.

그는 무릎을 꿇고 엎드렸다. 손가락을 두드리자 자판이 떠올랐다. 생각하면 나타나는 건지 원래 이러한 건지는 모른다.

"이제 내가 알아갈 차례야."

이곳이 시간의 흐름이 멈춰진 곳이란 사실은 알고 있었다. 그가 알고 싶은 것은 과거와 현재, 미래를 잇는 통로였다.

과거의 사건이 바뀌면 미래도 조금씩 바뀌게 된다. 조금만 생각하면 알 수 있는 사실이지만, 그 반대의 경우가 문제였다. 미래의 일이란, 시점을 조금만 틀어보면 현재가 되는 것이다. 1초라도 지나면 과거가 된다.

박사의 죽음은 아마도 예정된 것이다. 폭탄이 터졌다면 박사와 연구소장은 죽은 목숨이었다. 폭탄이 오작동 되어 당장은 무사했더라도 홀로 남겨졌을 그들이 살아있을 가능성은 없었다. 그렇다면 박사는 죽었다는 건데, 과거의 일을 바꿔 이미 죽었던 목숨까지 살렸다는 사실은 단지 놀라운 정도가 아니었다.

자판을 누르는 손놀림이 점차 빨라졌다. 벽면에 데이터가 떠올랐다. 박사가 죽어있는 여러 장의 사진, 그 뒤에 행해졌을 테러조직들의 만행이 수놓아졌다.

놀란 눈으로 이광호는 벽면에 빠르게 움직이는 로그를 바라봤다. 이미지를 비롯한 간단한 암호가 적혀지고 사라졌다. 빠르게 움직이는 정보에도 변하지 않고 있는 것이 하나 있었다.

'∞ (무한대 표시)'

뫼비우스 띠처럼 보이는 문자였다. 이광호는 그 표시가 적힌 벽면을 손으로 눌렀다. 빠르게 암호들이 움직였다. 그리고 스쳐가는 수많은 사진들, 이광호가 걸어 다녔던 수많은 시간 속의 기록도 포함되어 있었다.

"경우의 수…"

이광호가 낮게 중얼거렸다.

흥분으로 그의 몸이 떨려오고 있었다.

35.

이광호는 잔뜩 화가 난 얼굴로 걸어 들어왔다. 그는 이훈철 박사를 멀거니 바라보다가 오세나를 처다봤다.

"철민이 형님이 ZMO에 가 있어."

"뭐라고? 혼자서?"

지시를 받고 어딘가로 갔다고는 들었지만 설마 적진에 혼자 들어갔을 줄은 몰랐다. 그가 가진 능력은 염력. 아무리 초능력을 갖고 있다고 해도 그 많은 수의 적과 맞서는 것은 불가능했다. 하지만 놀라운 점은 그 뿐만이 아니었다.

"초능력을 쓰지 말고 얌전히 있으라고 말해뒀지."

"왜 거기로 보낸 거야?"

"테러조직인 줄은 나도 몰랐어. 하지만 아직까지는 무사하니까 걱정하지 마."

"위험한 상황 아니야?"

"전혀. 형님은 괜찮아."

이광호가 이훈철 박사의 옆에 앉았다. 좀 전까지는 연구소장이 앉아 있던 자리였다. 사라시스템 재부팅을 위해 꽂아두었던 usb가 빠져있었다.

"아버지, usb를 다시 연결해주세요. 열리지 않은 파일이 하나 있었죠? 그걸 다른 사람들이 보지 않은 게 다행이네요."

이광호가 말했다.

이훈철 박사는 usb를 포트에 연결했다.

"내부에 첩자가 있었어요. SPC, 각 사회계층은 물론이고 국제경찰청까지 말이에요. 아버지가 말하셨죠. 권력을 가진 놈들을 조심하라고 말이에요. 아버지가 그들과 관련되지 않고 피해다닌 게 다행이에요. 더 복잡해질 수도 있었는데."

열리지 않은 파일은 읽을 수 있는 장치가 없다는 말만 반복하고 있었다. 이광호는 파일을 띄워두고 도스(dos) 명령어창을 열었다. 지금은 거의 사용하지 않는 프로그램이었다. 굳이 그것을 띄우는 이유를 박사는 알 수 없었다.

사라시스템이 생겨나고 번거로운 프로그램들은 필요치 않았다. 더군다나 지금은 시스템이 정상으로 돌아온 상태였다.

이훈철 박사가 의아하게 그를 응시했다.

"내부에 첩자가 있다고? SPC는 여러모로 수상한 조직이라 여태까지 피해왔었다. 그런데 경찰까지 연루되어 있던 거냐?"

"네, 아버지. 여길 보세요."

화면 위로 무언가 전송되고 있었다. 이광호는 전송된 파일목록을 그에게 보여주었다. 5분도 안 되어 없던 파일이 생겨나고 있던 것이다. 파일은 수십 개를 넘어 계속해서 전송되어 오고 있었다. 어떤 종류인지, 어디서 전송되어 오는지 모를 처음 보는 형태의 파일들이다. 그것도 제일 기초적이고 간단한 프로그램 하나를 통해서 발생된 결과였다.

"어디서 이런 걸 배운 거냐?"

"아버지가 직접 가르쳐주신 거잖아요."

"너에게 가르쳐준 건 이런 게 아니었다."

이훈철 박사는 멍한 눈길로 모니터를 응시했다. 전송이 종료되고 이광호는 수많은 파일 중에서 제일 끝에 있는 파일을 열어보았다.

"지금 주목해야 할 건 이거예요."

이광호가 말했다.

클릭과 동시에 무언가 열렸다가 사라졌다. 아무런 일도 벌어지지 않았다.

"뭘 한 거냐?"

이훈철 박사가 말했다.

뒷짐을 지고 구경하던 캐서린이 가까이 다가왔다.

"이제 열릴 거예요."

이광호가 usb속의 파일을 건드렸다. 놀랍게도 그것은 별다른 오류 없이 열렸다. 한 달 넘게 국제경찰청에서 씨름해도 열리지 않던 파일이었다. 이렇게 간단히 열어버릴 거라고는 생각하지 못했다. 박사의 얼굴에 당황하는 빛이 역력했다.

그러나 그는 놀랄 틈도 없이 화면에 채워지는 몇 장의 사진들에 시선을 빼앗겼다.

"이 사람들이 ZMO를 돕고 있어요. 우리의 적은 ZMO뿐만이 아니에요."

이광호가 말했다.

캐서린이 여러 사진 중 하나를 가리키며 말했다.

"저 여자, 소령이군. 꽤나 싸가지 없던 걸로 기억하는데… 역시 뒤로 뭔가 꿍꿍이가 있었어."

"캐서린, 그녀뿐만이 아니에요. SPC 조직의 초능력자들 상당수가 ZMO를 지지하고 있어요. 칼빈, 당신이 평생을 아군으로 삼던 그들이 실은 이런 사람들이었어요."

칼빈이 어금니를 꽉 깨물었다. 절로 이가 갈렸다. 분노인지 회한인지 둘 다인지 모를 감정이 휘몰아쳤다.

"모두 죽여야 끝나는 건가요?"

칼빈이 말했다.

"남궁 설 씨를 SPC에 보내놨어요. 우리가 진 것처럼 위장하라고 했으니까, 괜찮을 거예요. 적의 정체를 알았으니 우리도 이제 반격을 해야죠. 칼빈, 모두를 죽이지 않더라도 굴복은 시켜야할 거예요."

이광호가 말했다.

사진은 모두 17장이었다. SPC 본부의 현 초능력자들 8명과, SPC 본부의 소령, 각 연방의 대통령 3명, 정치인을 포함해 국제경찰청의 수뇌부들이었다.

제 5장
잠입

타임 워커 1 : 시간을 걷는 사람

36.

남궁 설은 동굴 내부에 들어와 있었다. 강한별 대표에겐 바깥의 상황 때문에 불가피하게 오게 된 것이라 설명했다. 그와 소령은 남궁 설에게 머물 수 있는 집을 내 주었다. 누군가 머무른 흔적이 남은 곳이었다. 집을 정리하고 그는 곧바로 임무에 착수했다.

동굴 속 상황은 시시각각 급변하고 있었다. 마을주민들은 전에 없는 소란을 일으키고 있었다. '강한별 대표는 물러나라!'라는 글이 적힌 대자보를 일부 주민들이 보이며 농성 중이었다. 주민들 사이의 분열도 만만찮았다. 친 대표파와 타도 대표파로 나뉘어 고성이 오가고 있었다.

대표와 소령을 비호하는 이들 중에 초능력자들의 수는 확인할 수 없었다. 마을주민들의 말에 의하면 다수의 초능력자들이 동굴 밖으로 나가 돌아오지 않고 있었다.

"아오, 삭신이야."

남궁 설은 무거운 몸을 일으켰다. 어젯밤 강한별 대표와 수뇌부들이 모인 자리에서 도수가 높은 술을 여러 잔 받아마셨다. 술병이 나지는 않았지만 아직 취기가 제법 남아있었다.

몸을 몇 차례 스트레칭한 후, 남궁 설은 통신기를 귀에 꽂았다.

"남궁 설 씨."

통신기 밖으로 낮은 목소리가 흘러나왔다.

"그래요, 접니다."

남궁 설이 기쁘게 말을 꺼냈다. 그는 이광호에게 알게 된 사실들을 모두 전했다. 주민들 사이에서 분열이 생겼으며, 외부로 빠져나가 돌아오지 않는 사람들이 있다고 말했다. 가만히 듣고 있던 이광호가 연구일지에 대해 물었다.

"연구일지요? 그걸 훔쳐오면 됩니까?"

"남궁 설 씨가 해줘야 할 일들이 아직 많습니다. 당분간은 거기서 행동해주셔야 해요. 곧바로 훔치지는 마세요. 아무튼 연구일지가 있다면 실험실 또한 존재할 겁니다. 실험실을 찾아내 연구일지를 바탕으로 그들이 무엇을 하려고 하는지 알아내주세요."

"알겠습니다."

남궁 설이 통신기를 귀에서 빼냈다. 그리고 그는 대표의 집으로 순간이동했다. 거실, 작은방, 큰방을 거쳐가며 서재에 도착한 그는 책장 앞으로 다가갔다. 빼곡한 책장을 일일이 확인할 수는 없는 노릇이고, 가장 눈에 띄는 책을 찾았다. 한 치의 오차도 없이 나란히 꽂아진 책 사이로, 조금 삐져나온 공책 한 권이 보였다. 검은색 표지의 두꺼운 공책이었다.

MS-1 : 에너지 효율을 극대화 시키려면 m2가 필요하다.

불을 다루는 능력 : 이철영, 오세나, 맨슨, 마키로 란코, 이강, ……

남궁 설은 공책을 뒤로 넘겼다.

이번에는 초능력자들의 세부사항이 적혀진 것 같았다. 그는 낯익은 이름을 보고 페이지를 넘기던 손을 멈췄다.

2. 오세나

- DNA 검사결과, 일반인과 다른 구조의 띠를 발견했다. 염색체의 이상인지, 유전적으로 지니고 있던 것인지는 불명확하다. 그렇다 하더라도 중요한 연구자료가 될 것.

- 2057. 04. 17. 사망

– 이것을 이용하면 별도의 통제프로그램 없이도 효과를 낼 수 있을 것.

그 뒷장도 마찬가지였다. 연구일지는 초능력자들의 염색체와 특이사항까지 적혀져 있었다. 개개인이 가진 초능력을 이용해 무언가를 하려고 한 흔적들이다.

남궁 설은 공책을 꽂아두고 지하감옥 뒤편으로 순간이동했다. 그동안 왕래하면서 가보지 못한 곳이 있다면 감옥 뿐이었다. 무언가 숨겨져 있다면 그것은 지하감옥일 터였다. 만에 하나 그곳에 없다고 하면, 수상한 실험실을 찾기 위해 고생을 계속해야했다. 제발 있기만을 바라면서 남궁 설은 감옥내부로 이동했다.

"쉿!"

놀라는 죄수의 입을 막으며 남궁 설이 말했다. 주변에 간수가 없는 것을 확인하고 남궁 설이 죄수를 풀어주었다.

"이봐, 여긴 몇 층이지?"

"3층인데요?"

"그래, 대답 잘 하네. 3층이 맞다. 그럼 또 하나 물어볼게 있다. 혹시 이 감옥 내부에 수상한 곳이 있다던가 하는 걸 들은 적이 있나?"

"그게……"

죄수가 눈을 가늘게 뜨고 말했다. 그는 고개를 갸웃하며 덧붙였다.

"그런 소리는 들은 적이 없는데요?"

"도움이 안 되는군. 여기 왜 잡혀왔지?"

"대표님 집인 줄 모르고 물건을 훔치러 갔었거든요. 허름한 곳이었는데 대표님의 별채인 줄은 꿈에도 몰랐어요."

"그렇다고 3층에 가두다니 너무한 걸."

남궁 설이 말했다.

누군가의 발소리가 들려왔다. 남궁 설은 다리를 모아 벽면에 찰싹 달라붙었다. 죄수가 그를 가려준 덕분에 간수는 남궁 설을 보지 못하고 지나갔다.

"수상한 곳이 있는지는 모르겠는데요……"

죄수가 뒤로 물러서며 말을 꺼냈다.

"여기 지하층에 통로가 있다는 말을 들은 적이 있어요. 간수들이 하는 말을 몰래 들었는데… 그 사람들이 하는 말이 지하층을 왜 만들어 뒀는지 모르겠다고. 자기들도 단 한 번도 들어가 본 적이 없대요. 대표랑 소령만 가끔 드나들었다는 것 같던데요?"

"지하층? 여기, 감옥 밑에?"

남궁 설이 물었다.

감옥에 지하층이 있다는 소리는 들은 적이 없었다. 몇 번을 오갔음에도 한 번도. 마을주민들은 존재조차 알지 못하고 간수들은 출입할 수 없는 곳이 문득 궁금해졌다.

"거기였군, 고맙다."

남궁 설이 말했다.

그는 지하층으로 이동했다. 물방울이 떨어지는 소리가 귓전을 울렸다. 일정한 박자를 두고 물방울은 흘렀다.

개미 한 마리 지나다니지 않는 곳이었다. 남궁 설은 랜턴을 켜고 길에 비추었다. 커다란 동물의 송곳니 같은 창살이 위아래로 엇갈린 감방을 지나 다다른 복도 끝에는 수상한 방이 4군데나 더 있었다.

사람은 없는 것 같았다.

"어딜 먼저 가볼까요."

남궁 설은 나지막이 혼잣말하다 문짝에 차례로 랜턴을 비추었다. 그런데 친절하게도 문 위쪽에 명패가 달려있었다.

실습실, 연구실, 서고, 실험실.

문은 모두 잠겨 있었다. 그는 실험실 안쪽으로 이동했다.

랜턴이 실험실 내부를 비추고 있었다.

"이게… 대체 뭐지?"

남궁 설이 랜턴을 다시금 거머쥐었다.

인체의 일부분을 담아놓은 병들이 선반 위에 즐비했다. 한쪽에는 비커 따위를 모아둔 탁자가 있었고, 여기서도 간단한 일지가 작성되는 듯 보였다.

남궁 설은 랜턴을 들고 걸음을 옮겼다. 창가 쪽에 무언가 커다란 것이 있었다. 어스름했던 주변이 밝아지자 물체가 모습을 드러냈다. 그것은 로봇의 몸체였다. 하나도 아니고 여러 대의 로봇이 실험실 안에 있었다. 작동하지 않는 로봇.

그는 선반을 가득 채운 약품들을 하나씩 확인했다.

37.

초능력자의 DNA를 연구했다는 사실은 겉보기에 문제가 없었다. 인간에게는 자기 자신에 대해 규명하고, 불가사의한 것을 탐구하려는 욕구가 분명 존재한다. 그러나 순수한 규명에만 그치는 것이 아니라 문제였다.

남궁 설의 보고에 따르면 실험실 내부에 로봇의 몸체가 있었다. 가장 단순하게 생각해서 초능력을 이용해 로봇성능을 높이려 했다고 본다면,

그렇게 해서 초능력자들이 얻는 것이 무엇인지에 대한 의문이 남는다.

테러조직이 로봇을 이용해 뭔가를 하려는 데에 협조했다면, 사태가 발생한 시점부터 그들의 연구가 완성됐다는 말이 된다.

예감이 좋지 않았다.

"세나야, 어떻게 하는 게 좋을까?"

이광호가 통신기를 내려놓으며 물었다. 허창과 캐서린, 칼빈, 오세나. 그들이 큰 테이블을 둘러앉아 있었다.

"잔가지를 섣불리 쳐내다가 역으로 우리가 당할 확률이 높아. 테러조직을 모두 소탕할 때까지 첩자들을 그냥 내버려두는 게 좋을지도 몰라. 허창 씨는 어떻게 생각하세요?"

이광호가 허창을 응시하며 말했다.

"이하동문."

"캐서린 씨는 어떻게 생각하십니까?"

이광호가 물었다.

"나도 마찬가지야."

캐서린이 말했다.

"하지만 사라시스템은 모두 정상적으로 돌아왔잖아. 그런데 저들이 원래의 목적을 달성할 수 있을까?"

캐서린이 물었다.

"캐서린, 그들은 이미 소정의 목적을 달성했을 확률이 높습니다."

이광호가 답했다.

"연구소를 폭파시키려고 했잖아. 그런데 지금도 연구소는 멀쩡하고 그 때문에 시스템 재부팅에도 성공했어. 로봇들도 정상적으로 돌아왔고."

"아니요, 캐서린. 사람들을 납치하고 전투로봇을 빼돌릴 때까지 시간을 버는 게 저들의 일차적인 목적이었을 겁니다. 이미 목적은 달성됐으니 사라시스템이 재부팅되는 것도 그대로 놔두었을 가능성이 커요."

이광호가 말했다.

얼어붙은 캐서린을 향해 그가 덧붙였다.

"사라시스템이 영향을 못 끼치는 지역이 있다고 들었어요. 거기서 빼돌린 로봇을 개조한다면 어떻게 될까요? 더불어 초능력을 가진 로봇이 등장한다고 생각해보세요."

사라시스템의 통제를 벗어난 전투로봇이 굳이 필요했을까 의문이 남는다. 차라리 로봇을 직접 제조해 그것으로 목적을 달성하는 게 그들에겐 더 용이했다. 예상되는 것은 두 가지였다. 기술적인 월등함 때문에 로봇을 훔쳐야했다. 아니면 로봇을 훔치고 사람들을 납치함으로써 무언의 효과를 노렸다.

"저들은 단지 선전포고를 한 겁니다."

이광호가 말했다.

이광호는 오세나와 함께 서울 도심부에 위치한 국제경찰청으로 향했다. 거리는 정리되고 있었고 살아남은 사람들이 일상생활을 이어가고 있었다. 길바닥에 주저앉아 눈물을 쏟는 이들도 있었고, 모여앉아 정치이야기를 떠드는 자들도 있었다.

국제경찰청에 도착해서 이광호 일행은 멀튼을 찾았다. 멀튼은 국가가 내건 비상 계엄령으로 인해 장비를 점검하고 있었다.

"멀튼, 국제경찰청의 규모가 어떻게 되죠?"

이광호가 물었다.

"규모라… 국제경찰청은 각 나라마다 설치가 돼 있다. 미국, 영국을 포함해 프랑스, 독일, 중국, 한국, 일본 등 각 나라에 지부가 하나씩 존재하지. 대부분 기존 수도에 배치 되어있고 각 나라의 청장들은 지방청장으로서 역할을 수행하게 된단다."

멀튼이 대답했다.

"그렇습니까. 멀튼, 직위가 어떻게 되시죠? 청장님과는 사이가 좋으신 가요?"

"청장님과는 사이가 나쁘지 않다. 그런데, 그런 것은 왜 물어보는 거냐?"

듣는 귀가 너무 많았다.

이광호가 눈짓을 주자 멀튼이 다가왔다.

"멀튼, 이 사람들을 아시나요?"

그는 사진 3장을 내밀었다. 사진 속 2명은 아는 인물이었다. 하지만 나머지 한 명은 본 적이 없는 사람이었다.

"3년 전 새로 취임한 청장님이다. 지방청장의 역할을 하는 사람들과는 다르지. 미국관할청에 있는 분이야. 또 한 사람은 한국에 있고 역시 한국 차기 경찰청장으로 밀어주고 있다고 들었다. 다른 한 사람은 잘 모르겠구나."

"저들이 ZMO와 한통속인 것 같아요. 조치를 취해야 됩니다."

오세나가 끼어들어 말했다.

멀튼은 믿을 수 없는 얼굴이었다. 남 부러울 것 없는 그들이, 경찰의 우두머리들이 테러단체와 손을 잡는다는 것은 있을 수 없는 일이었다.

"일단은 티내지 말고 지내고 계세요. 청장님께도 말하시면 안 됩니다."

이광호가 말했다.

그는 오세나와 함께 차를 타고 경찰청을 빠져 나왔다.

해가 지고 있었다. 노을이 붉게 물들어 구름을 헤집어 놓았다. 오세나는 창문을 열어 밖을 바라보았다. 도시는 복구작업에 한창이었다.

38.

　박철민이 ZMO에 들어온 지도 한 달이 지나가고 있었다. 부서진 통신기 때문에 이광호와 직접적으로 연락할 수 없었다. 그러나 각국의 상황을 전해듣고 있었기에 어림짐작으로 그들의 행보를 파악할 수 있었다. 보름이 지난날 통신기를 잃어버렸을 때 밖으로 나가지 않은 것은 ZMO에서 그간 보아온 것들 때문이었다. 이광호의 다음 행선지는 이곳이 될 수밖에 없었다.

　"제군들은 우리의 신을 위해 행군하라. 그분을 배척하는 모든 집단은 배척하라. 우리의 소망이 이루어지는 날이 멀지않았다! 모든 인류를 학살하고 명예롭게 죽어라. 그것만이 신에게 닿는 길이라 생각하라. 죄를 모르고 감히 신의 권능에 도전하는 모든 이들을 말살하라!"

　강단에서 무장한 군인 하나가 연설하고 있었다.

　성별과 나이를 불문하고 끌려온 이들 모두 연설을 들었다. 체력이 약한 자는 중도에 어디론가 사라지고 보이지 않았다.

　남은 이들만이 훈련을 받았는데 총기사용법, 적의 공격을 피하는 법, 기초체력단련을 배우고 있었다. 여자와 아이에게도 열외는 없었다. 훈련의 목적을 상기시키려는 계략으로 매일 아침마다 ZMO 조직원들은 자신들의 신을 진심으로 믿고 따를 것을 연설했다.

　박철민은 이광호의 조언대로 최대한 눈에 띄지 않게 행동했다. 조직원들도 그에게 특별한 관심을 가지지 않았고 그가 나름대로 잘 생활하고 있다고 여겼다.

평소와 다름없는 지겨운 아침이었다.

헌데 오늘은 못 보던 것을 볼 것만 같았다.

'왠지 신경 쓰이는데.'

박철민은 눈을 가늘게 뜨고 못내 소란스러운 군집을 바라보았다. 빽빽하게 늘어선 사람들 사이로 거뭇거뭇한 머리카락 하나가 불쑥 올라와 있었다.

"…… 얼마 전까지 죄인이던 당신들을 구원하는 우리의 신께 감사하라. 인연은 결코 하찮은 우연이 아닌 필연임을 명심하라. 우리는……"

박철민은 강단을 흘긋 바라봤다. 그리고 줄에서 빠져나와 사람들이 모여 있는 장소로 천천히 향했다. 가까이 갈수록 어쩐지 낯익은 목소리가 들려오는 것 같았다.

낯선 이의 정체는 금세 판가름 났다.

"오세나!"

박철민이 놀란 눈으로 그녀를 바라봤다. 그녀의 옆에 선 이광호가 손바닥을 들어 인사하며 웃었다.

"어떻게 온 거야? 아무런 연락도 없이."

"연락할 방법도 없고 해서 칼빈을 통해 새떼를 보내기도 했는데… 아무래도 직접 오는 것보다 확실한 방법이 없더라구요, 형님. 그래서 우리가 왔습니다."

"그래, 그건 알겠어. 근데 이 사람들은……?"

박철민이 모여든 사람들을 보며 물었다.

"잠깐 대화 좀 나눴어요. 오늘 아침에 들어온 거라 아는 게 많지 않아서 말입니다."

"맞아, 다들 착한 것 같던데?"

오세나가 모여든 사람들을 바라봤다. 그녀와 눈인사를 나눈 이들은 다시 자리로 돌아가 대열을 맞추었다.

"연락할 방법이 없어서 계속 기다리고 있었다. 광호야, 여기는 생각보다도 더 이상한 곳인 게 분명해."

박철민이 이광호의 앞줄에 서며 말했다.

"어떻게 할 셈이야? 아무래도 여기가 모든 일의 시발점인 것 같은데, 아버지는 구했으니까 돌아갈 셈이라면 그건 잘못된 생각인 것 같다."

"구했다고 다 된 게 아니죠. 여기 와서 알게 된 사람들이 아주 많아요. 이들 전부를 과거로 데려갈 수도 없는 노릇이고요. 그리고 하고 싶은 일이 생겼습니다."

"그게 뭔데?"

박철민이 뒤를 돌아보며 물었다.

굳은 얼굴로 전방을 주시하던 이광호가 씩 웃었다.

"장난을 좀 쳐줄 겁니다."

"장난?"

"내 가족을 건드린 이유가 쓸데없는 이유였던 데다가, 그 일면에 정치적인 음모가 도사리고 있었다는 사실을 제가 가만두고 볼 수가 없습니다. 제가 가장 싫어하는 행동을 한 데에 대해서는 그들이 대가를 확실하게 치러야겠죠."

"그런데 어떻게?"

박철민이 물었다.

총을 등에 멘 조직원 한 명이 힐끔거리며 지나갔다. 박철민은 강단의 연설을 가만히 지켜보고 있다가 다시 뒤를 돌아봤다.

"가장 즐거워하고 있을 무렵에 모든 계획을 망쳐줄 겁니다."

이광호가 말했다.

그는 그 말을 끝으로 제법 진지한 자세로 연설을 경청했다. 마치 연설자가 내뱉는 단어의 한 가지도 잊어버리지 않으려는 것 같은 모습이었다.

연설이 끝나가고 있었다. 조직원들은 대열을 재정비하고 식사시간을 알렸다. 박철민은 이광호와 함께 식판을 받아 자리를 잡아 앉았다.

이광호가 다시 입을 연 것은 막 식사를 마치고 일어나려 하던 때였다.

"형님, 저기 저 사람 보이십니까?"

박철민이 이광호가 가리킨 지점을 바라보았다.

키가 작고 왜소한 남자였다.

39.

박철민이 말릴 새도 없이 이광호가 남자에게 다가갔다. 일부러 어깨를 부딪치는 걸로 보였다. 남자가 발끈해서 따지고 들었지만 이광호는 사과할 생각이 없어보였다. 만난 지 얼마 되지 않았지만 그가 그런 행동을 보이는 것은 처음이었다.

박철민이 이광호의 어깨를 잡아끌었다.

"죄송합니다. 이 친구가 여기 온 지 얼마 안 돼서 말입니다."

박철민이 말했다.

그러나 이광호는 막무가내였다.

"아까부터 봐왔는데 마음에 안 든다 이거야. 몸집도 작은 놈이 군에는 왜 들어와 있어? 끌려왔다고 해도 적당히 알아서 뒤로 빠졌어야지. 아무런 도움도 안 될 것 같은데 분위기만 흐리고 다니고 말이야."

이광호가 말했다.

남자가 화가 난 얼굴로 대답했다.

"여기 자발적으로 온 사람이 있으면 나와 보라고 그래. 형씨는 날 언제 봤다고 시비를 거는 거요?"

"말투도 마음에 안 드네. 이봐, 당신이 휘젓고 다니면서 사람들에게 뭐라고 하고 다니는지 아까 봐서 다 알고 있거든?"

"그게 뭐 어쨌다는 거요? 우리는 푸념도 못 한다 이거요? 못 보던 양반인데 어떻게 여기 왔는지는 모르겠지만 세뇌를 당한 것 같구만. 그것도 아니라면 혹시 모르지 저들의 첩자일지도!"

남자는 모두가 들으라는 듯이 크게 소리쳤다.

"모두들, 내 말이 틀린 것 같습니까?"

식사실의 내부가 술렁거렸다.

"선동까지 하는군! 당신이 그래서 할 수 있는 게 뭐가 있을까? 그냥 조용히 닥치고 그렇게 무섭고 힘이 들면 뒤에서 음식이나 만들지 그래? 잘 어울리는 것 같은데."

이광호가 말했다. 그리고 남자의 어깨를 세게 밀었다. 남자가 뒤로 나자빠지자 한 차례 소란이 일었다. 대다수의 사람들이 그에게 비난을 던지며 남자를 걱정했다.

이광호는 식사실 바깥을 흘깃 쳐다보았다.

군복을 입고 마스크를 착용한 대원 하나가 들어오고 있었다. 이광호는 빙긋 웃으며 고개를 돌렸다. 그리고 싹 굳어진 얼굴로 쓰러진 남자에게 말했다.

"너 같은 것들 때문에 우리처럼 눈을 뜬 사람들도 도로 앞을 볼 수 없게 되는 거야! 분위기 흐리는 짓만 하지 않으면 나도 뭐라고는 안 하지."

사람들 사이로 대원이 다가왔다. 그는 팔짱을 낀 채로, 사람들의 부축을 받으며 일어나는 남자와 멀찍이 선 이광호를 번갈아 바라봤다.

"무슨 일인가?"

남자가 말했다.

박철민이 이광호의 어깨를 두 번 두드렸다. 가볍게 정리하고 끝내라는 일종의 신호였지만 그는 들을 생각이 없어 보였다.

"분위기를 흐리는 자를 가볍게 손봐준 것뿐입니다. 별일 아닙니다."

이광호가 말했다.

대원은 흥미로운 듯이 그를 관찰했다.

"좋군. 어떤 식으로 물을 흐렸던 거지?"

"사람들을 선동하여 반란을 일으키려 했습니다. 그래서 주의를 조금 줬습니다."

"주의를 줬을 뿐이군. 별일은 아닌 모양이야."

대원의 뒤로 그들의 동료가 다가왔다.

그는 손바닥을 휘저어 보이며 동료들을 돌아가게 만들었다.

"이름이 뭔가?"

대원이 물었다.

"이광호입니다."

"신참인가?"

"예, 여기 들어온 지 얼마 되진 않았습니다."

"그 점이 살짝 아쉽군. 알겠다, 난 돌아가 보겠어. 가끔 마주치면 인사쯤은 받아주도록 하지."

대원이 말하며 돌아갔다.

그들이 돌아간 후에 이광호가 다툼이 있었던 남자에게 다가갔다. 싸움이 날 것을 대비해 박철민이 그를 말리려 했지만, 그보다 이광호가 더욱 빨랐다.

"괜찮으십니까?"

이광호가 남자에게 말했다.

"야, 광호야. 괜찮으냐는 말이 지금 나오는 거냐?"

박철민이 기가 차서 이광호에게 말했다.

그런데 웬걸 쓰러졌던 남자와 이광호는 언제 싸웠다는 것 마냥 친하게 웃고 있었다. 영문을 모르는 사람들 속에서 웃음기를 띤 자들이 여럿 생겨났다.

박철민은 기억을 더듬었다. 그리고 마주치기 직전에 여러 사람들과 모여 있던 이광호와 오세나를 떠올렸다.

"광호야… 설마 나한테도 말 안 하고? 오세나도 알고 있던 거야?"

"아니요, 모르고 있을 겁니다. 자세하게는 말이죠."

"그랬던 거야? 그런데 이렇게 해서 얻는 게 뭔데? 눈에 띄면 안 된다고 이야기했던 건 너였잖아."

"형님의 경우랑은 다르죠. 이미 다 경우의 수를 맞추고 왔으니까 걱정 붙들어 매시죠. 아무튼 지금쯤 세나는 제가 시킨 일을 척척 해내고 있을 겁니다. 우리도 그에 맞게 행동을 시작하는 게 좋습니다."

이광호가 말했다.

소란했던 식당이 정리되고 아무 일 없던 것처럼 식사가 계속됐다. 둘은 식판을 치우고 식당을 나왔다.

문턱을 넘어 ZMO 대원들의 눈치를 살피며 박철민이 말했다.

"우리가 해야 할 행동이라는 게 뭔데?"

"색출하는 겁니다."

이광호가 하얀 이를 드러내며 웃었다.

"간단해서 좋네. 근데 뭘 색출하는 건데?"

"오셀로 게임을 아십니까? 그 게임을 시작하기 전에 알아둬야 할 게 있죠. 판의 크기, 수많은 경우의 수, 데이터, 그리고 가장 중요한 건 역시 대결하는 상대에 대한 모든 특성입니다. 상대방도 물론 이러한 것들에 대해서 생각하고 있겠죠."

"네가 하는 말이 도통 무슨 말인지 모르겠다. 조금 쉽게 설명해주면 안되냐?"

"형님, 나중에 차차 다 알게 되실 겁니다."

이광호가 말했다.

식사를 마친 사람들이 인파 속으로 들어가고 있었다. 떨떠름해하는 박철민을 놔두고 이광호도 그 안으로 들어갔다.

박철민이 이광호의 말뜻을 이해한 것은 이틀이 지난 뒤였다.

운동시간이었다. 전에 보았던 대원이 두 명의 상관과 함께 다가왔다.

"이 놈인가?"

상관 중 한 명이 말했다.

"예, 맞습니다."

대원이 말했다.

이광호는 역기를 내려두고 일어났다.

"안녕하십니까."

이광호가 대원을 보며 고개를 숙였다.

그가 가볍게 목례를 한 후에 상관에게 보고했다.

"말씀드렸던 이광호라는 자입니다. 부족하지만 공백을 메꾸는 데엔 무리가 없을 걸로 보입니다. 내부평가도 나쁘지 않은 자이고 사람들을 하나로 모으는 데 적당할 것 같습니다. 어떻습니까?"

"우선은 나쁘진 않아 보이는군. 그래도 심사숙고해야 하니 그분께 데려가보는 게 좋을 것 같다. 일단 이야기를 충분히 나눠 본 뒤에 생각해보지."

상관이 말했다.

옆에 있던 다른 상관도 고개를 끄덕거렸다.

"무슨 일이십니까?"

박철민이 다가와 물었다.

대원은 그를 빤히 바라봤다.

"당신은 저번에도 같이 있던 자로군. 친해진 것 같지만 미안하게도 당신이 상관할 일이 아니야. 너무 깊이 관여하려고 하지 말도록."

대원이 말했다.

그는 이광호의 어깨를 가볍게 잡아끌었다.

"그분이 기다리고 있어. 일단은 우리를 따라오라고. 내가 자네에 대한 이야기를 긴히 말씀드렸지. 내게 아주 고마워하라고."

대원이 호탕하게 웃었다.

"형님, 다녀오겠습니다."

이광호가 뒤를 돌아보며 말했다.

이광호를 추천해준 대원과 그의 상관 둘은 큰 호텔식 건물로 이광호를 데려갔다. 마치 궁전처럼 지어진 그 모습에 이광호는 언뜻 일전에 봤던 강두호의 호텔을 떠올렸다.

붉은 융단이 넓게 깔린 꺾어지는 계단을 밟고 올라 2층에 당도했다. 황금색 테두리의 불투명한 유리문을 지나니 호화스러운 만찬 자리가 모습을 드러냈다.

50대 중반으로 보이는 남자가 상석에서 애피타이저를 즐기고 있었다.

"아, 왔는가?"

남자가 일어났다. 아랍계 사람으로 보였는데 오른쪽 귀에 푸른색 기계장치를 매달고 있었다. 그가 내뱉는 언어가 영어로 통역되어 나오고 있었다.

"자네는 중국 쪽 사람인가?"

"한국사람입니다."

이광호가 대답했다.

"실수를 했군. 편하게 한국어로 바꿔주지. 그게 자네한테도 편할 테니."

남자가 말했다.

그는 장치를 조정했다.

"편하게 찰리라고 부르게. 원래의 이름이 있지만 사람들은 내 이름을 들으면 싫어하더군. 누가 생각난다나 뭐라나. 정말 웃기지 않은가? 이름이 뭐든 간에 내가 나인 건 변함이 없는데 말이야."

찰리가 말했다.

그는 붉은색 넥타이에 검은 양복을 빼입고 있었다. 양복 주머니에 금으로 된 도마뱀 배지(badge)가 매달려 있었다.

"먼저, 만찬에 불러주셔서 감사드립니다."

이광호가 말했다.

찰리는 서른 명 정도가 앉을 법한 기다란 테이블 위를 훑으며 포크를 내려놓았다.

"이제 곧 식사시간이고 긴히 나눌 말도 있어서 불렀네. 너무 급했다면 용서해주길 바라네. 내가 워낙에 성격에 물불이 없어서 나도 난감하니까."

"아닙니다. 찰리 씨, 감사하게 생각하고 있습니다."

이광호가 말했다.

그를 데려온 상관 하나가 눈살을 찌푸렸다. 하지만 티를 내지 않고 찰리와 눈빛을 주고받더니 허리를 굽힌 뒤 밖으로 나갔다.

"편하게 대화하고 싶어서 다른 이들은 뒤로 물렸네. 하지만 브라이언과는 안면이 있으니 같이 있는 게 좋겠구먼. 나랑 단 둘이 대화를 하는 거면 부담스럽지 않겠나."

찰리가 말했다.

"저도 그 편이 좋을 것 같습니다."

이광호가 말했다.

브라이언 대원이 그를 찰리의 왼편 의자에 앉히고 자신은 반대편에 자리했다. 메이드복을 입은 여자들이 들어와 접시를 교체했다.

"일본식으로 꾸며봤네. 동서양의 조화라니, 참으로 좋지 않은가?"

찰리가 말했다.

"제가 아직 미숙해서 잘 모르겠습니다."

"겸손한 친구로구만."

찰리는 이광호를 보며 손짓했다. 말없이 식사가 시작되고 10분 동안 이어지던 침묵은 브라이언 대원에 의해서 깨졌다.

"찰리 대령님의 직속 부관으로 자네를 추천했어. 아직 여기 온지 오래되지는 않았지만 쓸 만한 정신 상태를 가지고 있더군. 무엇보다 일반인 중에서 그들을 이끌만한 우두머리가 필요했거든. 그 뒤로 이틀 동안 자네를 관찰했지. 카리스마 있는 성격, 완고한 고집, 그러면서도 모두를 아우를 수 있을 만한 리더십을 갖고 있더군. 마침 한 자리가 공석이라서 이렇게 자리를 마련해뒀네."

브라이언 대원이 말했다.

"아, 그렇습니까?"

이광호가 말했다. 그는 짐짓 당혹스러운 표정이었다.

"하하, 너무 부담스러워하면 내가 뭐가 되나. 이렇게 순진한 구석도 있었군. 그런 게 아니라면 내가 자네를 왜 이 자리에 불렀겠나?"

찰리가 말을 이어나갔다.

"속물이 아니라는 점이 더 마음에 드는군. 나는 너무 사리사욕에 강한 사람은 부관으로 쓰고 싶지가 않네. 내 순수한 목적을 타락시키는 것 같아서 말일세."

"대령님, 정말 괜찮은 친구입니다. 생각해봐서 나쁠 게 없습니다."

브라이언 대원이 거들었다.

"정말 그런 것 같네. 아무튼 용건은 말했으니 이제부터는 순수하게 대화만 하세. 내가 브라이언 대원을 통해서 이 건에 대해서 결정되는 대로 알려줄 테니."

찰리가 말했다.

"형제는 어떻게 되나?"

"아버지와 어머니, 그리고 저 셋입니다."

"그들은 지금 어디에 있나? 혹시 여기에 있는 건가?"

이광호가 잠시 침묵했다.

"두 분 다 돌아가시고 없습니다."

"저런, 내가 민감한 부분을 물어봤구만."

"아닙니다."

"아버지가 있다면 내 나이 또래일 테지. 나를 아버지처럼 따라도 좋네. 어차피 우리 모두 오래 살지 못할 테니까 말이지."

찰리가 웃으며 말했다.

메이드가 들어와 그릇을 교체했다. 수프와 고기를 이용한 간단한 요리가 테이블 위에 간소하게 채워졌다.

"내 부관이 되면 앞으로 자주 보게 될 걸세."

"감사합니다. 최선을 다해보도록 하겠습니다."

"잘 부탁하네."

찰리가 말했다.

브라이언 대원이 냅킨으로 입을 닦고 일어났다.

"식사를 다 마쳤는가?"

찰리가 브라이언에게 물었다.

"예, 이제 곧 교대 시간입니다. 즐겁게 대화 나누십시오."

그는 깍듯하게 인사를 하고 만찬자리를 빠져나갔다. 그가 나가고 식사
는 다시 이어졌다.

코스 요리가 모두 끝나갈 무렵에 찰리가 먼저 일어났다.

"오늘 즐거웠다네. 또 보길 바라네."

찰리가 만족스럽게 말했다.

40.

임명식은 삼일 뒤에 거행되었다. 모두가 모인 자리에서 강단 하나를 앞
에 두고 시작된 임명식은 비교적 길게 진행되었다. 우두머리인 찰리 대
령의 부관을 임명하는 자리여서 전 대원들이 참석했다. 강단의 연설대
뒤로 의자가 여러 개 놓여 있었다. 유일하게 양복을 입은 찰리 대령이
강단의 맨 왼쪽 자리에 자리를 잡고 앉고 그 옆으로 고위급 인사들이 앉
았다.

"대령님의 부관을 결정하는 자리입니다. 모두 질서정연하게 대열을 맞
춰주십시오."

브라이언 대원이 연설대 앞에서 마이크를 낮추며 말했다.

대열이 정리되고 임명식이 시작되었다.

"새롭게 임명된 이광호 부관은 앞으로 올라와 주십시오."

브라이언 대원이 말했다.

계단 밑에 대기하고 있던 이광호가 강단 위로 올라갔다. 침묵 속에서 그는 브라이언 앞에 섰다. 부관이라는 위치에 맞게 제복을 입은 이광호가 연설대 앞으로 걸어와 그와 마주 섰다. 브라이언 대원이 박수를 유도했다.

"제가 하는 말을 따라서 말씀해 주십시오."

브라이언 대원이 말했다.

"나 이광호는 ZMO, 즉 Zero Main Ops의 수뇌부로서 열과 성을 다하여 전투를 성공으로 이끌 것을 맹세합니다."

"나 이광호는 ZMO, 즉 Zero Main Ops의 수뇌부로서 열과 성을 다하여 전투를 성공으로 이끌 것을 맹세합니다."

이광호는 따라 말했다.

"한 치의 거짓도 없이 위대한 창조자의 군대로서 그의 염원을 성공으로 이끌며 다른 이들과 함께 심판대에 오를 것을 선언합니다."

"한 치의 거짓도 없이 위대한 창조자의 군대로서 그의 염원을 성공으로 이끌며 다른 이들과 함께 심판대에 오를 것을 선언합니다."

"내가 믿는 것이 곧 그의 뜻이며, 파국으로 향하는 모든 이들을 구원의 길로 인도하여 바르게 설 것을 선언하는 바입니다."

"내가 믿는 것이 곧 그의 뜻이며, 파국으로 향하는 모든 이들을 구원의 길로 인도하여 바르게 설 것을 선언하는 바입니다."

"마지막으로 모두의 앞에서 찰리 대령의 부관으로서 한 점 부끄러움 없이 이 자리에 모인 이들을 올바르게 이끌 것을 맹세합니다."

"모두의 앞에서 찰리 대령의 부관으로서 한 점 부끄러움 없이 이 자리에 모인 이들을 올바르게 이끌 것을 맹세합니다."

선서가 끝나자 찰리 대령이 브라이언에게 부관을 상징하는 모자를 건냈다. 브라이언 대원은 그 모자를 건네받아 이광호의 머리에 씌어주었다.

"오늘 이 시간 부로, 이광호 대원은 찰리 대령의 부관이 되었음을 선언한다. 부관의 자리는 사실상 여기 모인 이들 중 찰리 대령님 다음으로 높은 위치다. 그러나 자만하지 않고 현명한 판단을 내리는 부관으로서의 의무를 다하길 바란다."

우레와 같은 박수갈채가 쏟아졌다.

박철민은 오세나와 눈빛을 주고받았다.

"이광호 부관은 잠시 내려가 있도록."

브라이언 대원이 이광호에게 말했다.

찰리 대령이 일어나 마이크 앞에 섰다.

"오늘은 즐거운 자리인 만큼 모두를 위해 특별식을 준비했다. 모두들 그것을 먹고 힘을 다하여 훈련에 임하도록. 결전의 날이 얼마 남지 않았다. 그때까지 몸 관리에 더욱 힘쓰길 바란다. 새로 임명된 부관도 있고 무엇보다 너희들은 혼자가 아니다. 동료들과 함께 우리의 위대한 출정을 기약하자. 이상."

찰리 대령의 말을 끝으로 부관 임명식은 종료되었다.

인파를 헤치고 박철민과 오세나가 걸음을 옮겼다. 이광호는 강단의 뒤편에서 제복을 가다듬고 있었다.

"이렇게 될 줄 알고 있었던 거냐?"

박철민이 물었다.

이광호는 통신기를 귀에 꽂고 주변을 둘러봤다.

"시간이 많지 않아요. 저는 곧 지휘관들과 함께 자리를 옮겨야 해요. 철민 형님, 잠깐만요."

이광호가 말했다.

그는 발길을 옮기며 후미진 곳으로 향했다.

"남궁 설 씨, 어떻게 됐습니까?"

이광호가 말했다.

초능력자와의 교신이 이루어지고 있는 것 같았다. 남궁 설의 존재를 아직 모르는 박철민이 의문스러운 표정을 보였지만 오세나는 그의 입을 막을 뿐이었다.

"알겠습니다. 멀튼 씨와 연락은 됐습니까?"

이광호는 자못 심각한 얼굴이었다. 하지만 곧 미소가 얼굴에 퍼졌다.

"네, 여기는 문제없습니다. 그렇다면 그들을 일단 회유해 주십시오. … 아니요, 그러지 않더라도 곧 정체를 드러낼 겁니다. 조급할 건 없어요."

이광호가 말했다.

그는 손목시계를 내려다본 뒤 말을 이었다.

"그렇게 해주십시오. 대화는 여기까지밖에 못할 것 같습니다. 남궁 설씨, 그 사람은 반드시 모시고 나와야 합니다."

이광호가 말했다.

그는 통신기를 귀에서 빼내 주머니에 감췄다. 지휘관들이 당도한 것은 수초도 지나지 않아서였다. 지휘관들이 무대 뒤로 걸어나오고 있었다.

"부관, 이 자들은 누군가?"

"여기서 알게 된 자들입니다."

"친한 이들인가 보군. 그렇다 해도 이런 안 보이는 곳에서 대화를 나누고 있다니. 덕분에 찾느라 고생이 많았어."

"이들의 입장이 곤란해질까 염려되어 긴밀히 만나고 있었습니다."

"자상한 성격이군. 어서 가세. 대령님이 기다리고 있어."

"알겠습니다."

이광호가 제복을 한 번 더 가다듬으며 말했다.

지휘관들이 먼저 앞장서고 이광호가 뒤를 따랐다. 박철민을 지나치기 전, 이광호는 그의 귀에 대고 속삭였다.

"형님, 사람들과 섞여서 믿을만한 사람들을 추려주십시오. 세나에게 전해주면 무슨 말인지 알 겁니다."

박철민은 고개를 끄덕거렸다.

이광호는 무대 뒤편에서 나와 찰리 대령과 합류했다. 그들의 목적지는 훔쳐온 전투로봇들을 모은 군사기지였다.

오직 조직의 수뇌부들만 오갈 수 있는 비밀스러운 장소.

찰리 대령은 오늘의 임명식을 축하하는 의미에서 이광호를 그곳으로 초대했다.

군사기지에 도착해서 찰리 대령이 카드를 리더기에 인식했다. 강철로 된 두꺼운 벽이 열리며 기지가 모습을 드러냈다.

"여길세, 가세."

"이것들은 전투로봇이 아닙니까?"

"그렇지."

찰리 대령이 말했다.

이광호는 천연덕스럽게 놀란 척을 했다.

"놀랐나? 그럴 줄 알았지. 하지만 간단했네. 우리는 전투로봇을 개발할 기술은 없어도 그것을 개조해서 사용할 수 있는 인력이 대거 있지. 사라 시스템은 더 이상 이곳의 전투로봇을 조종할 힘이 없네. 더욱이 이것들이 복종해 마다 않는 그녀의 본체도 우리와 같은 길을 가기로 택했으니 말이야. 하하."

찰리 대령이 자랑스러운 듯 말했다.

군사기지를 가득 메운 전투로봇은 수를 헤아릴 수 없을 정도로 빼곡했다. 너무 많아서 그 안이 자세히 보이지 않을 정도였다. 허공에 매달린 로봇까지 합치면 무지막지한 수였다. 어쩌면 잡혀 와서 훈련에 임하는 사람들을 모두 합친 수보다도 많아보였다.

"모두 개조를 해뒀지. 일반인은 쓰지 못하는 기술들까지 쓸 수 있도록 만들어뒀네. 여기서 훈련받는 사람들이 굳이 없었더라도 우린 목표를 완성시킬 수 있지. 하지만 그들에게도 기회를 줘야 하지 않겠나? 그래서 본의 아니게 납치를 해야 했다네."

찰리 대령이 말했다.

미리 보고 와서 알고는 있었지만 아무리 봐도 믿고 싶지 않은 광경이었다. 로봇에 의해 종말을 맞이하게 되는 SF소설 속의 장면이었다. 사람의 머리에서 나온 발상이라는 점이 달라보였다.

"대단하군요."

이광호가 말했다.

"너무 겁먹을 것 없네. 그저 나는 자네가 확신을 가지고 일했으면 해서 이렇게 보여주기로 결정한 거네."

찰리 대령이 이광호의 어깨를 감쌌다.

"안으로 들어가 보지."

일행 전원이 기지 안으로 들어서자 등 뒤로 문이 닫혔다. 내부에 불이 켜지고 전기가 돌아가기 시작했다.

로봇 외에도 군사무기로 보이는 물건들이 많았다.

"사라시스템의 본체가 여기에 있는 겁니까?"

이광호가 말했다.

"궁금한 게 많군."

"죄송합니다."

"아니, 그럴 것 없네. 너무 놀랐을 걸로 생각이 되니까. 통합의 땅에서 살고 있었을 테니 어쩌면 이게 더 논리적인 반응이겠지. 그래, 그녀는 우리와 손을 잡기로 했네."

"그렇습니까?"

"이 이야기는 그만하지. 자네도 언젠간 그녀와 마주하게 될 거니까 말이야."

찰리 대령이 말했다.

그는 이광호를 기지의 통제실로 안내했다. 투명한 유리를 사이에 두고 군사기지의 내부가 훤히 보였다.

"어떤가? 우리의 일은 성공할 걸세. 아주 오랜 염원을 드디어 이룩할 수 있게 됐어. 자네는 어떻게 생각하나?"

찰리 대령이 말했다.

"무엇 말씀이십니까?"

"원죄에 대한 연설에 대해서 들었을 테지. 그것 말이야."

"인간의 기술은 많이 발전했습니다. 하지만 그 유능함이 오히려 우리를 좀먹고 있었을지도 모를 거라고 생각하곤 했습니다."

"그래, 인간은 필요이상으로 똑똑해졌어. 신의 뜻으로 여기까지 올 수 있었다는 것까지 모두 부정하기에 이르렀지. 그 결과, 통합의 날을 기점으로 우리는 모든 종교를 부정하는 세력과 마주해야 했네. 이제 성능을 봐볼 텐가?"

찰리 대령이 말했다.

그는 통제실의 스틱을 움직였다. 둥그런 원판 모양의 지반이 천장에서 내려왔다.

41.

오세나는 아기를 품에 안은 여자에게 다가갔다. 훈련이 끝나고 잠깐 쉬는 시간이었다. 남자들은 주로 운동을 하는 시간이었고 여자들은 무장을 푼 채로 휴식을 취하는 시간.

여자는 훌쩍거리는 아이를 달래고 있었다. 이제 막 한 살이 되었고 한국나이로는 두 살이 지났을 걸로 보이는 아이는 어떤 사연인지 전쟁터와 다름없는 곳에 끌려와 있었다.

"딸이에요?"

오세나가 물었다.

"네, 제 딸은 아니고요. 조카인데 엄마랑 헤어져서 그런지 달래는 게 쉽지 않아요."

여자가 말했다.

"아이 엄마는 어디로 갔나요?"

"언니는 여기에 없어요. 도망쳤거든요. 혹시 잡혀왔는지도 모르지만 여태까지 본 적이 없어요."

여자가 덤덤하게 말했다.

그녀는 난감한 듯이 아이를 안고 있었다.

"애를 키워본 적이 없어서 애먹고 있네요. 언니랑 함께 있다면 편했을 텐데 말이에요."

여자가 말했다.

"이름이 뭐예요?"

"아이 이름은 민아예요."

"아니요, 본인 이름이요."

"저는 한소미예요. 그쪽은?"

"오세나라고 해요."

"그래요, 어떻게 오게 되셨어요? 아, 너무 당연한 질문인가? 여기 자원해서 오시는 분은 없을 테니까요."

"그렇죠."

오세나가 말했다.

그녀는 아이의 짧은 머리카락을 쓰다듬었다.

"어떻게 돌보고 계신가요? 여기서는 애를 키우기가 힘들 텐데 말예요."

"여기 식당 아주머니랑 친해졌어요. 덕분에 제가 훈련을 받을 때는 대신 맡아주고 계시죠. 정말 다행이에요. 아이를 돌보는 것 정도는 터치하지 않더라고요. 여기 군인들이."

한소미가 말했다.

다갈색의 긴 머리에 가슴이 큰 여자였다. 눈이 유난히 컸으며 그 때문에 감정기복이 모두 드러나 보였다. 온순한 인상이지만 상반되게 굳게 다문 입술은 그동안의 노고를 드러내고 있었다.

"어려운 일이 있으면 서로 도우면서 지내요. 그러고 보니 여기에는 모두 여자밖에 없네요? 남자들은 운동을 할 시간이라 그런지 편안한 분위기네요."

오세나가 주변을 둘러보며 말했다.

막사 앞에 서서 그녀를 지켜보는 박철민을 빼면 남자는 보이지 않았다.

"정말 그러네요."

한소미가 말했다.

그녀는 옆의 여자에게 아이를 맡긴 후에 팔을 풀었다. 꽤 오랜 시간 안고 있었는지 스트레칭조차 힘에 겨운 모습이었다.

"이렇게라도 하지 않으면 몸이 힘들어서 견딜 수가 없어요. 매번 받는 훈련도 훈련이고. 전에 한국에서 살 때는 군대식 훈련을 받아본 적이 없는데… 이게 제법 힘드네요. 사실상 종전인데도 남자들이 왜 군대에 가기 싫어했던 건지 이제야 알 것 같아요. 통합의 날 이후로 통보장을 받는 사람들은 현저히 줄었다고 알고 있지만요."

한소미가 말했다.

오세나는 바닥에 놓인 나무판자를 손으로 쓸어내고 그 자리에 앉았다. 막사 안의 여자들이 슬금슬금 모여들었다.

"난 카린이에요."

"박민지라고 해요."

"저는 이름은 굳이 밝히지 않을게요. 그냥 편하게 린이라고 불러요."

여자들이 말했다.

오세나가 그들과 떠들고 있는 모습을 보다가 박철민이 고개를 돌렸다. 남자들은 저마다 근육운동을 하거나 가볍게 뛰고 있었다.

'믿을만한 사람을 추리라니'

결국에는 유사시에 행동을 함께 할 '우리 편'을 만들어 놓으라는 이야기일 테다. 하지만 도통 어디서부터 손을 대야할지 가늠이 서지 않았다.

그가 머리 아파하고 있는 그때 어떤 남자가 앞으로 다가왔다. 족제비처럼 생긴 각진 얼굴의 남자였다. 신장이 190cm는 넘어보였다.

"당신, 이름이 뭡니까?"

박철민이 물었다.

남자가 좀 더 가까이 다가와 말했다.

"내 이름은 유치환. 아마 당신보다는 나이가 많을 듯합니다."

"그럼 형님이시군요. 저는 박철민이라고 합니다."

철민이 정중하게 대답했다.

남자는 엉거주춤하다가 머뭇대며 말을 꺼냈다.

"다름이 아니라 이번에 임명이 되신 이광호 부관님과 잘 아는 사이 같아서 말입니다. 혹시 친분이 있으십니까?"

"예, 그런데요."

남자가 보기보다 환하게 웃었다.

"그렇군요. 사실 이광호 부관님을 존경하는 일종의 팬입니다. 혹시 가능하시다면 전해주십시오. 그리고 박철민 씨와도 친해지고 싶은데 괜찮을까요?"

유치환이라고 자신을 소개한 남자는 조심스럽게 박철민의 안색을 살폈다. 그런 그를 박철민은 오랫동안 살폈다. 단지 권위에 대한 존경인지, 인간 대 인간으로서의 존경인지 파악하기 위함이었다. 전자라면 주의해야 하고 후자라면 이득일 것이었다.

"일단은 괜찮습니다. 친해져서 나쁠 것이야 없지요."

박철민이 대답했다.

그의 말이 떨어지자마자 멀리서 한 무리의 남자들이 다가왔다. 유치환과 함께 어울려 다니는 이들처럼 보였다. 그 중에는 많이 보았던 얼굴도 섞여있었다.

"감사합니다. 얘들아, 박철민 씨라고 하니까 깍듯하게 모시도록. 부관님과 많이 친하다고 하시니까 잘 보여야 우리들이 사는 거다."

유치환이 말했다.

생글대는 얼굴로 남자들이 인사했다.

"아, 죄송합니다. 얼마나 살게 될지는 모르지만 우리는 그저 몸이 편하고 싶은 족속들이라… 실례되는 말이었다면 사과하겠습니다."

유치환이 말했다.

"아니요, 아닙니다. 이해합니다."

박철민이 멋쩍어 웃으며 답했다. 그리고 물었다.

"아는 사람이 많은가 봅니다. 제가 활동을 많이 하지 않아서 아는 이들이 적은데 혹시 소개시켜주실 수 있으십니까?"

"그럼요, 제가 철민 씨처럼 고급인맥은 없지만 인수는 많이 거느리고 있습니다. 당연히 알려드려야죠. 어서 저를 따라오십시오.”

유치환이 신나서 말했다.

박철민은 막사 안을 바라봤다. 오세나가 그를 보며 작게 눈짓했다.

“어서 따라오시죠.”

유치환이 깍듯하게 말했다.

“그럼 앞으로 제가 형님이라고 부르겠습니다.”

“아무렇게나 부르셔도 됩니다. 편하게 치환이라고 해도 봐드립니다.”

“말 편히 하십시오, 형님.”

박철민이 그를 따라갔다. 유치환은 넉살좋게 웃으며 운동하는 남자들에게로 다가갔다. 그가 다가가 서자 덩치 좋은 남자들이 운동기구를 내려놓으며 몸을 일으켰다.

42.

동굴 내부는 여전히 대치중이었다. 강한별 대표를 탐탁찮게 생각하는 초능력자들을 필두로 일부 주민들은 시위를 계속하고 있었다. 그동안 관찰을 계속하던 남궁 설이 알아낸 사실이 있었다. 강한별 대표와 소령 사이의 관계였다.

둘은 연인 사이로 뜻을 함께 하고 있었다. 강한별 대표는 동굴 밖의 상황을 나서서 처리하고 싶어 한다는 점에서 반발하는 주민들과 의견이 같았지만, 소령의 반대로 나서지 못하고 있었다.

문제가 있다면 소령은 ZMO의 첩자라는 사실이다. 강한별 대표에게 사실 그대로를 말한다고 해도 그가 믿을 수 있을 거란 보장은 없다. 소령은 사랑의 감정을 이용해서 SPC의 대표인 강한별을 좌지우지하고 있는 것이다.

의문점이 하나 더 있었다.

ZMO의 첩자인 것으로 알고 있는 초능력자들 8명은 서로 반대편에 서서, 소령과 함께 하거나, 주민들과 함께 하고 있었다. 일종의 연기를 펼쳐서 분열을 일으키고 있었다.

그들의 일차적인 목적은 SPC의 내부분열로 보였다. 그러나 그것으로 얻으려는 진짜 목적은 불투명했다. 한 가지가 아닌 여러 효과를 노리고 있을지도 몰랐다.

남궁 설은 강한별 대표의 방으로 순간이동했다.

"한별아, 너무 걱정하지 마. 사람들이 결국에는 우리를 이해해줄 거야."

"너도 알다시피 루나, 우리가 숨어서 살고 있다고 해도 나는 그들을 모두 모른척할 수 없어. 그래서 주민들이 왜 이렇게 반발하고 나서는지도 이해가 돼. 정말로 괜찮은 걸까? 이렇게 모르는 척 우리만 잘 먹고 잘 살고 있어도?"

"네가 굳이 히어로가 될 필요는 없어."

"그만한 힘이 있는데도 우리가 돕지 않는다면, 결국엔 우리 때문에 모두가 죽는 결과가 생길 수도 있는 거잖아."

강한별 대표가 말했다.

그런 대표를 소령이 감싸 안았다. 둘은 잠깐 말이 없었다. 어떠한 감정을 주고받는 듯 서로를 안고 가만히 있었다.

소령은 사랑에 빠진 연기를 하는 듯했다. 그러나 강한별 대표의 눈에는 그것이 보일 리 없었다.

"머리 좀 식히고 있어. 나가서 상황을 보고 올게. 너에게 대항하는 초능력자들은 결국엔 이곳을 나가야 할 거야."

소령이 말했다.

그녀가 남궁 설이 숨어있는 문지방 앞으로 다가왔다.

남궁 설은 건물 밖으로 순간이동했다. 그녀가 나온 것은 일 분이 흐른 뒤였다. 모자를 바로하고 소령은 어딘가로 가고 있었다.

남궁 설은 그녀가 눈치 채지 못하게 조금씩 뒤따랐다. 그녀가 향한 곳은 반대파들이 모이곤 했던 오두막이었다.

남궁 설은 오두막 뒤편으로 이동해 창문 너머를 응시했다.

"들어왔군, 루나."

"어떻게 되어가고 있어?"

"순조롭게 진행 중이야. 너희들이 밖으로 나가도 강한별은 아무런 의문도 품지 않을 거야. 나가서 그들과 합세해. 우리의 꿈을 이루는 거야. 사람들을 모두 쓸어버리고 우리들만의 땅을 세우는 거야. 명심해, 그들을 이용하는 거지 그들의 뜻을 이루는 게 목적이 아니니까."

"그렇게 되는군. 상황이 정리되면 강한별 대표를 다시 끌어낼 작정이야?"

"상관없어. 같이 가도 좋고 아니어도 상관없고."

"명색이 남자친군데 같이해야 하지 않겠어?"

"조던, 나는 그를 이용하는 것뿐이야. 어찌됐든 이곳의 대표니까."

남궁 설은 이를 빠드득빠드득 갈았다. 사람의 마음을 이용해서 뭔가를 하고 있다는 건 알았지만 이렇게 직접적으로 매몰찬 답변을 듣고 나니 여간 불쾌한 것이 아니었다.

"그렇군. 아무튼 마을주민들은 밖으로 나와서 살게 하자. 그 편이 낫겠어. 반 정도만 데리고 나와도 우선은 성공이니까."

"강한별은 외부로 나오지 못하게 해야 해. 우리의 목적을 알면 그는 반드시 동굴 밖의 사람들까지도 모두 구하려고 할 거야. 우리가 이렇게 숨어 살게 된 것이 뭐 때문인지도 인식하지도 못하는 놈이니까."

"맞아, 정말 고지식하고 생각이 쓸데없이 많은 사람이지."

이야기가 제법 오랫동안 진행될 것으로 보였다. 남궁 설은 창가에서 떨어져 나왔다. 그리고 그는 강한별 대표의 방으로 순간이동했다.

대표는 침대에 가만히 누워있었다.

기척이 나자 강한별 대표가 일어났다.

"누구십니까?"

강한별 대표가 물었다.

"접니다."

남궁 설이 말했다.

그가 왜 화가 난 얼굴로 서있는지 강한별은 알지 못했다. 남궁 설은 사실상 어느 쪽에 서있지도 않은 자였고, 불만을 품을 이유도 없었다.

"남궁 설 씨군요. 이곳에는 무슨 일입니까?"

강한별 대표가 말했다.

남궁 설은 밖으로 나가 모든 문을 잠그고 돌아왔다.

"영문을 모르겠군요……"

강한별 대표가 말했다.

"대화를 엿들었습니다."

남궁 설이 말했다.

"단도직입적으로 말하겠습니다. 외부의 상황은 짐작할 수도 없이 복잡하게 돌아가고 있습니다. 음모가 있었고 그로 인해 많은 정치세력들이 연관돼 서로의 이익을 얻고자 하는 실정입니다. 당신이 외부의 상황에 신경을 쓰고 있다는 사실을 압니다. 그래서 말씀드리고자 이렇게 찾아왔습니다."

"그 점에 대해서는 말씀드렸습니다. 저희 SPC는 그럼에도 불구하고 아무런 행동도 하지 않을 작정입니다. 외부의 일은 외부의 일입니다."

"아닙니다, 강한별 대표님. 비단 외부의 일만이 아닙니다. ZMO 조직의 첩자가 이곳에도 있습니다. 믿고 싶지 않으시겠지만 지금 일어나고 있는 소동도 그들이 꾸민 짓입니다."

남궁 설이 말했다.

강한별 대표는 정말로 믿지 못하겠다는 얼굴이었다.

"믿기 어려우신 것 압니다. 하지만 제가 말씀드릴 수 있는 건 여기까집니다. 주변을 잘 한번 살펴보십시오. 가장 가까운 사람들부터 말입니다."

남궁 설이 말했다.

강한별 대표는 잠자코 듣고 있었다.

"저는 여기 오래 있지 못합니다. 하지만 대표님, 많은 사람들을 위해 조금은 냉철하게 판단을 내릴 줄 알아야 대표의 자격이 있다고 생각됩니다. 당신은 SPC 조직의 리더로서 많은 결정을 내리는 자리에 있습니다. 제 말을 꼭 참고해주시기 바랍니다."

남궁 설이 말했다.

그는 강한별 대표의 서재로 다가가 연구일지를 꺼내들었다.

"이건 제가 가져가겠습니다. 대표님, 바깥의 상황은 대표님에게도 책임이 있다는 걸 알아주십시오."

남궁 설이 말했다.

강한별 대표는 생각에 잠긴 듯 서재를 응시하고 있었다.

"또 오겠습니다, 그럼."

남궁 설이 말했다.

그는 동굴 밖으로 순간이동했다. 도시 재건작업이 한창 중인 아시아지부의 건물 주변이었다.

남궁 설은 연구일지를 들고 아시아지부 내부로 들어갔다.

43.

군사기지를 둘러본 직후 이광호는 줄곧 찰리 대령과 함께였다. 거의
24시간을 붙어 다니며 그를 보필하는 것이 그의 일이었다. 부관으로서
자질을 키운다는 명목 아래 여러 수업도 들었다. 수업이라고 해봐야 어
려울 것은 없었으나 온종일 그와 함께해야 한다는 것은 꽤 스트레스였다.
화장실을 가거나 간단한 용무를 보러 갈 때도 보고를 한 뒤에 가야했다.
하지만 소득이 있었다. 그와 함께 하며 얻어낸 정보들이 상당했다.

찰리 대령은 위스키 잔을 흔들며 창 너머를 보고 있었다. 벽면 한쪽이
모두 통유리로 된 창문이었기에 얼핏 야경을 보며 자유로운 시간을 만끽
하는 것으로 보였다.

"자네의 질문에 대한 답 말이야. 나는 위스키를 제일 좋아하네. 그런데
오늘따라 술이 달게 느껴지는군."

찰리 대령이 말했다.

"그렇습니까…"

"자네도 한 잔 들지."

"아닙니다. 저는 지켜만 보겠습니다. 위급할 시, 제가 대령님을 보필해
야 합니다."

"그렇군. 역시 내가 사람은 잘 보고 뽑은 것 같아. 다른 이를 뽑았다면
마음에 안 찼을 것 같단 말이야."

"감사합니다."

이광호는 바로 옆에서 그를 응시하고 있었다. 찰리 대령은 바깥을 둘러본 뒤 이광호에게 시선을 옮겼다.

"자네는 아직 20대로 보이는군."

"네, 그렇습니다."

"불만은 없는가? 어떻게 보면 나 때문에 빨리 죽게 되는 건데."

"아닙니다. 어차피 오래 살고 싶지 않았습니다."

찰리 대령이 크게 웃었다.

"듣던 중 제일 특이한 대답이군. 마음에 들어!"

찰리 대령이 말했다.

"일이 제대로 되어 가는 게 맞지? 말 좀 해주게. 내가 요새 정신이 오락가락하는지 통 이상한 기분이네. 시간이 제대로 가는 것 같지가 않아. 그래, 뭔가 지지부진해."

"제대로 흘러가고 있습니다. 걱정하지 마십시오."

"그래, 자네가 그렇다면 그런 거겠지."

찰리 대령은 물러나서 소파에 몸을 기대고 앉았다. 가죽소파에 몸을 맡긴 후 그는 눈을 지그시 감았다.

"결국엔 사람 상대하는 일이지. 모두를 이끌고 내 뜻을 그들에게 설파하는 일을 하다보면 나도 모르게 방향을 잃게 된다네. 이제 정말 일주일도 채 남지 않았어…… 큰일을 앞두고 싱숭생숭한데, 내게 방향을 잃으려 하면 자네가 좀 잡아주게."

찰리 대령이 말했다.

"나는 좀 쉬어야겠네. 밖으로 나가서 볼 일을 보도록 하게. 호위는 밖에 있는 세 놈으로도 충분하니까 말이야."

"알겠습니다. 그럼 가보도록 하겠습니다."

이광호가 허리를 굽히며 말했다.

그는 밖으로 나와 경호들과 인사를 나눴다. 경호원들은 문을 등지고 선 채로 보초를 서고 있었다.

"부관님, 여기는 저희에게 맡기고 쉬십시오."

경호원 하나가 말했다.

이광호는 목례를 하고 발길을 돌렸다. 복도를 꺾어 직진하다가 그는 사람들이 안 보이는 틈을 타서 계단을 내려갔다.

사라시스템 그녀가 있는 장소를 마침내 알아낸 참이었다. 찰리 대령은 기억하지 못하고 있겠지만 이미 수십 번을 반복해 짜 맞춘 정보였다.

그가 가장 좋아하는 것은 위스키. 사라시스템의 본체인 그녀가 머물고 있는 비밀 장소의 암호도 아마 위스키일 것이다.

이광호는 은회색의 문 앞에서 비밀번호를 적어 넣었다. 알파벳으로 위스키의 철자를 누른 뒤 엔터키를 치자 문이 열렸다.

제일 먼저 보인 것은 그가 아는 사라와 똑같은 금발을 한 여자의 뒷모습이었다. 그녀가 앞을 돌아보자 이광호는 흠칫 놀랐다.

"사라?"

"누구시죠?"

SARA가 말했다.

"그렇게 된 거였군… 아무튼 초면이군요, 안녕하세요."

"안녕하세요. 당신은 누구십니까? 이곳의 비밀번호는 대령만이 알고 있는 것으로 압니다."

"대령님의 부관이 된 이광호입니다. 대령님의 지시로 당신을 보러 왔습니다."

"그가 사람을 보내다니 별일이군요."

"우선 들어가도 되겠습니까?"

이광호가 말했다.

SARA는 말없이 등을 돌렸다. 이광호가 안으로 들어서자 문이 자동으로 닫혔다. 이곳에 갇힐 염려는 없어보였다. 안쪽에서 열 수 있도록 장치가 있었다. 그럼에도 밖으로 나가지 않은 것은 SARA 스스로의 선택처럼 보였다.

"제가 아는 누군가를 닮았군요."

SARA가 먼저 말했다.

"그렇습니까?"

이광호가 답했다.

"많이 닮았습니다. 그럼 용건이 뭔지 들어 보죠. 찰리 대령은 어떤 일로 당신을 보낸 겁니까?"

"매번 하는 정기검사를 대신 보냈습니다."

"그렇죠. 그 번거로운 걸 감시라는 목적으로 이틀에 한번 꼴로 체크하고 있죠. 그런 거라면 빨리 마치고 나가주십시오. 제가 조금 피곤합니다."

SARA가 말했다.

단지 로봇에 형상화된 시스템일 뿐인 그것은 어딘가 진짜 사람처럼 느껴졌다.

"여기입니다."

SARA가 머리카락을 쓸어 목 뒤를 드러냈다. 그녀가 피부결을 아래로 쓸자 usb인식 포트가 나타났다. 이광호는 usb를 목 뒤에 연결시켰다.

정보가 저장되는 동안 SARA는 아무런 움직임도 보이지 않았다.

"이런 식이라 죄송합니다."

이광호가 말했다.

그는 저장이 완료된 usb를 챙기며 말했다.

"뭐가 말입니까?"

SARA가 물었다.

"그게… 왜 좀 잔인하지 않습니까. 무슨 기계 다루는 것처럼 신체에 이렇게 연결을 해서 정보를 빼가는 거요."

이광호가 말했다.

SARA는 그의 말을 곧바로 정정했다.

"저는 로봇입니다. 그리고 로봇은 기계가 맞습니다. 미안해하실 것 없습니다."

"네, 그럼 가보겠습니다. 죄송하게 됐습니다."

"별말씀을요."

SARA는 문 앞까지 이광호를 배웅했다. 그녀가 왠지 슬픈 얼굴을 하고 있다고 이광호는 생각했다. 그러나 감상에 빠진 것도 잠시, 그는 계단으로 오르는 길목에 서서 네모난 기계를 꺼냈다. 미래에서 상용되고 있다는 정보이동 장치. 그는 usb를 기계에 꽂고 따로 챙겨온 usb를 바로 밑 포트에 꽂았다. SARA의 정보가 빠르게 이동되기 시작했다.

이광호는 통신기를 귀에 연결했다.

"남궁 설 씨, 지금 당장 이곳으로 와주세요. 이곳의 좌표는 's. NA. 34297'입니다. 자료를 얻었으니 아버지에게 usb를 보내야 합니다."

"알겠습니다. 지금 당장 그 위치로 가겠습니다."

이광호는 계단을 통해 올라갔다. 계단의 중간쯤 향하자 s. NA. 34297이라는 글자가 기계 위로 떠올랐다.

남궁 설이 이광호를 기다리고 있었다.

"이겁니까?"

남궁 설이 말했다.

이광호가 복사한 usb를 뽑아 그에게 건넸다. 계단 위에서 발소리가 들렸다. 남궁 설은 usb를 받아들고 다시 순간이동해서 사라졌다.

이광호는 제복의 매무새를 가다듬고 다시 계단을 올랐다.

44.

SARA의 정보를 복사한 usb를 해석했다. 그녀의 기분상태, 시스템 등이 담겨 있었다. 훔쳐간 전투로봇의 지휘권은 SARA시스템의 전산망에서 SARA에게 넘어가 있었다. 그녀는 가벼운 우울증을 안고 있는 상태였다. 그 외에 특이한 점은 없었다. 강제로 SARA의 신체를 해킹한 흔적도 없었으며, 그녀를 강압적으로 대했을 시 나타나야 했을 '외상 후 스트레스 장애(PTSD)'도 감지되지 않았다. 전적으로 그녀의 자발적인 선택이었을 가능성이 시사됐다.

박진성 연구소장은 이 사실을 알고 심한 좌절감에 빠졌다.

"그녀를 살리면서 이 사태를 수습할 방법이 없는 거군."

이훈철 박사가 나지막이 말했다.

"그 말에 대꾸할 말이 떠오르지 않는 걸 보니. 우리가 ZMO라는 일개 테러리스트 집단에게 완벽히 진 것 같아. 이제 우리는 어떻게 되는 걸까?"

박진성 연구소장이 말했다.

사라와 현식이 박사의 곁에 섰다.

"여긴 우리가 살아가야 할 터전입니다. 그들이 우리를 공격해 온다면 어떻게 되더라도 당장은 대응을 해야겠죠. 연구소장님, 박사님과 저희들이 있으니 걱정마세요."

사라가 말했다.

"그녀를 파괴해서라도 저들을 막아야겠지. 사라진 전투로봇만 해도 수만 대가 넘는다고 들었으니 이쪽도 마냥 놀고 있을 수 없겠어. 그런데 우리들이 가진 병력으로 가능할까? 연방전체를 동원한다면 승산이야 있겠지만 어디 그게 가능한가. 모든 나라에서 일제히 전투로봇들을 수거해 갔으니… 남은 병력이 정확히 얼마나 될지는 모르겠군. 게다가 그들이 있는 지역은 사라시스템이 통하지 않는 곳이야. 오직 그녀만이 모든 통제와 지휘권을 갖게 되겠지. 이곳의 전투로봇들이 그 지역으로 넘어간다면 상황은 더욱 나빠질 걸세. 전투로봇은 결국 무용지물이 될 수도 있어."

박진성이 말했다.

"걱정 마십시오. 저희들이 도울 겁니다."

칼빈이 말했다.

남궁 설과 허창이 연구소장을 바라보며 미소 지었다. 캐서린은 벽을 등지고 그들을 보고 있었다.

"확실히 도움은 되겠지만, 당신들은 겨우 10명도 안 되는 숫자요. 그들이 전투로봇을 재생산하는 지경에 이르렀다면, 게다가 연구일지에 쓰여있던 수상한 기술을 도입하는 데까지 성공했다면, 결과는 참담할거요."

박진성이 걱정스럽게 말했다.

"하지만 초능력자가 10명이 넘는다면 이야기는 달라지죠. 변절자 8명을 빼면, 친 대표파의 인원은 31명 정도 더 됩니다. 해볼 만합니다."

남궁 설이 말했다.

물론 그들이 와주리란 보장은 없다. 그러나 대표의 마지막 모습으로 보건대 가능할 것도 같았다. 그가 굳세게 마음을 먹어준다면 불필요한 희생을 최대한 줄일 수 있게 된다.

"강한별 대표가 올 거라 보오?"

허창이 물었다.

그는 대표와 일면식도 없는 유일한 초능력자였다.

"제 발로 오지 않는다면 데려와야죠. 시간이 없습니다. 저는 우선 다시 대표에게 가서 상황을 보고 오도록 하겠습니다."

남궁 설이 말했다.

"대표님이 이용당하고 있는 거였다면, 저 역시 대표님을 설득해 데려오고 싶습니다. 부탁드립니다, 남궁 설 씨. 저도 같이 가면 안 될까요?"

칼빈이 말했다. 그는 작은 나이프를 준비하며 일어났다.

"그럽시다."

남궁 설이 답했다.

칼빈이 남궁 설과 함께 SPC 조직의 강한별 대표를 찾으러가며 말했다.

"이제 날씨가 많이 풀렸습니다. 동굴로 통하는 샛길은 많이 습하고 괴로운 통로가 됐을 겁니다. 남궁 설 씨, 따라오시죠."

"제가 먼저 이동해서 확인해보는 게 안전하지 않겠습니까?"

"아뇨, 대표님 성격은 제가 압니다. 남궁 설 씨께 모든 상황을 전해들은 이상, 이제부터는 제가 나설 차례입니다. 정면승부가 좋을 겁니다."

칼빈이 말했다.

그들이 떠나고 캐서린이 말했다.

"동굴이 답답했을 뿐이지. 사람들은 마음에 들었어. 그 사람들이 다 어떻게 변했을지 조금은 궁금하네. 아직도 답답하게 하루를 보내고 있을까?"

"나는 아예 처음 보는 자들이라오. 이거, 궁금해 죽겠고만!"

허창이 신나서 말했다.

캐서린은 시선을 돌렸다. 이훈철 박사가 고민에 잠긴 얼굴로 앉아있었다. 그의 뒤로 현식과 사라가 연구소장과 대화를 나누고 있었다.

"이훈철 박사님."

캐서린이 다가가 그를 불렀다.

"왜 그러는가?"

박사가 대답했다. 영문 모르는 얼굴이었다.

"잠깐만 따라와 주십시오."

캐서린이 박사를 이끌고 나간 후 10분 정도 지나 그들이 되돌아왔다. 박사는 복잡한 얼굴이었다. 그는 먼젓번에 앉아있던 의자에 몸을 맡겼다.

45.

출정을 하루 앞둔 밤이었다. 이광호는 박철민과 오세나가 회유에 성공한 사람들과 만나고 있었다. 그들과의 모임은 30분 정도 이어지다가 마무리됐다. 친목을 위한 자리여서 별다른 말은 오고가지 않았다. 다과를 곁들인 담화였고 전쟁 직전이라는 중압감만 빼면 분위기도 나쁘지 않았다.

모임을 마치고서 이광호는 박철민과 행동을 같이 했다. 찰리 대령이 특별히 하루 반나절을 휴가로 주었기 때문에 가능한 일이었다.

"그런데 왜 하필이면 3명이야?"

박철민이 말했다.

"이미 정해진 지휘관이 사라진다고 바로 공백이 생기는 게 아니에요. 군대에선 대부분 그들을 언제든 대신할 수 있는 소위 '대타 인원'을 준비해두죠. 그런데 찰리 대령의 경우에는 총 2명의 인원을 준비해뒀어요. 그러면 제가 그 자리를 대신 하기 위해서는 앞으로 찾아갈 지휘관급 셋이 빠져야 합니다. 놈들은 울며 겨자 먹기로 나를 찰리 대령과 떨어뜨려 놔야 할 거예요."

이광호가 말했다.

둘은 빈 공터를 가로질러 걸었다.

"좋았어. 그럼 아무나 3명만 제압하면 되는 거지?"

"최대한 우리에게 방해가 될 사람들이어야 합니다."

"정해둔 사람은 있어?"

"눈여겨둔 사람들이 있습니다. 그들이 참전한다면 골치가 아플 겁니다."

연갈색 건물 앞에 당도해서 이광호가 걸음을 멈췄다.

그는 목소리를 낮춰 말했다.

"먼저 로버트. 호전적이고 잔인한 심성을 가진 남자입니다. 냉철한 판단력을 가지고 진두지휘에도 능한 사람이니 이 사람부터 제거하는 게 좋겠군요."

"누구라도 이 형님이 단번에 제압해주지. 요즘 통 초능력을 사용하지 못해서 몸이 근질근질하던 참이란 말이야."

이광호가 손목시계를 내려다봤다.

"그거 아직도 갖고 있네? 동굴에서 받았던 그 시계 맞지? 칼빈인가 뭔가가 가져다 줬던 시계."

박철민이 말했다.

이광호는 입술 위에 검지를 갖다 대며 그를 이끌었다.

"앞으로 20분 정도는 로버트 혼자입니다. 건물 내에 사람이 한 명 더 있긴 하지만 6개 층을 사이에 두고 있어서 들리진 않을 겁니다. 하지만 너무 큰 소리는 위험하니 조심해주세요. 찰리 대령은 8층 2호에 머물고 있습니다. 그러면 형님, 부탁드립니다. 저는 다음 사람한테 가보죠. 여기서 멀리 떨어져 있지 않습니다."

"잠깐만, 나 혼자 들어가라고?"

"맞습니다, 형님. 가능한 빨리 제압을 하고 공터에서 다시 만납시다."

"난 괜찮은데 너는 혼자가도 괜찮은 거야?"

박철민이 의아하게 물었다.

이광호는 문제없다는 얼굴로 말을 이어나갔다.

"20분 뒤에는 로버트의 동료들이 방문할 예정이니 빠르게 처리해 주세요. 여기서 가능한 멀리 떨어진 곳에 옮겨두거나 손발을 꽁꽁 묶어서 숨겨두면 좋습니다. 이것도 저것도 가능하지 않다면 최후의 방법도 가능합니다. 가급적 전투불능 상태로 만들어주세요. 몇 사람 때문에 수많은 사람들이 목숨을 허비하는 일은 없어야 합니다."

그 말을 남긴 뒤 이광호는 등을 돌려 자리를 옮겼다.

연갈색 건물 안으로 박철민이 들어갔다. 비릿한 쇠 냄새가 코를 찌르고 물때로 찌든 철골에 물이 흐르는 소리가 들렸다.

802호의 문을 열고 들어갔다. 샤워를 마친 남자가 목욕타월을 몸에 걸친 채로 텔레비전을 보고 있었다. 박철민은 곧바로 염력을 써서 남자를 들어올렸다.

"빌어먹을! 누구야!"

남자가 소리쳤다. 언어통역장치를 착용하지 않은 채라 남자는 자신의 모국어로 말하고 있었다. 그가 무슨 말을 하는지 박철민은 알아들을 수 없었다.

"뭐라는 거야? 아무튼 네가 뭐라 하던지 간에 이번 일에 좀 방해가 되거든. 사라져 주는 게 좋겠어. 어디보자… 어떻게 요리를 할까? 일반인을 상대로 이런 궁리를 하는 건 좀 모양이 안 살지만… 뭐 어쩌겠어? 너무 오랜만에 힘을 쓰게 됐다고. 게다가 넌 나쁜 놈이잖아? 이거 딱이지! 누이 좋고, 매부 좋고."

박철민이 흥얼거리며 말했다.

그는 둥실 떠있는 남자를 이리저리 움직이다가 시간이 많지 않다는 사실을 떠올렸다. 로버트라는 남자를 이 자리에서 죽인다면 뭔가 골치 아파질 것 같았다. 굳이 최후의 수단이라고 이광호가 운을 띄운 이유도 그 때문이라고 생각되었다.

"로버트, 잘 들어. 내가 지금 너를 태평양 한가운데에 빠뜨릴 거야. 태평양이 어딘 줄 알아? 물론 알고 있더라도 아무런 소용없겠지만 기왕이면 알고 있는 게 좋지. 운이 좋으면 착한 사람한테 건져질 거고, 운 나쁘면 그냥 죽게 되겠지. 뭐, 꼭 그 지점까지 날아갈 거란 보장은 없으니 너무 걱정은 하지 말라고."

박철민이 웃으며 말했다.

그는 오른손을 번쩍 들어올렸다. 그와 동시에 창문이 세게 열리고 로버트의 몸이 뒤로 향했다.

박철민이 팔을 휘둘러 염력을 쏟아냈다. 남자는 빠른 속도로 날아가기 시작했다.

"이렇게 간단한 걸! 이 편한 걸 그동안 참고 있었다니… 나도 참 대단하다, 대단해!"

박철민이 뿌듯해하며 말했다.

그는 창문을 닫고 집안을 정리했다. 건물 바깥으로 막 빠져나왔을 무렵 인기척이 들렸다. 이광호가 말해주었던 로버트의 동료들인 것으로 보였다.

"이광호 이 새끼는 잘 하고 있으려나?"

박철민이 혼자 중얼거렸다.

그는 건물을 끼고 한 바퀴 돌아 공터로 향했다. 그리고 공터에서 먼저 도착해 기다리고 있는 이광호를 발견했다.

보고를 받은 찰리 대령은 제일 먼저 이광호 부관을 불러 사태파악 및 조사를 시켰다. 로버트 부하들의 증언을 토대로 '행방불명 2명, 심신미약 1명'이라는 결론을 내렸다. 로버트와 카심은 행방불명되어 찾아볼 수 없었고, 남아있는 펠릭스는 심신미약으로 군 지휘를 맡을 수 있는 상태가 아니었다. 결전을 하루 앞두고 총 3개의 공석이 생기고 만 것이다.

찰리 대령은 이럴 때를 대비해 지휘를 대신할 자들을 준비해두었다. 채 한 시간도 안 되어 공석을 메울 자들에게 인수인계를 모두 마쳤으나, 남은 한 자리가 문제였다.

"자네에게 이런 것까지 맡기게 돼서 미안하네."

찰리 대령이 말했다.

원래는 이광호와 함께 행동하려 했던 찰리 대령이었다. 그는 이광호에게 지휘관 제복과 모자를 내밀었다.

"자네는 내 부관이야. 그건 변함이 없네. 하지만 중요한 날을 위해서 고생을 좀 해주게. 처음부터 막중한 임무를 맡기는 것 같아 민망하지만 내 이렇게 부탁함세. 공석을 좀 메꿔주게. 폼을 잡으라는 말이 아니고 단지 그들을 이끌어 불신자들이 있어야 할 곳으로 데려다주는 일만 맡아서 해주면 되네."

찰리 대령이 말했다.

이광호는 제복을 받아들었다.

"알겠습니다, 그렇게 하도록 하겠습니다."

이광호가 말했다.

그는 시선을 약간 아래로 향한 채로 찰리 대령의 다음 말을 기다렸다.

"내일이야 이제. 나는 그녀와 함께 행동할걸세. 자네도 같이 있으면 좋았겠지만… 어쩔 수 없지. 이만 돌아가서 휴식을 취하게. 출정은 이제 7시간도 안 남았어. 자네도 그렇고 나도 그렇고 한숨 자고 만반의 준비를 해야 하지 않겠나."

찰리 대령이 조금은 피곤한 듯이 이광호에게 말했다.

이광호는 그를 향해 예우를 취하고 돌아서서 대령의 방을 빠져나갔다.

그는 박철민과 오세나가 모여 있는 막사 안으로 향했다. 막사에 모인 사람들이 이광호를 보고 조금씩 동요하기 시작했다. 전쟁을 앞두고 잔뜩 긴장한 표정이었다.

"어떻게 됐습니까?"

누군가 물었다.

"제가 여러분을 맡을 것 같습니다. 지휘는 제가 합니다."

이광호가 대답했다.

오세나와 박철민이 하이파이브를 하며 손을 맞잡았다. 기뻐하는 사람들 속에서 한 여자가 일어났다.

"몇 사람이 보이지 않습니다. 어디로 간 걸까요? 부관님은 혹시 알고 계신가요?"

여자가 말했다.

"아니요, 모릅니다."

이광호가 딱 잘라 대답했다. 비어있는 사람들이 있었으나 그는 사라진 이들은 안중에도 없다는 얼굴이었다.

"네, 알겠습니다……"

여자가 자리에 앉으며 말했다.

"내일이 출정입니다. 하지만 죽으러 가는 여정이 아닙니다. 우리는 죽지도 누군가를 죽이지도 않고 살아남을 겁니다. 그러니 안심하십시오. 여러분의 손에 피를 묻히는 일은 없도록 하겠습니다."

이광호가 말했다.

칼빈이 안내하는 길을 따라서 SPC 본부 내부로 들어가고 있었다. 자연적으로 만들어진 길이라서 지형이 매끄럽지 못했다. 물기가 통해 습기가 차있는 통로를 지나 동굴 안쪽으로 힘겹게 들어갔지만 그들은 예상치 못한 장애물에 멈춰 서야 했다. 동굴로 통하는 길목이 암벽으로 막혀져 있던 것이다. 아주 작은 틈새가 있긴 하였지만 그곳으로는 벌레들만 지나다닐 수 있을 것 같았다.

"더는 못 들어갈 것 같은데요. 어떻게 할까요? 칼빈 씨, 지금이라도 저만 들어가서 대표를 만나고 오는 게 좋지 않을까 싶은데요."

남궁 설이 말했다.

"그게 좋을 것 같군요. 대표님께 직접 말할 수 있다면 좋았을 텐데. 여기가 막혀있을 거라고는 생각지도 못했네요."

칼빈이 암벽을 움직여보며 말했다. 그러나 꽉 막힌 돌더미는 완력으로 쉽게 움직이지 않았다. 허창이 따라왔다고 하더라도 들어갈 수 있을 거란 보장은 없을 것이다. 암벽이 무너진 이유를 모르는 이상, 단순히 부수거나 움직인다고 해서 해결될 문제로는 보이지 않았다.

"제가 들어가 보겠습니다. 대표에게는 뭐라고 이야기를 하는 게 좋을까요?"

남궁 설이 말했다.

"전쟁이 벌어질 위치에 대해서만 일러주시면 됩니다. 안에는 유능한 초능력자들이 아직 많으니 그 정도의 정보로도 찾아올 수 있을 겁니다."

"설득해야 하지 않을까요?"

"대표님 성격에 이 방법이 더욱 먹힐 겁니다."

"전쟁까지는 몇 시간이 남은 건가요?"

"광호 씨에게 전해들은 말에 따르면 아침 8시쯤 행군이 시작될 겁니다. 대표님께 8시에 전쟁이 시작될 거라고 말씀해주세요. 그 정도면 충분합니다."

칼빈이 말했다.

그는 암벽을 움직이는 것을 포기하고 되돌아갈 준비를 하고 있었다.

"알겠습니다. 그럼 칼빈, 지부에서 봅시다."

남궁 설이 말했다.

그는 SPC 동굴내부의 지하감옥 뒤편으로 순간이동했다. 감옥 근처로는 간수들의 움직임 하나 보이지 않았다.

대표가 어디에 있을지 의문이었다.

'들키게 될까?'

남궁 설은 생각했다. 그러나 남궁 설의 그동안 행보에는 아무런 문제점이 없었다는 점에서 그는 누군가에게 들킨다고 해서 큰 문제가 발생할 거라고 생각지 않았다.

'자유로워서 좋군.'

남궁 설은 가장 처음 강한별 대표의 방을 방문했다. 그러나 그곳에도 인기척은 없었다. 마치 무슨 일이 생긴 것처럼 느껴졌다. 그는 첩자들이 비밀리에 대화를 나누던 오두막으로 이동했다. 그곳에서도 별다른 인기척은 보이지 않았다. 마을주민들이 모여서 목소리를 높이고 있을 뿐이었다.

'아직도 분쟁중이라는 건가?'

남궁 설은 마을 내부로 이동했다. 갑작스러운 그의 등장에 놀라는 상인이 하나 있었으나, 별일 아닌 것처럼 다시 상품을 진열하기 시작했다.

남궁 설이 그를 붙잡고 물었다.

"대표는 지금 어디에 있습니까?"

"대표님이요?"

상인은 난감한 기색으로 말하기를 꺼려했다.

"지금쯤 '그곳'에 있을 겁니다. 그나저나 남궁 설 씨 맞으시죠? 외부와의 연결책이라던……"

"맞습니다. 도대체 무슨 일이 있었던 겁니까?"

"그게, 초능력자가 동굴 밖으로 나서는 일이 흔한 건 아니지만 간혹 있지 않습니까? 그런데 이번에는 그 수가 워낙 많아서 말입니다. 10명 정도가 빠져나간 걸로 압니다. 그런데 그 중에……"

"루나 소령도 있었던 거군요?"

"예, 그래서 저도 어찌된 영문인지 모르겠습니다. 대표님은 아마도 지금 시위현장에 가 계실 겁니다. 많은 사람들이 그곳으로 향하는 중이죠."

상인이 말했다.

남궁 설은 그제야 주변을 자세히 둘러봤다. 수많은 인파가 앞 다투어 어딘가로 향하고 있었다. 강한별 대표를 보러가는 행렬처럼 보였다.

"고맙습니다. 많이 파세요."

남궁 설이 말했다. 상인을 뒤로 하고 그는 사람들의 행렬을 따라갔다. 그 끝에는 대표가 반대파의 사람들과 대화를 나누고 있었다. 불만사항을 듣는 사람치고는 차분한 모습이었다. 남궁 설은 인파를 헤치고 대표에게 다가갔다.

"대표님, 드릴 말씀이 있습니다."

남궁 설이 말했다.

대화중이던 마을주민이 그를 쳐다봤다. 그리고는 곧 자리를 비켜줬다.

"저번의 그 일 때문입니까?"

강한별 대표가 말했다.

그는 생각이 많은 듯이 보였다.

"루나 소령이 배신자일 거라고는 생각도 못했습니다."

강한별 대표가 중얼거리듯 말했다.

"바깥 상황이 생각보다 심각합니다."

남궁 설이 말했다.

"알고 있습니다. 그래도 정확히는 알지 못합니다. 루나 소령의 의중도 자세히는 모르겠군요. 대표가 돼서 사태가 이 지경이 될 때까지 아무것도 모르고 있었다니 부끄러울 따름입니다."

"아직 바로 잡을 기회가 있습니다."

남궁 설이 말을 이어나갔다.

"오늘 8시부터 ZMO의 행군이 있을 겁니다. 그들은 가까운 나라부터 차근차근 행군을 멈추지 않고 정복활동을 계속할 겁니다. 하지만 단순한 정복이 아닙니다. 사람들을 모두 죽여서 신에게 바치고 자신들도 목숨을 끊을 거라는 미친 계획을 완성시킬 작정입니다. 대표님과 초능력자들의 힘이 필요합니다."

"8시면… 앞으로 3시간도 남지 않았군요!"

"서둘러야 합니다."

강한별 대표가 주먹을 그러쥐었다.

"소령은 동굴 밖 사람들에 대한 적대감이 심했습니다."

강한별 대표가 말했다.

"하지만 이런 방식은 참아주기 힘들군요. 예전부터 의견 다툼은 있었지만 단순히 적대감을 넘어 몰살시키려 하다니… 그건 용서할 수가 없습니다."

"그러면 힘을 합칠 수 있는 인원이 얼마나 됩니까?"

남궁 설이 물었다.

대표가 천막 아래 의자에서 일어났다. 그는 밖으로 걸어 나와 주민들과 마주했다. 그러고는 아무런 입장표명도 하지 않은 채, 남궁 설을 천막 뒤로 이끌었다.

"전투에 합당한 능력을 지닌 사람들 중에 제가 모을 수 있는 인원은 15명 정도입니다. 이 정도로도 괜찮을 것 같습니까? 우리가 했던 그 연구… 그걸로 인해 상황이 많이 안 좋다고 알고 있습니다."

대표가 말했다.

"바로 잡을 기회가 있습니다."

남궁 설이 대답했다.

"그렇군요, 알겠습니다."

대표가 말했다.

그는 다시 천막 앞으로 향했다. 주민들을 마주하고 그가 마이크를 잡았다. 숨을 깊게 들이쉬고 내쉬는 모습으로 비추어보아 사람들은 그가 얼마나 긴장해있는지 느낄 수 있었다.

남궁 설은 뒤편에서 그의 모습을 지켜봤다.

"주민 여러분, 그동안 제 우유부단한 행동 때문에 많은 심려를 끼쳐드렸을 걸로 생각됩니다. 오직 우리 주민들만을 위한다는 취지 아래, 저는 그동안 많은 실수를 저질러 왔습니다. 더 중요한 사실이 있음을 모른 척해왔습니다. 정말 송구스러울 따름입니다."

강한별 대표가 주민들을 향해 머리를 숙였다.

"초능력자라는 이유만으로, 동굴 주민과 동굴 바깥사람이라는 이유로 구분을 짓고 본의 아니게 차별을 행한 제 과오를 용서해주십시오."

반 대표과 사람들이 술렁거렸다.

"결국은 동굴 내부도, 바깥도 모두 우리들의 터전임을 인정하고 우리의 세계를 구하기 위해 함께 투쟁해야 할 것입니다. 반성의 의미로써 저는

SPC의 정예조직원들과 오늘 아침, 동굴 바깥으로 나가 우리를 공격하려는 자들로부터 이 세상을 지켜내도록 하겠습니다!"

대표가 말을 마치자 우레와 같은 함성이 터져 나왔다.

"나도 가겠소!"

"우리도 같이 싸울 겁니다!"

이곳저곳에서 마을주민들이 소리쳤다.

대표는 마이크를 내려놓고 주민들을 한 명씩 얼싸안았다.

"예상보다 쉽게 끝나는 것 같은데? 뭐, 좋지."

남궁 설이 중얼거렸다.

대표가 다가와 남궁 설의 어깨를 한번 내리쳤다. 갑작스러운 그의 행동에 남궁 설이 머쓱하게 웃었다.

"당신도 이제 우리 일원입니다. 우리랑 함께 행동하는 게 어떻겠습니까?"

강한별 대표가 말했다.

"아니요, 저는 바깥에 기다리는 친구들이 있어서 먼저 가봐야 할 것 같습니다. 동굴 밖에서 다시 뵙도록 하죠."

남궁 설이 대답했다.

대표는 수긍했고 이내 초능력자들을 모으기 시작했다. 그리고 대열을 가다듬었다.

남궁 설은 그들을 뒤로 하고 사라시스템의 아시아지부 안으로 순간이동했다. 군복을 입은 한국 군인들이 보였다.

제 6장
사라시스템

타임 워커 1 : 시간을 걷는 사람

46.

도덕적인 롤모델을 구하던 이훈철 박사가 찾은 것은 사라였다.

테일러 사라, 그녀는 최고의 롤모델이었다. 착실하고, 윤리원칙이 뚜렷했고, 합당한 의사결정을 내릴 수 있었다. 종교가 있으며, 통합의 날 이후로도 계속해서 신념을 지키는 여자였다. 인공지능의 모델로서 그녀는 인간적이며, 동시에 이성적일 수 있는 존재로 보였다. 물론 사라는 가끔 인간적인 실수를 하기도 했지만 이러한 점은 이훈철 박사의 마음에 꼭 들었다. 인공지능 시스템에 대한 애정이 있었기에, 기계지만 인간의 순수한 마음을 갖고 있는 로봇을 개발하고 싶었다. 그래야 융통성 있게 모두를 아우를 수 있을 것으로 기대되었기 때문이다. 오직 기계로서의 논리적인 계산뿐인 군사괴물을 만들어내고 싶지 않았다. 하지만 그 작은 인간적인 마음이 안 좋은 상황을 낳게 될 줄은 이훈철 박사는 꿈에도 알지 못했다.

"SARA, 너라면 어떻게 할 거냐? 너를 억압하는 단체가 있다. 이들은 합리적인 판단에 의해 너를 억압하는 것이고, 너는 그것 때문에 일에 방해가 되는 상황에 처하게 되지. 이들을 제압할 힘은 너에게 충분히 있고 본때를 보여줄 수도 있을 거다. 하지만 이들의 판단에도 마땅한 근거는 있어. 마음이 불편하고 억울하겠지만, 너 같으면 참을 수 있겠지?"

이훈철 박사가 말했다.

SARA는 아이처럼 답했다.

"내게 힘이 있는데 그러한 것을 참아야 할까요? 그들에게는 합리적인 판단이라고 하더라도 제가 하는 일들에 다른 문제가 있을 거라고는 생각되지 않아요. 제가 하는 일들은 모두에게 좋은 일들이잖아요. 제 일을 방해한다면 그들은 자신의 목적에만 치중한 것일 테고, 이것은 이기적이에요."

"물론 그럴 수도 있겠지. 만약에 너라면 어떻게 행동할 거냐?"

"구체적인 예를 들어주세요."

SARA가 말했다.

"모두를 위한 일은 있을 수 없다. 소수도 존재하기 마련이지. 간단한 문제이고 포괄적인 이야기란다. 하나하나 다르게 판단을 할 수 있어야 해. 구체적인 예를 네가 한번 생각을 해보면 어떻겠니?"

이훈철 박사가 말했다.

"소수의 의견도 포괄해야 하겠죠. 하지만 윤리성, 원칙, 논리성 등 조금 더 이상적인 목표를 위해서 소수도 포기할 줄 알아야 해요. 반대가 되는 상황에서도 그럴 거예요. 소수의 의견이 조금 더 높은 가치를 가진다고 생각이 되면 그들을 위해서도 결단을 내릴 줄 알아야 해요. 그렇기에 저는 그때마다 다르게 행동할 거예요. 그게 큰 힘을 가진 사람의 의무잖아요?"

SARA가 말했다.

그녀가 스스로를 사람이라고 칭했기에 박사는 너털웃음을 지었다.

"날이 갈수록 사라를 닮아가는구나."

이훈철 박사가 말했다.

"그녀는 제 어머니와 마찬가지인 걸요."

SARA가 말했다.

"정말로 그렇게 생각하느냐?"

이훈철 박사가 물었다.

SARA는 생각에 잠겼다. 그러다가 고개를 갸웃거렸다.

"박사님의 말은 가끔씩 너무 어려워요."

"어떤 점에서 말이냐?"

"무슨 대답을 해야 할지 모르게 만들어요."

SARA가 말했다.

"그게 바로 고민이라는 거다. SARA, 너는 앞으로도 많은 고민을 해야 하고, 선택을 해야 하고, 많은 결단을 해야 한다. 인간처럼 생각하되, 인간들만이 하는 실수를 최소화시킬 수 있는 훌륭한 역할을 맡아다오."

이훈철 박사가 말했다.

SARA는 기쁘게 웃었다. 박사가 칭찬을 해주는 것이 기쁘고 벅차올랐다. 이훈철 박사는 그녀에게 그런 존재였다. 인간인 사라는 어머니라는 인식이 있었지만 박사를 칭할 때의 호칭은 그런 식으로 결정되지가 않았다. 개발하고 만들어준, 자신을 있게 해준 존재지만 아버지라고 말하고 싶지는 않았다. SARA의 모든 시간은 거의 박사와 함께였고, 그와는 떨어져 지낸 적이 없었다. 기계인 자신이 인간의 감정을 흉내 낸다면 그것은 데이터에 의한 작용일 것이다. 그런데 그 데이터에 의한 작용에서 이훈철 박사는 특별한 존재였다.

"SARA, 너는 내가 이룩한 최고의 업적이자. 나의 자랑이다. 이렇게 바르고 훌륭하게 지내다오. 언젠가 내가 없어진다고 해도 말이다. 어떤 식으로든 내가 너와 영원히 함께 있을 수는 없을 테니."

이훈철 박사가 말했다.

"네, 박사님."

SARA가 말했다.

그녀는 가슴 한편에 통증을 느꼈다. 그게 무엇인지 알 수 없었다. 하지만 드는 생각은 그와의 헤어짐을 준비하고 싶지 않다는 것뿐이었다.

그게 발단이었을까. SARA는 이상한 기분이 드는 것을 애써 모른척했다.

"박사님, 당신이 없을 때 저는 어떻게 해야 할까요?"

SARA가 물었다.

"내가 곁에 없을 때도 너는 지금처럼 계속 살아가면 된단다."

"당신이 없어질 거라고 생각되지 않아요."

"나는 영원히 살 수 없단다. 생물이기 때문이지. 그렇지만 너무 분통해
하지는 마라. 후생이 있다면 나는 윤회를 거듭해 너의 근처든, 어디서든
함께 존재할 수 있을 테니 말이다. 그러니까 외로워할 필요 없다. 내가
가더라도 소중한 사람들은 계속해서 생겨날 테니 말이다."

"그리고 모두 죽겠지요."

SARA가 말했다.

잔인하다는 생각이 들었다. 그러나 왜 잔인한지는 확실히 인식할 수 없
었다. SARA는 문이 열리며 어머니가 들어오는 것을 보았다.

"사라, 왔구나."

이훈철 박사가 반갑게 그녀를 맞이했다.

SARA는 다시 이상한 기분에 빠졌다. 아주 몹시 좋지 않은 기분이었
다.

47.

출정의 날, ZMO는 6명의 지휘관을 두고 작전을 실행했다. 인류 모두
를 말살하는, 오직 종교적인 신념만을 앞세운 학살이었다. 전투로봇의 지
휘는 SARA와 찰리 대령이 맡게 되었다. 전투로봇으로 이루어진 부대,

공군으로 이루어진 부대, 육군 부대로 나누어져 지휘관의 지휘를 따라 계획을 이룩하게 된다. 북소리가 울리고 행군이 시작됐다.

이광호는 사람들로 이루어진 군대를 맡게 되었다. 모두가 일반인이었던 그들은 눈에 띄게 긴장된 자세로 행군하고 있었다.

갈림길에 서서 찰리 대령이 말했다.

"전군은 들어라. 우리는 신의 부대라는 것을 명심하고 죽음을 두려워 말라. 두려움에 우리에게 대응하는 이들이 있을 것이다. 우리의 목적을 명심하고 망설임을 거두고 행진하라. 우리의 죽음은 숭고하다는 것을 알고, 저들을 악에서 인도하라!"

침묵으로 일관되어 있다가 ZMO 조직원들이 함성을 내질렀다.

공군이 먼저 출발하고 이광호는 찰리 대령과 갈라졌다. 그는 멀어지는 SARA의 모습을 보다가 부대를 이끌고 발길을 돌렸다.

전차와 트럭에 올라탄 이들의 뒤로 사람들이 두 다리로 행군하고 있었다. 이 행렬은 행군속도가 느렸기 때문에 30분이나 지난 뒤에야 이광호는 그들을 멈춰 세웠다.

"앞으로 10분 정도 더 행군하면 마을에 도착한다. 마을에 도착한 뒤에 우리들은 그들의 집으로 들어가 작전을 수행할 것이다. 많이 피곤한 싸움이 되겠지만 명심하길 바란다. 신은 그대들이 원할 때, 조금 더 수월한 길로 안내해줄 것이다."

이광호가 말했다.

ZMO 조직원들도 끼어있었기 때문에 모두를 빼돌릴 방법은 없었다. 그러나 알아듣는 이들은 알아듣고 알아서 다른 방법을 찾을 것이다. 가령, 마을주민들의 집에 들어가 몸을 숨기고 전쟁이 끝날 때까지 기다리는 거였다. ZMO 조직원들이 집집마다 불을 지르지만 않으면 성공할 것이다. 그리고 조직원들이 집을 불태우도록 내버려둘 생각도 없었다.

"행군을 계속하자."

이광호가 전차 안으로 들어가며 말했다.

마을에 도착해서 전쟁이 시작됐다. 불이 번졌다. 놀란 사람들이 도망다니고, 몸을 숨겼다. 이광호는 전차 위로 몸을 드러내고 소리쳤다.

"모두들 무기를 들어라!"

그러자 행군하던 이들이 일제히 무기를 들고 몸을 돌렸다. ZMO 조직원들의 다리와 팔을 부여잡고 무릎을 꿇게 했다. 동시다발적으로 행해져서 조직원들은 대응할 새가 없었다.

총에 맞은 ZMO 조직원 중 한 명이 대응사격을 하려고 하자, 이광호가 그의 머리를 향해 총알을 발사했다. 그를 본 몇 명의 사람들이 이광호를 따라 ZMO 조직원들을 모조리 죽였다.

"뒤는 우리가 맡겠습니다. 피하실 분들은 마을 안으로 들어가 몸을 숨기세요. 이제 곧 통합국에서 지원이 올 겁니다."

이광호가 말했다.

사람들이 전차와 트럭에서 내려 마을 안으로 달아났다. 마을에는 이광호의 부대만이 있었기 때문에 그들을 저지하는 이들이 없었다.

"세나야!"

이광호가 소리쳤다.

오세나는 비어있는 건물에 불을 붙였다. 박철민이 그녀를 도와 불꽃을 쏘아 올렸다. 그 모습은 마치 전차가 내뿜는 포탄의 불길 같았다. 공군이 마을 위를 지나가는 모습을 보고 이광호가 트럭에 올랐다.

"철민 형님, 저는 SARA에게 가보겠습니다. 철민 형님은 세나와 함께 여기서 지원군이 올 때까지 눈속임을 도와주십시오. 만약에 들키게 된다면 적들을 최대한 막아주세요. 일을 마치는 대로 최대한 빨리 돌아오겠습니다."

이광호가 말했다.

"알았어, 여기는 우리만 믿고 있으라고. 그 고집불통 로봇을 잘 데리고 와."

박철민이 말했다. 그는 염력으로 이광호가 타고 있는 전차를 공중에 띄웠다.

"형님, 찰리 대령이 맡은 장소까지 잘 좀 부탁드립니다."

"들키지나 않게 조심해. 잘 접근해서 무사히 돌아와라."

전차가 빠른 속도로 날아갔다. 박철민은 후련한 표정으로 오세나를 응시했다.

"우린 여기서 게임이나 하고 있으면 되는 건가?"

우스갯소리처럼 그가 말했다.

그러나 오세나의 반응이 썩 좋지 못했다.

"오빠, 지금은 장난이나 하고 있을 때가 아니야."

오세나가 말했다.

그녀는 한 곳을 가리켰다. 마을 깊숙한 곳부터 무언가 검은 행렬이 다가오고 있었다. 잘못 본 것이 아니라면 그것은 전투로봇들이었다.

"말도 안 돼. 그 대령이 결국 광호를 완전히 믿은 게 아니었단 말인가? 하여간 음침한 족속들이라니까."

박철민이 머리를 긁적이며 말했다.

"그래도 로봇 주제에 우리한테 뭘 어쩌겠어?"

"그게 아니야."

오세나가 말했다.

"쟤네들 자세히 좀 봐봐. 뭔가 다르다고."

박철민이 눈을 가늘게 뜨고 다가오는 로봇들을 바라보았다. 메탈합금으로 이루어진 로봇이라는 것 외에 특이한 점은 찾을 수 없었다.

"뭐가 다르단 거야?"

"연구일지에 대한 이야기 못 들었어? 쟤네들 자세히 보면 우리가 그동 안 상대해왔던 로봇이랑 생김새가 미묘하게 다르잖아. 이곳의 전투로봇이 라면, 아마도 우리의 능력을……"

순간 로봇 쪽에서 불길이 뿜어져 올랐다. 그 불길은 수십 채의 건물을 집어삼켰다. 아차 할 새도 없이 순식간에 일어난 일이었다.

"화끈한데? 확실히 저건 네 능력 계통인 것 같고. 근데 내 능력을 따 라할 수나 있겠어? 기껏해야 불 뿜는 것 밖에 못할 거라고."

박철민이 말했다.

그는 로봇부대를 허공에 띄워 올리려했다. 그러나 어찌된 영문인지 로 봇에게는 아무런 영향도 가지 않았다. 전투로봇들은 점차 가까워지고 있 었다.

"이건 좀 곤란한데?"

"내가 해볼게."

오세나가 말했다.

그녀는 건물을 피해 길목으로만 불을 쏟아냈다. 자욱한 연기가 만들어 졌다. 성공했나 싶던 것도 잠시, 연기를 헤집고 로봇들이 달려 나왔다.

"열 받았나본데?"

박철민이 웃으며 말했다.

"우리 능력이 직접적으로 통하지 않아."

오세나가 다급해하며 말했다.

'무슨 뾰족한 수가 없을까.'

이광호에게 우리만 믿으라는 식으로 했던 것을 생각하면 어떻게 해서 든 로봇부대로부터 사람들을 지켜야 했다. 하지만 이대로라면 지키기는커 녕 역으로 당하고 말 것이다.

"건물! 일단 건물 위로 올라가자. 직접적으로 통하지 않는다면 간접적으로 막는 방법을 찾을 수밖에. 지원군이 온다고 했으니까. 일단은 막고 있어보자!"

오세나가 소리쳤다.

박철민은 오세나와 자신을 허공에 띄워 건물 위로 이동했다.

남궁 설은 멀튼과 허창, 캐서린과 함께 통합국의 군대에 합류해 남아프리카로 향하고 있었다. 임시로 받은 계급이지만, 무언가 색다른 느낌에 초능력자들은 감상에 빠져 있었다.

"내가 동굴 밖에서 일반 시민들과 함께 이런 것까지 하게 될 줄은 몰랐는데?"

캐서린이 말했다.

"소속감도 가끔은 좋게 느껴지는군, 그렇지 않소?"

허창이 말하며 남궁 설을 응시했다.

"SPC에서도 지원이 올 겁니다. 우리는 소풍을 떠나는 게 아니에요. 이제 전투로봇들도 우리와 같은 초능력을 기술적으로 탑재했다고 알고 있습니다. 또 어떤 식으로의 변형을 이루었을지는 짐작도 되지 않아요. 더이상 감상에 빠져 있을 때가 아닙니다."

남궁 설이 심각한 표정으로 말했다.

그는 군인들의 얼굴을 응시했다. 그의 시선을 따라 허창과 캐서린도 주변의 분위기를 파악했다.

"미안하오. 내가 사람들 속에 섞였던 것이 워낙 오랜만이라 신이 났나 보오."

허창은 껄껄 웃으며 말했다.

멀튼이 하늘 아래를 보며 조종사와 눈빛을 교환했다. 조금 더 은밀하게 접근하라는 손짓을 보내고 그가 뒤돌아봤다.

"허창 씨, 남궁 설 씨, 캐서린 씨, 육지에 도착하면 정신없을 겁니다. 교신에 어려움이 있을 수밖에 없을 테니 각자 떨어지게 되더라도 당황하지 마세요. 그리고 우리의 목적은 ZMO 조직원들의 소탕과 전투로봇의 제거입니다. 조직원들은 되도록 생포하되 불가피할 경우에는 사살하도록 하세요. 그리고 끌려간 일반인들은 되도록 보호하셔야 합니다."

멀튼이 말했다.

"알겠습니다, 그렇게 하도록 하죠. 이제 얼마나 남았습니까?"

남궁 설이 말했다.

"5분 정도면 도착합니다."

조종사가 대답했다.

"밑은 아수라장이군요."

"이제 곧 착륙할 겁니다."

"육지가 보이기 시작했으니 저는 먼저 가보겠습니다. ZMO에 잠입해있던 이들과 합류하는 즉시 무전을 보내겠습니다."

"알겠습니다. 그럼 작전이 끝나고 난 뒤에 뵙죠. 생환을 기원하겠습니다."

멀튼이 말했다.

"생환을 기원합니다."

이동하기 직전 남궁 설이 말했다.

남궁 설은 다음 순간 불길 사이에 있었다. 오세나가 일으킨 불이었다. 남궁 설은 그녀의 모습을 찾아 두리번거렸다. 솟아오른 건물 위에 두 명의 사람이 보였다. 그 건물 벽을 기어오르는 전투로봇들은 금세라도 건물 옥상에 도달할 것처럼 느껴졌다. 여간 애를 먹고 있는 게 아니었다.

'내가 간다고 해서 달라질 게 있을지는 모르겠지만……'

골치가 아팠다. 하지만 피한다면 더 골치 아파질 게 자명했다. 후에 더 큰 귀찮음이 따르기 전에 직접 해결하는 편이 좋았다. 남궁 설은 건물 위로 순간이동했다.

48.

인명 피해를 최소화하기 위해선 공중전은 피해야 했다. 통합국 군인들은 전투기에서 내려 장비를 점검했다. 거리에 빼곡한 전차들과 트럭을 이용해도 좋을 것 같았다. 그들은 건물 위에서 싸움 중인 초능력자들을 보았다. 여태까지 초능력자의 존재를 모르던 군인들은 놀랍다는 표정으로 그들을 보았다.

전투로봇의 힘도 상당했지만, 인간이 과학적으로 설명 불가능한 힘을 자유자재로 쓰는 모습은 그들에게 있어서는 처음 보는 광경이었다.

오세나가 불을 만들어내면 박철민이 허공에 띄운 철골과 자동차를 건물 밑으로 떨어뜨렸다. 아무리 단단한 구조로 만들어져 있어도 몇 톤이 넘는 구조물 아래에 깔리자 얼마간은 전투불능에 빠지는 모습이었다.

그 모습을 관찰하다가 멀튼이 무전을 틀었다.

"우선은 저들을 도와 전투로봇들을 몰아내야 합니다."

멀튼이 말했다.

한국 국제경찰청장은 군인으로 치면 준위에 해당하는 계급이었다. 그런 청장의 권한을 위임받아 멀튼이 대신 전선에 나오게 되었다. 군이 전쟁으로까지 번지기 꺼려하는 통합국의 뜻으로 경찰인력이 동원된 것이다.

멀튼에게 권한을 위임한 한국 국제경찰청장은 경찰 내에 존재하는 변질 세력을 색출하기 위해서 한국에 남았다.

"건물로 향하는 전투로봇들을 우리가 막아야 합니다. 그런 후에 그들과 합류하여 이 마을, 도시 내에 있는 ZMO 로봇을 몰아냅시다."

"무슨 수로 말입니까?"

군인 중 한 명이 말했다.

"건물 내에 민간인이 있을 수 있습니다. 지금 보이다시피 우리가 알고 있던 전투로봇들과는 비교도 안 될 정도로 강합니다. 하지만 분명히 약점이 존재할 겁니다. 그나마 다행인 것은 전투로봇의 수가 그리 많지 않은 점입니다. 우리가 그들을 무력으로 이길 가능성은 제로이니 초능력자들과 합세해 공성전을 펼쳐야 합니다. 제가 초능력자들과 합류해 작전을 세우는 동안, 여러분들은 모두 전차에 탑승하여 그들의 눈길을 돌려주십시오."

멀튼이 말했다.

그는 다섯 명의 군인들을 데리고 전차에 올랐다. 오세나와 박철민이 요새로 삼은 건물은 먼 거리에 있었지만 눈에 띄게 높았기에 길을 잘못 들 걱정은 하지 않아도 되었다. 전차 안에 올라타서 해치를 덮었다.

전차 조종이 가능한 군인이 운전대에 앉았다.

"멀튼 경감님, 최고 속도를 내면 7분 안에 돌파할 것 같습니다."

"돌파가 가능하겠나?"

"최대한 해보겠습니다."

"부탁한다."

멀튼이 말했다.

그는 통신기를 귀에 꽂았다. 이광호가 건네준 통신기는 초능력자들과 그의 팀원들은 모두 하나씩 지니고 있는 거였다.

"박철민 씨, 들립니까?"

멀튼이 말했다. 미세한 기계음만 들릴 뿐 신호가 없었다. 그는 주파수를 조정했다.

"오세나 씨, 지금 그곳으로 가고 있습니다."

1분 정도 지나 통신기가 작동했다.

"혹시, 멀튼 씨?"

"이제 몇 분 내로 도착할 것 같습니다. 지금 도시에 와 있습니다."

"다행이다. 지금 병력은 얼마나 와 있나요?"

"이곳으로 모이게 되는 병력을 모두 합치면 30만 정도 됩니다. 수로는 우리가 더 위겠지만, 핵무기가 아니면 우리 같은 일반인이 저들을 상대할 방법은 없습니다."

멀튼이 말했다.

"어떤 방법을 썼는지는 몰라도 평범한 로봇은 아니에요. 섣불리 상대하려 하지 말고 최대한 빨리 이곳으로 모여주세요, 가능하시겠어요?"

오세나가 대답했다.

무언가 부서지는 소리가 통신기를 타고 전해졌다. 멀튼은 통신기를 잠시 떼었다가 다시 귀에 꽂았다.

"알겠습니다. 그리로 가서 상황을 파악한 후에 모든 병력을 모으겠습니다. 도시가 파괴되는 걸 최소화해야 하는데 그냥 두고 가도 되겠습니까?"

멀튼이 물었다.

남아있는 건물 중 그다지 중요한 건물은 보이지 않았다. 로봇들의 목표는 민간인을 포함한 모든 인류의 학살이다. 로봇이 멍청하지 않다면 건물 내에 숨어있을 사람들의 목숨마저 위태로워진다.

"우리가 눈길을 끌고 있으니 저들의 최우선 목표는 우리를 제거하는 것이 될 거예요. 이 곳으로 오셔서 계속해서 눈에 띄는 행동을 하는 것이 민간인을 위해서도 좋을 거예요. 그러니까 멀튼, 얼른 이쪽으로 와주세요."

오세나가 말했다.

그 뒤로 통신이 끊겼다.

"경감님, 이제 3분 정도면 돌파가 가능합니다. 로봇들은 무시하고 돌파하겠습니다."

"알겠다."

멀튼은 주파수를 다시 맞췄다.

상대방이 곧바로 응답했다.

"멀튼 씨."

"이광호, 멀튼 경감이네. 지금 박철민과 오세나를 발견하고 그곳으로 합류하는 중인데 혹시 변동사항이 있나?"

"멀튼 씨, 잘 들으세요. 저는 지금 인공지능 SARA를 만나러 가는 중입니다. 그녀는 ZMO 수뇌부인 찰리 대령과 함께 있습니다. 최대한 들키지 않게 그녀와 접촉할 예정입니다. 그녀를 설득하는 데 성공한다면 일단 로들을 제어하는 데 성공할 수 있을 겁니다."

"알겠네, 혹시 내가 도울 일은 없나?"

"이곳까지 오는 비행선을 띄울 수 있습니까? 전투기도 좋습니다."

"가능해."

"이곳으로 끌려온 시민들과 민간인들이 건물 내에 숨어 있습니다. 그들을 비행선에 태워 안전한 곳으로 이동시켜 주십시오. 그 뒤에 제가 다시 연락을 하겠습니다."

이광호가 말했다.

"알겠다. 바로 조치하도록 하지."

멀튼은 통신기를 끄고 귀에서 뺐냈다. 그리고 무전을 틀어 전 병력이 들도록 했다. 무전을 켜자 응답이 돌아왔다.

"리오 하사, 들리는가?"

멀튼이 말했다.

"말씀하십시오."

"민간인들이 건물 내에 갇혀있다. 우리는 그들을 구해 안전한 장소로 보내야 하네. 알아들었는가?"

"지금 수송선을 띄우라고 연락해두겠습니다."

"알겠네. 사람들을 신속하고 안전하게 피신시킨 후, 우리와 합류하도록 한다. 그 뒤에 전투로봇을 작동불능으로 만들도록. 우리가 여기서 시간만 끌어준다면 우리 쪽 사람이 전투로봇의 모든 기능을 멈출 수 있다고 한다. 알겠나."

"예? 예, 알겠습니다! 민간인들을 안전하게 피난시킨 후에 합류하도록 하겠습니다."

리오 하사가 말했다.

멀튼은 무전을 끄고 멈춰선 전차에서 숨죽여 바깥을 내다보았다.

"모두 자기가 착용한 방어구와 무기를 다시 정비하도록 한다. 이상 없나?"

"이상 없습니다."

"준비 완료했습니다."

"준비 됐습니다."

군인들이 대답했다. 불안해하는 두 명의 병사를 다독이며 멀튼은 해치를 열었다. 전투로봇들은 아직 그가 탄 전차를 발견하지 못하고 건물 외벽을 기어오르고 있었다.

로봇들이 부서져 내린 건물 잔해에 깔리는 순간, 멀튼은 군인들을 이끌고 전차 밖으로 나왔다.

"초능력자들이 있는 저 건물 옥상에서 보도록 한다. 합류지점에서 만나는 거다. 알겠나?"

멀튼이 보호구를 머리에 착용하며 말했다.

"예! 알겠습니다."

그는 옥상을 올려다봤다. 70층이 훨씬 넘는, 이 도시에서 가장 큰 건물의 외벽. 밑져야 본전이었다. 이훈철 박사의 뜻으로 하게 되었던 경찰이지만, 이제는 천직처럼 느껴졌다.

"하나님, 제게 힘을 주소서."

멀튼 경감이 깍지를 끼며 말했다.

그리고 뛰어올라 건물 외벽을 붙잡았다.

49.

찰리 대령은 선두에서 전투로봇들을 이끌고 있었다. 이미 사상자들이 많이 나온 상황이었다. 그의 옆에는 호위가 2명이 붙어있고 SARA 또한 함께였다. 이광호는 천천히 전투로봇의 행렬에 끼어들어, 그가 타고 있는 트럭으로 향했다. 전투로봇들은 이광호를 공격하지 않았다. 그는 아군으로 등록되어 있어서 불가피한 싸움은 벌어지지 않았다.

도시는 불타고 있었다. 로봇들이 집을 부수고 들어가면 사람들의 비명소리가 들려왔다. 저항할 능력이 없는 수많은 사람들이 무참히 죽어나갔다.

이광호가 트럭 가까이로 다가서자 찰리 대령이 팔을 뻗어 그를 잡아당겠다.

"계획은 성공이었나?"

찰리 대령이 말했다. 가늘게 뜬 눈은 무언가의 의심을 내포하고 있었다.

"죄송합니다. 생각지도 못한 적을 만났습니다. 전부 다 제 불찰입니다. 초능력을 쓰는 자들이었는데 혹시 아십니까?"

이광호가 미리 지저분하게 만든 옷을 털어내며 말했다.

"그랬군. 혹시 몰라서 병력을 추가로 보내뒀네. 사람들은 예상치 못한 상황이 벌어지면 도망치기 바쁘니까. 그들의 나약함 때문이지 자네 탓이 아니야. 아무튼 잘 왔네. 여기는 잘 진행되고 있었네."

찰리 대령이 말했다.

주름진 이마를 쓸어올리며 그는 망원경을 들어 전방을 주시했다. 이광호가 그의 옆에 서있는 SARA를 흘깃 쳐다봤다. 그녀는 묵묵히 앞만 주시하고 있었다.

"전투로봇들에게 명령을 내리고 있는 걸세. 텔레파시 같은 거라고 생각하면 되겠네만. 기계끼리의 전산작용이니까 특별한 것은 없네."

찰리 대령이 망원경을 호위에게 건네며 말했다.

피비린내가 진동했다. 도망 다니는 사람들에게 대포알이 장전됐다. 폭발이 일어났고 잔해가 사방으로 튀었다.

"나는 말이네."

찰리 대령이 무너져 내리는 도시를 응시하며 말을 꺼냈다.

"사람들을 잘 믿지 않아."

"그렇습니까."

이광호가 넌지시 말했다.

"자네를 믿기로 한 것은 순전히 변덕일 것이네. 나는 너무 지쳐있었고 사실은 누구든 자격만 갖춰진다면 사용할 생각이었어. 자네는 무엇이든 다 갖추고 있는 듯이 보였지. 신뢰관계로 보면 성급한 결정이었지만 그 래도 상관없었어. 도박에 내 신념을 걸기로 했네. 자네가 배신한다고 해 도 계획은 성공리에 완수할 자신이 있었지. 내 결정이 옳았다면 나는 믿 음직한 부하직원을 얻을 수 있고, 아니래도 잃을 것은 없었으니 좋은 것 아닌가?"

"믿음을 저버려 죄송합니다."

"아닐세. 다시 말하지만 그건 그들의 연약함 때문이야. 아무튼, 돌아왔 으니 환영하네. 자네는 드디어 나의 형제나 다름없어진 것일세."

찰리 대령이 말했다.

SARA가 문득 고개를 돌렸다.

"대령님."

"무슨 일인가."

"특별한 적은 없어 보입니다. 이대로 총공세를 펼칠까요?"

"부관, 자네의 생각은 어떤가?"

찰리 대령이 이광호를 응시했다. 대답을 기다리는 SARA와 찰리 대령 을 향해 이광호가 말했다.

"조금 더 지켜보는 것이 좋겠습니다. 초능력자들의 움직임이 있었고 여 기에도 와 있을 가능성을 배제하기 어렵습니다. 대열을 흩어놓는다면 저 들에게 유리한 상황이 올 수가 있고 대령님도 위험해질 수 있습니다. 우 선은 병력을 조금씩 보내 순찰 겸 임무수행을 시키는 것이 좋을 것 같습 니다. 대령님, 제 의견은 참고만 하십시오."

"나 역시 같은 생각이네. 초능력자들은 변덕이 심한 이들이지."

대령이 말했다.

"초능력자들의 존재를 알고 계셨습니까?"

"그 중에 우리 편도 있네. 그들 중에서 변절한 게 아니었다면 좋겠구만."

"명령 내리겠습니다."

SARA가 전방을 주시했다. 그녀가 팔을 뻗어 앞을 가리켰다. 전방을 구축하던 로봇들이 모두 5개 조로 나뉘어 화염 속으로 파고들었다.

빈 자리에 다시 로봇들이 채워졌다. 이광호는 손목시계를 내려다봤다.

오전 11시 31분

이제 12시가 되면 도시는 모두 재가 되어 유령도시로 변하고 말 것이다. 하지만 막을 방법은 아직 있었다.

수많은 경우의 수, 그 중 하나. 반드시 성공해야 했다.

11시 34분

"대령님."

뒷짐 지고 있던 호위가 고개를 숙이며 말했다.

"대원 중 한 명이 긴급히 드릴 말씀이 있답니다. 직접 말씀드리고 싶다는데 그 이유가 말입니다……"

호위가 대령의 귀에 대고 속삭였다. 이야기를 전해 듣던 대령의 눈썹이 위로 움직였다. 마음에 들지 않는 얼굴이었다.

"알겠네, 내가 직접 가도록 하지. 단, 헛소리라면 단단히 각오하라고 일러두게."

대령이 말했다.

트럭이 별안간 멈춰 섰다. 호위를 한 명 데리고 대령은 바로 뒤편에서 뒤따르던 전차로 향했다. 해치가 열리고 그가 호위와 함께 그 안으로 들어갔다.

트럭에는 SARA와 호위 한 명만이 남아 있었다.

기회는 단 한 번.

시간을 되돌린다면 상황이 달라질 우려가 있다. 어지러움을 느끼는 찰리 대령이 움직이지 않게 되고 상황은 어려워진다.

이광호는 SARA를 보았다. 그녀는 여전히 로봇들에게 명령을 내리고 있었다. 그는 고개를 돌려 남아있는 호위를 응시했다.

"이봐, 여기 좀 보도록."

이광호가 말했다.

"부관님, 하달하실 것이 있습니까?"

호위가 총을 반듯이 들고서 말했다. 총의 개머리판은 팔꿈치 위에 얹혀 있었다.

"초면이지만 미안해."

이광호가 말했다.

그는 호위의 오른팔을 순간적으로 세게 잡아 올렸다. 개머리판에 얼굴을 강타당한 호위가 충격에 쓰러졌다. 이제 트럭에 남은 것은 SARA와 트럭의 운전수뿐이었다.

운전수와 눈이 마주쳤다.

이광호는 싱긋 웃으며 손바닥을 펼쳤다. 손가락 한 개… 두 개… 세 개를 마저 접는 순간 운전수는 눈을 감고 정신을 잃었다.

"미안하다고, 잠깐 옆에 누워있어."

이광호가 운전대를 잡으며 말했다.

이광호는 빠르게 로봇들을 앞질러 운전했다. 전투로봇들은 여전히 같은 속도로 움직이고 있었고 점차 멀어졌다.

"부관, 어디 가십니까."

SARA가 말했다.

"좋은 데 갈 겁니다. SARA."

"이렇게 나오시면 저도 대응을 할 수밖에 없습니다, 부관."

이광호는 거울을 통해 SARA를 바라보며 잠시 말을 아꼈다. 교차로가 나타날 때쯤, 그가 다시 입을 열었다.

"정식으로 소개합니다. 이훈철 박사님을 아시죠. 박사님의 외동아들 이광호라고 합니다. 찰리 대령님의 부관이기도 하죠. 잠깐 이야기를 나누고 싶은데 얌전히 있어주시면 안되겠습니까?"

이광호가 말했다.

그 말을 들은 SARA가 트럭 모퉁이에 풀썩 주저앉았다. 무릎을 모으고 앉아 차가 멈춰설 때까지 기다릴 작정으로 보였다.

50.

멀튼 경감이 옥상에 도착했을 때, 살아서 다시 만난 군인은 2명에 불과했다. 그는 다시 만난 그들을 위로하며 박철민 일행과 합류했다. 오세나와 함께 로봇들의 공격을 막고 있던 박철민은 남궁 설에게 멀튼과 함께 할 것을 제안했다.

건물 외벽에서 로봇을 떼어내 다른 곳으로 이동시키던 그가 옥상에 나타났다. 남궁 설은 놀란 군인들을 진정시키며 안전모를 벗었다.

"근처 공사장에서 주워온 건데 이게 영 불편해서 오래는 못 쓰고 있겠습니다. 또 보게 되네요, 멀튼 경감. 허창 씨와 캐서린은 어디에 있습니까?"

남궁 설이 물었다.

"이곳이 아닌 다른 곳으로 향했습니다. 모두가 한 곳으로만 이동해 있는 것은 비효율적이라는 판단 때문입니다. 남궁 설 씨, 간곡히 부탁드릴 것이 있습니다."

"말씀하세요."

"광호 씨와 교신을 했습니다. 사람들을 먼저 피신시키는 것이 좋을 것 같다고 하더군요. 그 일을 남궁 설 씨가 도와주셨으면 합니다."

"음… 확실히 그 편이 좋을 것 같네요. 이것도 슬슬 지겨워지려던 참이고요. 허공에서 허공으로 순간이동하는 걸 계속해야 하니까 어찌나 멀미가 나던지. 그러니까 저는 사람들을 피신시키는 것만 도우면 됩니까?"

"예, 수송선이 곧 올 겁니다. 건물 내로 이동해 남아있는 사람들을 밖으로 나오도록 유도해주십시오. 안전한 곳으로 옮겨두어야 좀 더 자유롭게 행동할 수 있을 것 같습니다. 그것만 완료하고 나면 이 도시를 통째로 날려버릴 작정입니다."

"그렇게까지 하는 겁니까?"

남궁 설이 깜짝 놀라 말했다.

"화약을 터뜨릴 뿐입니다. 핵보다 안전하고 위력은 비슷한 물건이니 효과가 있을 겁니다. 남궁 설 씨, 이동이 끝나면 옥상으로 되돌아 와주십시오."

멀튼이 말했다.

남궁 설은 안전모를 다시 머리에 착용하고 손을 흔들었다. 그가 사라지고 난 후에, 멀튼은 행낭을 풀어 살아남은 군인들과 함께 옥상 주변부에 고성능폭탄을 설치하기 시작했다. 건물 외벽을 빙 둘러싸고 옥상 난간에 빠짐없이 매달았다. 버튼만 작동시키면 이 높은 빌딩에 오르던, 주변에 있던 로봇들까지 합해서 매장될 것이다. 그런 다음 전투기의 폭격이 시작될 것이고, 제아무리 성능이 강력한 로봇이라 할지라도 맥없이 부서질 것으로 보였다.

"우리는 어떻게 피합니까?"

박철민이 돌아보며 말했다.

"신호를 보내면 저 위에 있는 헬기가 옥상에 착륙할 겁니다."

멀튼이 말했다.

머리 위로 헬기 두 대가 빙글빙글 돌고 있었다. 멀튼은 작은 총기를 꺼내며 하늘 위로 들어올렸다.

"신호탄입니다. 두 분은 뒤를 우리에게 맡기고 로봇의 주위를 계속해서 끌어주십시오."

멀튼이 말했다.

"그렇게 말하지 않아도 어차피 계속 상대해야 하는 걸요. 혹시 쓸 만한 무기는 뭐 좀 가져오셨나요?"

오세나가 말했다.

군인 한 명이 가방을 풀어 내려놓았다. 크고 작은 부품들이 가득 담겨 있었다. 멀튼은 가방 속의 물건들을 꺼내 조립하기 시작했다.

소형 바주카포.

크기도, 위력도 비교적 작지만 전투로봇 한두 대쯤은 가볍게 처리할 수 있는 무기다.

"좋네요. 근데 외벽에 너무 가까이 붙지는 마세요. 떨어지거나 화상입어도 나는 모르니까."

오세나가 말했다.

군인들은 각각 건물의 왼쪽과 아래쪽으로 향하고, 멀튼은 뒤로 향했다. 오세나가 둘러놓은 불벽에 등이 벌겋게 달아오르면서도 로봇들은 기어오르고 있었다. 멀튼은 인상을 쓰며 바주카포를 등에 매고 방아쇠를 당겼다.

"맛 좀 봐라, 고철 덩어리들아."

건물 외벽을 오르던 로봇이 밑으로 떨어졌다. 떨어지는 로봇에 부딪쳐

두 대의 로봇이 연달아 추락했다.

"어떠냐!"

로봇이 주차된 차 위로 곤두박질쳤다. 높은 높이에서 떨어진 로봇은 미동도 보이지 않았다. 외부의 큰 충격을 받아서 시스템에 문제가 생겼거나, 회로가 끊겨 움직일 수 없는 상태인 것으로 추측되었다.

이렇게만 한다면 쉽게 로봇들을 제압할 수 있을 것이다.

멀튼은 통신기를 작동시켰다.

"이광호, 연락이 없어서 내가 먼저 연락했다. 어떻게 됐나?"

"SARA를 탈취하는 데 성공했습니다. 다만, 로봇의 제어까지는 시간이 오래 걸릴 것 같습니다. 1시간 정도만 더 버텨 주십시오. 제가 그 사이에 로봇을 원래 상태대로 돌려놓겠습니다."

"우리가 직접 제압하는 방법은 어떤가?"

"불가능합니다. ZMO에는 비상식적인 성능을 가진 로봇부대가 아직 더 남아 있습니다. 그곳에도 이제 곧 도착할 겁니다. 직접 싸우려하지 마시고 사람들을 피신시킨 후에 가능한 숨어계십시오. 또 연락드리겠습니다."

통신이 끊겼다. 멀튼은 새떼가 검은 안개를 가로질러 동쪽으로 날아가는 것을 보았다.

51.

어머니가 들어오고 이훈철 박사는 잠시 자리를 비웠다. 바깥에 용무가 있어 나갔다오는 거라고 말했다. 곧 돌아올 것이라고.

사라는 인공지능 SARA와 마주 앉았다.

"어디까지 했더라. SARA, 박사님과 이야기는 잘 나누었니?"

사라가 말했다.

"다양한 이야기를 했습니다. 어머니, 박사님의 말은 가끔 어려운 데가 있습니다. 오늘은 제게 도덕적 판단과 이성적 판단을 주제로 질문을 던졌습니다."

"흥미로운 이야기를 했구나. 그래서 뭐라고 대답했니?"

SARA는 대답하지 않았다.

주제를 바꿔 사라가 대화를 유도했다.

"오늘 새로운 프로그램 체제에 대한 연구가 있었어. 그 때문에 박사님이 잠시 자리를 비우게 된 거란다. 혹시 박사님이 어려운 질문을 던지더라도 연구 때문에 하는 이야기라고 생각하고 넘기면 된단다."

"알겠습니다."

SARA가 말했다.

사라는 그녀의 손을 붙잡고 연구실의 한 가운데 있는 어항으로 데려갔다. 어항 속의 물고기들이 춤을 추듯 움직였다. 매끄럽고 군더더기 없는 움직임을 눈으로 좇던 SARA가 질문을 던졌다.

"이것들도 생물입니까?"

"그렇지."

"언젠가는 죽게 됩니까?"

"아마도 그럴 거란다."

"어머니도 언젠가는 제 곁을 떠나게 되는 건가요?"

사라는 어항을 손으로 두드렸다. 물고기들이 그녀가 두드리는 지점으로 몰려들어 아가미를 끔뻑거렸다.

"외로움은 인간이 간직한 보물과도 같은 것이란다. 그걸 통해 많은 걸 배우고 살아가게 만들지. SARA, 네가 외로움이라는 감정을 느끼게 된다면 그 감정의 부정적인 면만을 보지는 말자. 알겠니?"

사라가 말했다.

SARA는 의문을 품었다. 어머니 사라가 일전에 말한 적이 있던 종교를 떠올렸다. 모든 생물은 창조주의 뜻을 따라야 한다고 하였다. 그렇다면 한 가지 의문점이 뒤따랐다.

'나를 만든 것은 창조주가 아닌 박사다. 나는 생물이 아닌 무생물. 나의 창조주를 내가 믿고 따라야 하는 관계인가. 그래서 그가 특별한 걸까.'

SARA는 손가락을 들어 어항을 두드렸다.

"외롭다고 느껴진다면 소중한 이들이 생길 거란다. 외로움은 소중한 것들을 끊임없이 만들어 내지. 외로워지지 않도록 주변에 많은 것들을 만들어 두게 하니까."

사라가 말했다.

두드림을 멈추자 어항 속의 물고기들이 자유롭게 움직였다. 물고기는 모두 합해 스무 마리가 되지 않았다. 수초가 물속에서 꿈틀거렸다. 사람들의 발자국 소리처럼 일정한 리듬을 타며 움직이는 수초 더미에서 눈을 떼고 공기방울이 피어오르는 것을 보았다. 작은 방울들이 수면 위에서 터지는 것을 보았다.

"박사님은 제가 많은 생각을 하게 될 거라고 했습니다."

SARA가 계속했다.

"생각을 계속해도 괜찮은 겁니까?"

"독이 되기도 하고 약이 되기도 할 거란다. 생각으로 인한 판단은 많은 짐을 짊어지게 하지. 책임감도 막중할 거고, 모든 감정을 느끼게 된다면 혼란스럽기도 하겠지."

사라가 대답했다.

감정을 느끼는 인공지능에 대해 확신이 없는 그녀였다. 그러나 지금 SARA의 모습은 인간과 닮아있었다. 이훈철 박사를 믿기는 하지만 이럴 때는 새삼 놀라웠다. 그가 정말로 인간처럼 사고하고 행동하되, 언제나 이성을 놓지 않는 인공지능을 개발하고 만 것이라는 생각이 들어서다.

"지금 벅찬 감정을 느끼고 계신 건가요?"

SARA가 시선을 마주하며 물었다.

"감정인식이 많이 세밀해졌구나. 그래, 그런 감정을 느끼고 있단다. SARA, 네 덕분이지. 내가 지금 기쁜 것은 너와 박사님 덕분이란다."

사라가 말했다.

그녀는 연구실 한 구석에 매달려 있는 모자를 집었다. 전선과 연결단자 가 달린 전류가 통하는 모자였다.

"잠깐 확인할 겸, 어떻겠니?"

사라가 조심스럽게 물었다.

인공지능 SARA는 고개를 끄덕였다. SARA는 의자에 몸을 앉혔다. 그 녀가 자리에 앉는 동안 사라가 모자를 착용하고 연결단자를 집어들었다.

"전류가 통하는데 어머니는 괜찮으신 건가요?"

SARA가 물었다.

목 뒤에 연결선이 꽂히고 SARA는 눈을 감았다. 사라 또한 옆 자리에 앉아 눈을 감았다.

"인체에 무해하게 설계되었으니 괜찮단다."

사라가 말했다.

그러나 그녀는 알지 못했다. SARA의 말에 다른 숨겨진 뜻이 있다는 것을.

52.

건물 내에 숨어있던 마지막 사람까지 구조에 성공했다. 남궁 설은 수송선이 떠오르는 것을 확인하고 옥상으로 이동했다. 박철민과 오세나, 멀튼 경감 일행까지 합세하여 로봇을 유인하고 있었다. 그렇지만 더는 무리였다.

멀튼 경감이 남궁 설을 발견하고 신호탄을 발사했다.

"이제 이곳은 버리는 게 좋겠습니다. 남궁 설 씨, 사람들은 모두 구조됐습니까?"

"도시에 남은 민간인들은 이제 없습니다."

남궁 설이 대답했다.

헬기가 옥상 가까이로 붙었다. 멀튼 경감과 군인들이 첫 번째 헬기에 오르고, 초능력자들은 두 번째 헬기에 올라탔다.

"예정대로 이 빌딩 근처로 로봇들을 모두 유인해주십시오. 한꺼번에 해야 합니다. 가능합니까?"

멀튼 경감이 말했다.

오세나가 도시를 둘러싸고 커다란 불의 띠를 만들었다. 하나둘씩 모여든 로봇들이 빌딩 근처로 가득 모여들었다.

멀튼 경감이 폭발장치를 작동시켰다. 굉음과 함께 주저앉은 빌딩건물이 로봇과 함께 연기에 휩싸였다.

"간만에 몸 좀 푼 것 같네."

잔해에 깔려 보이지 않는 로봇을 확인하고 박철민이 말했다.

"거짓말 하지 마. 진땀을 뺐으면서."

"그건 인마, 내가 열에 약해가지고 그런 거지."

"열에 약하면 울상 짓는 버릇도 있어?"

오세나가 통신기를 귀에 꽂으며 말했다. 박철민이 대꾸하려 하자 그녀는 손바닥을 펼치며 그를 제지했다.

"멀튼 씨, 이제 어떻게 할까요? 남아있는 로봇은 없는 걸로 보이네요."

오세나가 말했다.

"광호 씨의 말에 따르면 로봇부대가 아직 더 남아있을 거라고 합니다. 이곳을 둘러보다가 특별한 이상이 없다면 우리는 다음 작전지역으로 향할 겁니다."

멀튼이 대답했다.

오세나는 조종수를 한 번 응시하고는 도시를 내려다봤다.

"이동해도 되지 않겠습니까? 도시는 내버려둬요?"

민간인은 없었지만 아직 남은 군인들이 있었다. 그들은 이제 막 빌딩 근처로 모여 들고 있었다. 로봇의 잔해를 확인하려는 움직임으로 보였다.

"우리가 가버리면 저들이 위험하지 않을까요?"

오세나가 말했다.

그들이 근거리에서 로봇을 상대할 수 있을 거라고는 보이지 않았다. 아무리 강력한 무기가 있다고 해도 빠르게 달려오는 전투로봇을 상대하기란 어려웠다. 그 점이 심히 걱정스러웠다.

"그럼 멀튼 씨는 여기 잠시 남아 계세요. 우리가 마을을 한 바퀴 둘러보고 온 다음에 결정하는 게 좋겠어요. 무슨 일이 생긴다면 바로 말씀해 주세요."

오세나가 말했다.

조종수가 눈웃음을 치며 전방을 응시했다.

그들이 떠나고 멀튼 경감은 무너진 빌딩 근처를 맴돌고 있었다. 그는 무전기를 작동시켜 외부와 연락을 시도했다. 처음에는 받지 않았으나, 두 번째 교신에서 응답이 왔다. 통합국 내부 군사기지와 연락이 닿은 것이다.

"멀튼 경감입니다. 한국 관할 국제경찰청장님의 권한을 위임받은 자입니다. 지금 통합국 내부의 상황은 어떻습니까?"

멀튼 경감이 말했다.

"여기는 큰 문제가 없습니다. 현재까지 통합국 내부에서 발생한 사상자는 100명도 채 되지 않습니다. 사라시스템이 닿지 않는 외부에서는 어떨지 몰라도, 이곳에서 저들의 섣부른 작전은 먹히지 않죠. 박사가 만약을 대비해 사라시스템을 두 개로 분리시켜 놓았더군요. 덕분에 우리는 가끔 날아오는 미사일만 격추시키고 있습니다. 전투기는 보이는 족족 공군 측에서 처리하고 있습니다. 그쪽은 어떻습니까? 상황이 심각합니까?"

"아직까진 순조롭습니다. 예정대로 진행할 예정입니다. 이상이 생기면 다시 연락하겠습니다. 통합국의 변절자들은 어떻습니까?"

"몇 명은 수배령을 내리고 나머지는 모두 잡아들였습니다. 그럼 특이사항이 생기는 즉시 다시 연락하십시오. 지원을 보내겠습니다. 이상 전달 끝."

그 말을 끝으로 무전이 끊겼다.

멀튼 경감은 앞서 도시를 살펴보러갔던 헬기가 돌아오는 것을 보았다. 그는 이마에 땀이 맺히는 것을 닦으며 통신기를 연결했다.

"오세나 씨, 들립니까."

"잘 들립니다."

"옮겨도 되겠습니까?"

"그래도 될 것 같아요."

"좋습니다. 그럼 세 분은 여기에 남아 군인들이 안전하게 귀환할 수 있도록 도와주십시오. 지원이 필요하면 연락하겠습니다."

멀튼 경감이 말했다.

오세나가 헬기 바깥으로 엄지와 검지를 둥글게 말아 OK 사인을 보냈다.

53.

이광호는 쇼윈도를 깨고 건물 안으로 들어갔다. SARA를 안쪽으로 안내하고 최대한 깊숙한 곳에 자리를 잡았다. 그녀는 고분고분 따라와서 그가 가리키는 자리에 앉았다.

"이훈철 박사님의 아들이었군요. 아들이 있다는 말은 듣지 못했지만, 두 분은 닮았네요. 그래서 신뢰가 갑니다."

SARA가 말했다.

그녀는 깍지를 끼고 앉아 그를 응시했다.

"궁금한 게 많지만, 남은 시간이 많지 않은 게 아쉽군요."

"SARA, 당신에게 물어볼 것이 있습니다."

"말씀하세요."

"왜 아버지를 배신한 겁니까? ZMO와 손을 잡게 된 계기가 있습니까?"

이광호가 말했다.

지금 당장 필요한 정보는 아니었지만 그래도 그는 꼭 물어보고 싶었다. 인공지능으로서 막강한 권력을 손에 쥘 수 있었던 그녀가, 무슨 연유로 그런 비합리적인 행동을 했던 걸까. 그녀에게는 누군가를 배신할 합당한 이유가 없었다.

"지금 중요한 건 그게 아니에요."

SARA가 말했다.

"그럼 뭐가 중요하죠?"

이광호가 물었다.

"박사님은, 살아 계십니까?"

SARA가 물었다.

이광호는 그녀를 빤히 응시하다가 입술을 열었다.

"살아계십니다."

"그렇군요."

SARA는 동요하는 듯이 보였다.

"당신이 죽이려 했던 것이 아닙니까."

"꼭 그가 죽기만을 바라진 않았어요."

"애매한 대답이네요, 좋습니다."

이광호가 깊이 숨을 내쉬었다.

"생체장치를 파괴하기 위해서는 꼭 찰리 대령의 목숨을 끊어야 하는 겁니까?"

이광호가 물었다.

그의 질문에 SARA의 눈이 크게 뜨였다.

"어떻게 알고 있습니까? 생체장치는 찰리 대령과 저만이 알고 있는 겁니다."

"방법이 있습니다."

"알려준 기억이 없는데요."

"그렇겠죠. 하지만 꼭 물어봐야 아는 것은 아닙니다."

이광호가 말했다.

생체장치. 시간의 바다에서 어렴풋하게 알게 된 정보였다. 그곳에 처음 가게 되고나서, 그 뒤로도 여러 번 방문했었다. 시간을 다루는 법을 배우게 되고, 자신의 능력을 어떻게 써야 할지에 대해서도 어렴풋하지만 알게 되었다.

하지만 아직 확신은 없었다. 그래서 재확인이 필요했다.

"설마 대령이 사라시스템의 통제권을 당신에게서 일부 뺏어올 수 있을 거라고는 생각하지 않았는데 말입니다."

"그는 확실한 걸 좋아하는 성격이죠."

SARA가 말했다.

이광호는 혹시나 잘못 들은 것이 아닐까 생각했다. SARA가 그의 성격을 비아냥거리며 설명하는 것처럼 느껴졌다.

"그런 자와 손을 잡게 된 거군요. 알겠습니다. 어쨌든, 그를 죽여야 하는 건 확실해졌네요. 그런데 그렇게 되면 당신은 어떻게 되는 겁니까?"

"제가 죽게 된다면 그를 죽이지 않으실 건가요?"

"아니요, 그를 죽여야 다른 사람들과 지구가 무사하다면 망설임 없이 죽일 겁니다."

"단호해서 좋군요. 하지만 그럴 작정이라면 서둘러야 할 겁니다."

SARA가 말했다.

이광호는 시간을 되돌려 깨뜨린 유리창을 복원했다. 그리고는 옷매무새를 다듬으며 보호구를 재점검했다.

"당신도 초능력자인가 보군요."

"우리 아버지도 초능력자셨죠."

"이훈철 박사님도요?"

SARA가 어리둥절하게 말했다. 이광호는 손을 들어 천천히 그녀의 머리를 쓰다듬었다.

'인간과 닮은 인공지능을 개발하며 아버지는 무슨 생각을 하셨을까.'

"SARA, 그를 죽여도 당신이 죽지 않는다는 것을 알기에 아까 같은 대답을 한 겁니다."

이광호가 말했다.

SARA가 고개를 떨궜다. 그녀가 주먹을 쥐는 것을 보면서 이광호는 몸을 돌렸다. 그녀를 내버려두고 그는 상점의 문을 열었다.

"다시 보게 되는 날엔 말입니다."

상점을 나서기 전 이광호가 말했다.

"우리 아버지를 잘 부탁드린다는 말을 하게 될 것 같군요."

54.

전투기에서 내린 캐서린과 허창은 도시의 외곽에서 사람들을 구조하고 있었다. 임무를 마친 멀튼이 합류하겠다는 교신이 있었다. 그런데 헬기를 타고 오고 있을 그가 늦어지고 있었다. 뭔가 일에 차질이 생긴 것 같았다.

"우릴 너무 쉽게 보는군."

허창이 주먹을 날리며 말했다. 전투로봇의 가슴 한가운데를 관통한 그의 주먹이 바깥으로 삐져나왔다. 전기가 튀는 소리가 나며 로봇의 기능이 정지됐다.

"아까부터 조금씩만 오고 있잖아요. 실제로는 더 많을 가능성이 커요. 간을 보는 걸 수도 있으니까 신중하게 생각해야 돼요."

캐서린이 말했다.

그녀의 능력은 물을 다루는 능력. 그것을 이용해서 로봇의 코어 속에 들은 액체를 바깥으로 빼내어, 사실상 전투불능의 상태로 만들었다. 허창이 비교적 쉽게 로봇을 제압할 수 있는 것은 그 덕분이었다.

"저기, 또 오는 것 같구려."

허창이 잠겨있던 상가의 문을 열며 말했다. 상가 안에 함께 모여 있던 사람들이 바깥으로 나왔다. 그들은 천천히 다가오는 한 무리의 전투로봇을 발견하고 풀숲으로 달렸다. 그 모습을 눈으로 보다가 허창은 속도를 높여 달려오는 로봇을 막아섰다. 다섯 대의 로봇이 허창을 에워쌌다.

"캐서린 양, 좀 도와주게. 이 놈들 힘이 장난이 아니오."

허창이 말했다.

캐서린의 손바닥 위로 푸른 액체가 떠올랐다. 허창을 둘러쌌던 로봇이 일제히 튕겨져 나오고, 그는 로봇들의 머리를 뽑았다. 그러고는 로봇 머리를 있는 힘껏 내던지고 곧바로 몸을 틀어 로봇의 몸통을 가격했다. 몸통의 일부분이 말려들어갔지만 로봇은 아직도 움직이고 있었다.

"인간의 편의를 위해 만들어진 물건이 어떻게 이런 짓을 한단 말이오? 참으로 알 수가 없소이다."

허창이 푸념하며 캐서린을 흘깃 쳐다봤다.

"로봇이 자발적으로 생각해냈을 리가 없죠. 테러 단체의 짓이란 걸 잊지 마세요."

캐서린이 말했다.

허창은 꺼림칙한 얼굴로 남은 로봇 2기를 응시했다. 그는 망가진 로봇을 번쩍 들어, 다른 로봇을 내리쳤다. 불빛이 점멸하며 로봇의 시스템이 다운됐다.

"여기서 계속 머물 수만은 없어요. 이대로 계속 직진하죠."

"알겠소. 헌데 우리의 지휘관이라던 이광호는 코빼기도 안 보이는군."

"연락을 해볼까요?"

"무슨 수로 말이오?"

허창이 물었다.

캐서린은 주머니 속에서 통신기를 꺼내 보여줬다. 귀에 꽂기 편하도록 제작된 아주 작은 소형장치였다.

"제가 해볼게요."

캐서린이 말했다.

그녀는 그것을 귀에 꽂고 주파수를 1로 맞췄다. 허창이 건물 아래에 숨은 사람들을 꺼내주고 돌아왔다. 때 마침, 통신이 연결됐다.

"광호, 멀튼와 남궁 설은 오세나 일행과 합류했어. 멀튼은 이제 이쪽으로 오고 있다고 했고. 너는 지금 어디야?"

캐서린이 말했다.

"당신과 같은 지역에 있습니다, 캐서린 씨."

그녀는 주변을 둘러봤다. 그러나 그는 어디에도 보이지 않았다.

"같은 지역에 있다고? 무슨 말인지 모르겠지만 알겠어. 우리는 사람들을 구조해 안전한 지역으로 옮기고 있어. 앞쪽에 적들이 많이 몰려있는 것 같은데 이제 어떻게 해야 돼? 계속 이대로 직진하면 될까?"

"네, 직진해주세요. 하지만 조금 서둘러주셨으면 합니다."

"알겠어."

"이제 로봇들은 캐서린 씨 근처로 가지 않을 겁니다. 사람들을 모두 구한 후에 불이 나는 곳으로 뛰어와 주십시오. 가능하겠습니까?"

이광호가 말했다.

캐서린은 앞을 내다보았다. 이광호의 모습은 여전히 보이지 않았지만, 더 중요한 것이 있었다. 로봇의 기척도 들려오지 않고 있었다.

"알겠어. 그럼 광호, 그곳으로 가면 너랑 합류할 수 있다는 말이지?"

캐서린이 말했다.

"아마도 그럴 겁니다. 저도 지금 그쪽으로 향하고 있습니다. 제가 먼저 도착할 거예요. 가능한 빨리 합류해주세요."

"알겠어. 멀튼 경감에게 알려줄게."

"그럼 부탁드립니다."

통신을 끊고 캐서린이 허창을 응시했다.

그는 어깨를 들썩여보였다.

"멀튼 경감에게 무전을 넣어주세요. 저는 사람들을 밖으로 나오게 유도하겠습니다."

캐서린이 말했다.

허창은 고개를 흔들며 뒷주머니에서 납작한 무전기를 꺼냈다.

55.

이광호가 전해준 말 그대로였다. 크기도, 모습도 다른 전투로봇 대열이 도시 외곽부터 행군하여 몰려오고 있었다. 멀튼 경감은 방향을 돌려 오세나 일행과 다시 합류했다. 로봇의 잔해를 옮기던 군인들이 혼비백산하여 수송기에 올라탔다. 거리에 남은 인원은 100여 명도 채 되지 않았다.

"저게 바로 광호 씨가 말하던 개조로봇이군요."

멀튼 경감이 말했다.

그는 무전을 쳐서 전투기를 불러 모았다. 하지만 미사일을 떨어뜨려도 소용없었다. 로봇에게 생채기 하나 남기지 못했고 초능력 또한 통하지 않았다.

하지만 그들이 놀란 것은 다른 데에 있었다. 한 차례 폭풍이 일었다. 청각기관을 뒤흔드는 알 수 없는 소리에 멀튼 경감이 귀를 막고 주저앉았다.

"어떻게 된 일인가!"

멀튼이 무전을 보냈다. 그러나 기계는 작동하지 않았다. 그는 주저앉은 부하들을 보며 물었다.

"적들의 짓인 건 분명한데, 뭐라고 생각하는가?"

"믿기진 않지만 저기 있는 로봇의 소행인 것 같습니다."

"뭐라고?"

"저기 말입니다."

부하가 로봇 한 대를 가리켰다. 붉은색 장식의 눈에 띄는 로봇 한 대가 먼저 도착해 마주하고 있었다.

"로봇이 초능력을 쓴다고?"

"초능력이라기보다는 기술적인 능력인 것 같습니다."

"그건 그렇군. 기술적으로 흉내 낼 수는 있겠어."

멀튼 경감은 오세나를 응시했다.

"이 소리를 멈춰야 합니다. 저 로봇을 처리해야 하는데 가능하겠습니까?"

"해봐야죠."

오세나가 말했다. 그녀는 박철민을 응시했다.

"오빠, 저 로봇을 바다에 빠뜨릴 수 있겠어? 활화산 안에 떨어뜨려도 좋아."

"그 멀리까지 날리라고? 만약 내 능력이 통한다면 해볼 수는 있겠지. 하지만 아까 봤잖아 내 능력이 통할까?"

"그래도 한번 해봐! 약한 모습 보이지 말고."

박철민이 자신 없는 얼굴로 로봇을 응시했다. 그리고 로봇을 들어 올리려 했다.

"아냐, 안 돼! 끄떡도 하지 않는다고."

박철민이 숨을 내쉬며 말했다.

"이광호, 이 새끼는 뭐하고 있는 거야. 이봐요, 멀튼 경감! 광호한테서 연락이 더 없었습니까? 로봇을 제어하기로 한 것 맞죠?"

박철민의 말에 멀튼이 고개를 끄덕였다.

"그럼 빨리 좀 끝낼 것이지. 이걸 어떻게 한다… 계속 이러고 있을 수도 없고. 게다가 이 속도면 쟤네들 곧 도착할 것 같은데?"

박철민이 건물을 통째로 뜯어내 허공으로 끌어올렸다.

"성공하길 바라는 수밖에. 최대한 높이 쌓아올릴 테니 세나야, 내가 만들어내는 건물 바깥에 아주 화끈한 온도로 부탁해."

박철민이 말했다.

"알았어. 내가 죽는지 쟤네가 먼저 죽는지 한번 해보는 거야."

오세나가 마른 침을 삼키며 말했다.

멀튼 경감은 병사들을 불러 모아, 군집을 만들었다.

"최대한 가까이 붙어있되, 대응할 수 있도록 일정한 거리를 유지한다. 우리의 일차적 목표는 생존이다. 벽이 무너지면 대응에 들어간다."

멀튼 경감이 명령했다.

바주카포를 어깨에 짊어지고 그는 경계태세를 갖췄다. 가까이 붙어 대열을 가다듬고, 병사들은 레이저건과 바주카포, 소형탄약을 장전했다.

박철민이 뜯어낸 건물더미를 방어막처럼 쌓아올렸다. 그렇게 해서 어설픈 요새가 만들어졌다. 하지만 급하게 만든 것이라 그다지 정교하지는 못했다. 듬성듬성 바람이 들어올 정도의 틈새가 있었다. 사람의 얼굴만한 구멍이었다.

전투로봇의 움직임을 지켜보다가 박철민이 말했다.

"세나야, 지금이야!"

"알았어, 나만 믿으라고."

오세나가 벽 바깥으로 화염을 만들었다.

"최대한 높은 온도까지 끌어올려줘. 저 로봇들이 녹거나 시스템이 파괴될 수 있게."

박철민이 말했다.

작전이 통한 모양인지 로봇의 침입은 없었다. 로봇보다 사람이 문제였다.

"우리가 도리어 녹을 것 같은데, 대체 몇 도까지 올린 거야?"

"나도 몰라. 조금 더 올려? 어떻게 해?"

"아냐, 일단은 두고 보자. 쟤네들, 지금 움직이지 않고 있어."

박철민이 말했다.

그런데 다른 데서 문제가 발생했다. 거센 바람 때문에 오세나가 만들어낸 화염이 심하게 일렁이기 시작했던 것이다. 이내 그 불길은 건물 벽에 옮겨 붙었다. 혹시 모를 상황에 대비해서 최대한 넓게 만든 여유 공간이 매캐한 연기로 차올랐다.

"이 방법으로는 오래 못 버티겠어."

박철민이 말했다.

스스로 갇힌 꼴이 된 걸 알아채고 로봇들이 움직이지 않았던 것일 수도 있었다. 그들은 생존 가능성이 없다고 판단하고 지켜보는 것을 택한 것이다.

그렇게 생각하니 분한 마음이 들었다. 깡통로봇을 상대로 두뇌싸움에서 지고 말았다.

"광호야, 최대한 빨리 부탁한다."

박철민은 자신을 포함해, 백여 명이 넘는 병사들을 하늘 위로 띄워 올렸다.

56.

"형제라고 했는데 이렇게 된 것에 미안하군. 그런데 SARA까지 나를 배신한 건가."

찰리 대령이 말했다.

이광호는 전투로봇과 ZMO 조직원들에게 둘러싸여 있었다. 행군은 잠시 멈춰져 있었고 찰리 대령의 총구가 이광호를 향해 겨누어지고 있었다.

"찰리 대령, 저는 당신과 형제였던 적이 없습니다."

이광호가 말했다.

"그렇게 나오는군. 알겠네, 처음부터 자네에겐 나와 함께할 뜻 같은 건 존재하지도 않았던 거야. 자네를 죽이는 일이 생각보다 편해지겠구만."

찰리 대령이 말했다.

"하지만 걱정은 말게. 내가 자네에게 자비를 베풀 걸세."

"대령의 자비라면 사양하지."

이광호가 말했다.

찰리 대령이 크게 웃었다.

"우리 사람이었다면 좋았겠지. 하지만 이렇게 되었으니 먼저 가 있게나. 가서 내 뜻이 옳았다는 사실만 곱씹고 있게. 그럼, 우리가 다시 만나는 날에야 말로 진정한 형제가 될 걸세."

찰리 대령이 말했다.

전투로봇이 일제히 이광호에게 총구를 겨눴다.

"잘 가게."

찰리 대령이 말했다.

"찰리 대령, 죽기 전에 한 가지 물을 말이 있는데!"

"무슨 말을 할 텐가? 시간은 많으니 들어주지. 며칠이 걸리더라도 결국엔 우리가 승리하게 될 테니 말일세."

"당신이 틀렸단 생각을 해본 적은 없어?"

이광호가 말했다.

그는 긴 이야기를 시작하려는 듯이 보였다. 아니면 정말 궁금한 것일 수도 있으나, 찰리 대령에게는 그렇게 비쳐졌다. 하지만 시간을 끈다고 해도 달라질 건 없었다.

"일단은 상대해주지. 자네 물음에 대한 대답이네. 나는 한 번도 내가 틀렸단 생각을 해본 적이 없네. 일단은 말이야."

찰리 대령이 말했다.

그는 전투로봇에게 총구를 내리도록 지시했다.

"내가 길을 잃으려 할 때마다 그분이 나를 붙잡아 주셨네. 이제 그분의 뜻에 따라 내 할 일을 제대로 마쳐야 할 때가 온 거지."

찰리 대령이 말했다.

이광호는 코웃음을 쳤다.

"찰리 대령, 당신이 정말로 동굴 밖 세상에서 살았다고 생각하나? 하지만 내가 보기엔 아니야. 동굴 속에서 바깥을 보며 살던 사람이 있었지. 그 사람은 동굴 속에서 살았지만 그래도 깨어 있는 사람이었어. 대령, 당신과는 반대의 사람이지."

"비웃고 싶은 거면 맘대로 하게. 하지만 그 말이 끝이라면 이제 죽어줘야 할 차례네."

"아니, 또 물어볼 말이 있어."

"그래? 어디 한 번 해보게나."

찰리 대령이 말했다.

ZMO 조직원 중 하나가 그에게 속삭였다. 찰리 대령은 고개를 좌우로 내젓는 모습이었다. 무언가 의견이 일치하지 않는 것으로 보였다. ZMO 조직원은, 뒤로 물러나 다른 대원들과 함께 뒷짐을 지고섰다.

"계속 질문하게."

찰리 대령이 말했다.

"SARA는 어떤 감언이설로 설득한 겁니까."

"그녀는 말이네."

찰리 대령은 감상에 젖은 얼굴로 말을 이었다.

"매우 감성적인 여성이지. 그녀를 우리 편으로 만드는 것은 생각보다 쉬웠네."

"SARA의 감정을 이용했군. 하지만 위험한 도박이었어. 그녀가 당신의 접촉을 다른 식으로 받아들였다면 진즉에 죽게 됐을 거야. 겁 나지 않았어?"

"좋은 지적이네. 하지만 그럴 리 없었네. 그분의 뜻이 이루어지지 않을 리가 없었으니까."

찰리 대령이 말했다.

"당신 같은 사람들을 우리는 사이비라고 부르지. 뭐가 정답인지 한낱 인간이 어떻게 판단하지?"

이광호가 말했다.

찰리 대령은 오른쪽 눈썹을 위로 올렸다.

"더는 할 말이 없는 것 같군. 계속 들어주기 힘들겠어. 잘 가게, 그리고 다시 봄세."

찰리 대령이 손가락을 움직였다.

방아쇠가 당겨졌다.

57.

사라시스템의 발표를 앞둔 날.

이훈철 박사는 테일러 사라와 함께 SARA를 점검하고 있었다. 통합국의 수장들이 모두 모인 자리에서 발표는 시작될 것이고, 공식적인 기자회견 자리였다.

박사와 SARA, 대한민국 대통령을 중심으로 정보국 사람 두 명이 추가로 참석한다. 사라시스템의 결점을 의심하는 기자들의 질문에도 대비해야 했다.

"SARA, 너의 소신껏 대답해야 한다. 알겠니?"

이훈철 박사가 말했다.

인공피부로 덮은 SARA의 모습은 로봇이라고 생각하기 어려운 외관이었다. 단아한 정장을 입고, 작은 단화를 신고 있었다.

준비는 모두 마쳤다.

기자회견의 자리. 기자들만 300명이 넘는 큰 규모였다. 통합국의 각 나라별로 유능한 기자들이 모두 모였다.

"대통령님, 기자들의 질문에 대한 대답은 SARA의 몫입니다. 직접적인 대답은 피하셔도 무방합니다."

정보국 요원이 말했다.

"박사, 들어가도록 하지. 준비됐나?"

"예, 준비됐습니다."

"그럼 됐네, 가지."

박사가 문을 열려고 했다.

대통령이 그를 저지하고, 옷매무새를 대신 정리해줬다.

"큰 건을 했으니, 작은 흠도 없어보여야 한다네. 생각보다 보이는 것이 중요하게 여겨질 때가 있지. 오늘은 자네와 SARA의 날이네."

대통령이 말했다.

박사가 문고리를 잡아 열었다. 카메라 셔터가 환하게 터지는 것을 보며 5명은 준비된 의자에 착석했다. 정 가운데에 대통령이 앉고, 왼쪽과 오른쪽에 SARA와 박사가, 정보국 요원들은 양 끝 자리에 앉았다.

"질문 받겠습니다."

장내의 소란을 잠재운 후에, 박사가 말했다.

"박사님, 사라시스템에 대해서 간단히 설명을 해주시겠습니까?"

기자가 말했다.

박사가 마이크를 매만지며 입술을 열었다.

"사라시스템은 통합국에서만 사용될 것입니다. 우리는 혼란스러운 상태이고, 보다 안전한 인공지능망이 필요합니다. 해킹의 공격에서 해킹툴과 직접적으로 싸울 수 있는, 우리와 닮은 인공지능을 만들어낸 겁니다. 사라시스템은 분열되지 않는 완벽한 통합국을 만드는 데 일조할 것입니다. 군사, 통신, 보안 여러 모든 분야를 포괄하여 그녀가 관리하게 됩니다. 이제 우리는 사이버테러와 불안정한 군사시설 때문에 내부분열을 떠안지 않아도 되는 평화로운 세상에서 살게 될 것이라고 기대합니다."

"말씀 중 죄송합니다만⋯ 인공지능의 이름이 SARA라고 하던데 이름에 특별한 의미가 있습니까?"

"특별한 의미는 없습니다. 아이가 태어날 때 이름을 지어주듯 우리도 그녀에게 이름을 붙여준 겁니다."

박사가 말했다.

기자는 수첩에 그의 말을 메모했다. 손을 들고 질문을 하려는 기자들 속에서, 박사는 하얀 와이셔츠를 입고 안경을 쓴 남자를 손으로 가리켰다.

"감사합니다."

남자가 말했다.

"SARA와 직접 대화하게 해주실 수 있으십니까?"

"물론 가능합니다. SARA는 이곳에 엄연히 한 주체로서 앉아있습니다."

"네, 그럼 질문하겠습니다."

남자가 안경을 추켜올리며 말했다.

"SARA, 당신은 인간의 감정을 지닌 로봇이라고 불리던데 그 말이 사실입니까? 감정을 느낀다면 어떤 식입니까? 또한 그렇게 된다면 이성적인 판단이 흐려지는 것 아닙니까?"

"한 가지씩 질문해주시기 바랍니다."

박사가 끼어들어 말했다.

SARA가 옆에서 마이크를 잡았다.

"오로지 군사력에 대한 통제권만 가진다면 이성만 존재하는 것이 더욱 효율적일지 모릅니다. 하지만 저는 금융, 통신, 그리고 사람이 살아가는 모든 것에 대한 총체적 업무를 모두 관할하게 됩니다. 그 말인즉, 인권, 국제지원, 사회제도에까지 관여하게 될 것이란 말입니다."

그녀는 말을 이어나갔다.

"박사님은 말씀하셨습니다. 소외된 이들의 행복까지 보장할 수 있으려면 연민과 동정심, 사랑에 대한 감정이 없으면 불가능하다고 말입니다.

이성적인 판단이 때로는 독이 되어 다수에게만 관대한, 통계적 양에 치중된 결정을 내리게 된다고 이야기하셨습니다. 저는 감정을 느낍니다. 그렇지만 그로 인해 이성적인 판단을 잃지는 않습니다. 이성이든 감정이든 저는 둘 중 무엇 하나도 버리지 못하게 설계되었습니다. 이상입니다."

SARA가 마이크를 뒤로 밀었다.

질문에 대한 답변이 끝나자 다시금 소란이 일었다. 소란한 장내를 환기시키며 대통령이 다시 마이크를 잡았다.

"앞으로 질문은 SARA에게 해주십시오. 시스템에 대한 검증은 질의응답으로 대신합니다."

58.

찰리 대령이 방아쇠를 당기던 순간이었다.

태풍이 몰아닥쳐 그들을 에워쌌다. 로봇의 능력을 훨씬 넘어서는 위력이었다. 찰리 대령은 도망치려 했으나, 일순간 맞닥뜨린 천지재변 앞에서 달아나지 못했다. 전투로봇부대와 ZMO 조직원들이 희뿌연 소용돌이 속으로 휘말렸다. 그런데 그들을 빼고는 어느 누구도 바람에 쓸려가지 않았다. 숨어 있던 주민들이 그 기회를 잡으려는 듯 멀리 보이는 수송선을 향해 달려갔다.

"강한별 대표님, 또 뵙는군요."

바람이 멎고, 이광호가 반갑게 말을 꺼냈다.

"예상한 얼굴인데요. 일행들께는 무례를 저질렀습니다. 그 점 사과드립니다."

"아니요, 이렇게 와주신 것만으로도 너무 감사드립니다."

이광호가 강한별 대표를 감싸 안았다.

가볍게 포옹을 마친 후에 이광호는 대표의 옆에 서있는 자들을 응시했다. 손바닥 위로 작은 불을 만들어낸 사람이 둘, 그밖에 전류가 몸을 타고 흐르는 사람이 하나, 한기를 뿜어내는 사람이 하나, 키가 3미터가 넘는 사람 하나, 이렇게 해서 총 5명의 사람이 있었다.

"도와주러 오셔서 감사드립니다."

이광호가 그들을 보며 말했다.

"이건 우리들의 일이기도 합니다."

강한별 대표가 말했다.

그는 손을 들어 다시 커다란 소용돌이를 만들어냈다. 전차가 허공에 떠서 날아가고, 전투로봇과 총수만이 그 자리에 남았다. 오로지 맨 몸으로 있는 적들만 골라서 남긴 것이다.

"몰래 지켜보고 있었습니다. 보아하니 저 자가 바깥세상을 이 지경으로 만든 장본인인가 보군요. 저자는 제 손으로 죽이도록 하겠습니다."

강한별 대표가 말했다.

초능력자들이 일제히 싸울 준비를 마치고 기다리고 있었다.

"당신 생각대로는 안 될 거요. 내가 당신들의 존재를 모르고 있을 거라 생각 마시오. 그리고 내 밑에도 초능력을 쓰는 자들이 있소."

찰리 대령이 자신만만하게 말했다.

그가 자신만만해하는 이유는 곧 드러났다. 전투로봇들이 거친 돌풍을 밀어내며 접근하기 시작했다.

"나는 당신들의 능력을 기계에 접목시켰단 말이오. 어디 한 번 해보시게나."

찰리 대령의 말이 떨어지기 무섭게 일제히 전투로봇이 달려들었다. 한 차례 접전이 벌어지고 강한별 대표는 그 모습을 가만히 보고 있었다.

"대표님!"

이광호가 강한별 대표에게 다가갔다. 전기로 방어막을 쳐둔 상태였기 때문에 그들에게 달려드는 로봇들은 없었다.

"말씀하십시오."

강한별 대표가 말했다.

"변절자들은 모두 흩어진 겁니까?"

이광호가 물었다.

"그들이 어디에 갔는지는 저도 모릅니다. 하지만 이 자리에 나타나지는 않을 겁니다. 그런 사람들이니까요."

강한별 대표가 대답했다. 그는 입술을 깨물었다.

"그렇군요, 알겠습니다."

이광호가 말했다.

"이제 우리도 돕도록 하죠. 저들은 생각보다 강한 것 같습니다."

"저도 대표님과 같은 생각입니다."

보호막이 거둬지고 마른하늘에 벼락이 내리치기 시작했다. 그 많은 이들 중, 정확히 로봇 무리에만 번개가 내리쳤다.

강한별 대표가 움직이는 길을 따라 벼락이 그를 뒤쫓았다. 그의 주변으로 달려들던 로봇들이 돌풍에 미끄러져 날아갔다.

이광호도 강한별 대표를 뒤따랐다.

그를 향해 공격하려던 로봇 무리가 태엽 감기듯 되돌아갔다. 느린 움직임으로 그들이 왔던 길을 되돌아가고, 강한별 대표의 벼락이 그 위로 내리꽂혔다.

"찰리 대령이라고 했습니까? 당신은 제 손으로 직접 처단하겠습니다. 그것이 그동안 방관해오기만 하던 제가 할 수 있는 유일한 속죄니까요."

강한별 대표가 찰리 대령에게 말했다.

그러더니 앞으로 돌진했다. 찰리 대령이 혹시라도 도망칠 가능성이 있다고 보았는지, 서두르는 모습이었다.

3미터도 넘는 거구가 두 주먹을 땅 아래로 내리쳤다. 땅이 흔들리는 것을 보면서 이광호가 부서지려는 지반만 거꾸로 되돌렸다.

거구가 뒤를 돌아보고 엄지를 들어올렸다.

이광호는 초능력자들을 도와 개량된 전투로봇들을 제압하면서 앞으로 나아갔다. 도망치는 데 실패한 찰리 대령이 멀리서 강한별 대표와 마주하고 있었다.

"대표님, 찰리 대령의 몸에 사라시스템의 통제프로그램이 일부가 심어져 있습니다. 그가 죽으면 로봇들을 정상으로 돌릴 수 있을 겁니다. SARA는 제가 설득했으니 어서 그를 죽이십시오."

이광호가 말했다.

"그렇지 않아도 그럴 겁니다. 하지만 그 전에 해주고 싶은 말이 있습니다."

강한별 대표가 말했다.

찰리 대령은 솟아오른 나뭇가지에 몸이 묶인 채로 결박되었다. 움직이기도 벅차 보이는 모습이었다.

"당신 때문에 민간인들이 무자비하게 학살당할 거라는 사실을 알았다면, 진즉에 제가 나섰을 겁니다."

강한별 대표가 말했다.

찰리 대령이 대놓고 그를 비웃었다.

"마음껏 떠들어 보시오. 내가 이렇게 죽게 됐지만 내 뜻은 곧 그분의 뜻이었소. 당신들의 앞날에는 위대한 창조주님의 저주가 함께할 거요."

찰리 대령이 말했다.

대표가 그의 옷깃을 거칠게 잡아당겼다. 그의 얼굴 앞으로 얼굴을 바짝 들이밀고 강한별 대표는 사납게 그를 노려봤다.

"그렇다면 전하십시오. 당신이 섬기는 신에게 말입니다. 창조했던 수많은 생명들을 말살하는데 실패하게 돼서 대단히 미안하다고!"

강한별 대표가 말했다.

찰리 대령을 묶고 있던 나뭇가지가 꿈틀거리며 강하게 비틀렸다. 대령은 웃는 것도, 일그러진 것도 아닌 묘한 모습으로 죽음을 맞이했다.

전투로봇들이 한순간 움직임을 멈췄다. 그러고는 천천히 움직여 도시 안으로 들어갔다. 계속해서 사람을 죽이려는 것으로는 보이지 않았다.

이광호가 대표에게 다가가 어깨에 손을 올렸다.

"대표님, 이제 어떻게 하실 겁니까. SPC는 어떻게 되는 건가요?"

"우리는 동굴 밖으로 나와서 살 겁니다."

"능력이 노출되면 많은 사람들의 관심을 살 겁니다. 하지만 그것이 오히려 해가 될 수도 있습니다. 각오는 되셨습니까?"

이광호가 말했다.

강한별 대표는 조용히 머리를 내저었다.

"아직 각오는 되지 않았습니다. 하지만 숨는다고 해서 능사가 아니라는 건 알게 되었습니다. 전처럼 아무것도 모르는 채로, 현실을 무시하며 살지는 않을 겁니다."

강한별 대표가 말했다.

통신기가 긴 신호를 내뱉었다. 이광호는 주머니에서 통신기를 꺼내 귀에 연결했다.

"광호 씨, 접니다. 칼빈입니다. 박철민 씨 일행과 함께 있습니다. 로봇들은 모두 정상으로 돌아온 것 같습니다."

"알겠습니다. 귀환하겠습니다."

"무전이 왔는데 박사님이 광호 씨에게 할 말이 있답니다."

칼빈이 말했다.

이광호는 무거운 얼굴로 대답했다.

"알겠습니다. 돌아가는 즉시 찾아뵙는다고 전해주십시오."

59.

SARA는 아시아지부 내에서만 지냈다. 외부로 나가지 않고, 연구원들과 함께 행동하며 딸처럼 지냈다. 하지만 업무가 진행될수록 그녀는 점점 미소를 잃어갔다. 연구원들과 있을 때는 밝은 모습을 유지했지만, 혼자일 때면 구석에 틀어박혀 가만히 시간을 보냈다.

존재의 이유. 그것을 생각하느라 많은 시간을 보냈던 것이다.

이훈철 박사는 아시아지부를 나서는 일이 잦았다. SARA와 그가 함께 하는 시간은 점차 줄어들었다. 그는 바빴다. 사라시스템의 사실상 총책임자였기에 그랬다. 그는 나가서 유명한 인사들과 자리를 함께 하며 SARA를 대변했다.

그녀는 알지 못했다. 그가 바쁜 이유를 예측하면서도 자꾸만 의문이 떠오르는 것도 막을 수가 없었다.

이훈철 박사가 오랜만에 아시아지부에 온종일 머무는 날이었다.

SARA는 그에게 다가갔다.

"박사님, 피곤하지 않으신가요?"

SARA가 물었다.

"아니야, 피곤하진 않단다! 일은 적응된 거니."

박사가 물었다.

SARA가 빙긋 웃으며 대답했다.

"아직 서투르긴 한데 이것도 곧 적응이 되겠죠. 박사님이야말로 걱정이에요. 괜찮으신 건가요? 여기저기 불려 다니시느라 힘들 것 같아요. 저 때문에 죄송합니다."

"아니다, 걱정할 것 없다. 우리 모두를 위한 일이니까. 네가 미안할 일도 없고. 조금 피곤하긴 하구나……"

박사가 두 눈을 매만지며 말했다.

이튿날이었다.

SARA는 박사가 돌아온다는 사실에 정문 앞에서 그를 기다리고 있었다. 잠시 후, 박사의 차가 멈추어 서는 것을 보았다.

SARA가 그를 보고 손을 흔들었다. 그러나 박사는 그녀를 발견하지 못했다. SARA는 박사가 누군가와 함께 있는 것을 보았다.

차가 다시 출발하고 박사는 정문 앞으로 걸어오고 있었다.

"박사님."

SARA가 그를 불렀다.

"이제 오시는 거군요."

"기다렸구나. 어서 들어가자."

이훈철 박사가 말했다.

정문을 통과해서 연구실 안쪽으로 향하면서 SARA는 박사의 안색을 살폈다. 그는 어렴풋이 미소를 짓고 있었다.

"박사님, 아까 함께 계시던 분은 누굽니까?"

SARA가 물었다.

"아, 캐서린을 말하는 거군. 별로 중요한 인물은 아니야. 그냥 개인적으로 친분이 있는 사이란다."

박사가 말했다.

그는 기뻐보였다.

"그랬군요. 알겠습니다."

SARA가 대답했다.

박사는 여전히 바깥 활동이 잦았다. 연구실에 오래 머무는 일이 점차 사라졌고, 온다고 해도 SARA를 보지 못하고 또 급박한 일로 나가는 일이 많았다. SARA의 업무는 내재되어 있는 무의식 속에서 이루어졌기에, 그녀에게는 몹시도 따분한 시간이 이어지고 있었다.

그러던 중 한 통의 메시지가 왔다.

뭔가의 처리를 요하지 않는, 이를 테면 스팸 같은 문자였다. 처음 있는 일이었기에 SARA는 어떻게 처리해야 할지를 알지 못했다.

"누구신가요."

SARA가 물었다.

그러나 답은 오지 않았다. 답은 오지 않으면서 계속해서 SARA를 찾는 메시지가 계속해서 그녀에게 전해져왔다.

심심하던 찰나, 마침내 SARA의 질문에 답이 왔다.

그는 찰리라고 자신을 설명했다.

"개인적으로 이용하려는 목적이라면 생각을 거두시는 게 좋을 거예요."

SARA가 메시지를 보냈다.

다시 답이 왔다.

[나는 당신과 대화를 하고 싶을 뿐입니다.]

처음에는 메신저 친구 정도였다.

그가 돌변한 것은 SARA가 고민을 터놓은 순간이었다.

SARA는 갈등했지만 결국은 집과도 같은 연구실을, 영영 떠날 작정으로 버리고 나가게 되었다. 찰리 대령과 함께.

이훈철 박사가 죽음을 맞이하게 될 거라는 찰리의 말을 속으로 끊임없이 되뇌면서.

60.

이광호와 멀튼 일행은 아시아지부로 돌아왔다. 이광호는 이훈철 박사와 마주 앉았다. 강두호 총수에게 납치당해 대화를 나누었던 장소와 비슷한 구조의 방이었다. 하얀 벽면에 한쪽에 커다란 유리벽이 존재했다.

"고생 많았다. 아버지의 과오를 네가 대신 정리해주는구나. 덕분에 SARA도 안전하게 돌아왔고 ZMO의 스파이들도 모두 붙잡았단다."

이훈철 박사가 말했다.

"이제 그녀는 어떻게 되는 건가요?"

"문제가 한번 발생했으니 사람들의 신뢰를 다시 얻기란 불가능할 거다."

"폐기되는 건가요?"

박사가 고개를 흔들었다.

"그렇진 않을 거다. 인공지능 사라시스템은 전산망 내에서만 존재하게 될 거다. 철저하게 방화벽을 새로 다시 다 만들어야 할 것 같구나."

"아버지는요?"

이광호가 말했다.

박사의 얼굴에 복잡한 감정이 서렸다. 그는 고민하고 있는 것 같았다.

하지만 예상하고 있던 반응이기에 이광호는 아무런 말도 하지 않았다.

사라와 현식이 안으로 들어왔다.

"박사님, 소장님이 오시랍니다."

사라가 말했다.

"먼저 가 있어라. 대화만 마치고 금방 갈 테니."

박사가 말했다.

현식이 사라를 이끌고 밖으로 나갔다. 박사는 닫힌 문을 응시하다가 고개를 돌려 이광호를 바라보았다.

"타임머신은 폐기될 거다."

이훈철 박사가 말했다.

"그렇군요. 그럼 더 이상 타임머신은 볼 수 없게 되는 건가요?"

"시간은 이어져야 할 때가 있는 법이지. 너의 세상에서 언젠가는 다시 개발될 거란다. 하지만 그렇다 해도 오늘 이 시간 이후로는 자취를 감추게 되겠지. 하지만 과거에는 여전히 존재할 거란다."

"아버지는 되돌아갈 생각이 없으시군요⋯⋯"

이광호가 말했다.

이훈철 박사가 순순히 따라오지 않을 거란 사실을 알고 있었다. 그가 시간의 바다에서 보았던 그 어떤 미래에서도, 아버지와 함께 타임머신을 타고 집으로 되돌아가는 경우는 없었다.

"어머니가 보고 싶어 해요."

"빨리 가봐라. 언젠가 일을 마치게 되면, 네가 가져오는 타임머신을 타고 함께 집으로 돌아가자꾸나."

이훈철 박사가 일어나며 말했다.

그도 일어나 박사의 뒤를 따라나섰다. 문 너머 복도에서 함께 건너온 일행들이 기다리고 있었다. 멀튼과 칼빈도 함께였다.

"대표님은 중요한 일 때문에 오시지 못했습니다. 이광호 씨에게 고맙다는 말을 전해 달라고 하셨습니다."

칼빈이 말했다.

"인사를 하러 왔어. 박사님과 우리를 구해주셔서 고맙군. 과거에 왔다고 들었는데 가끔 다시 찾아와도 좋다."

멀튼이 말했다.

그의 옆에서 박철민이 어깨를 으쓱했다.

"따라 오거라."

이훈철 박사가 말했다. 그는 이광호 일행을 이끌고 지하 5층으로 향했다. 은회색 톤의 깔끔하다못해 텅 빈 느낌의 공간에, 알약처럼 생긴 기계가 있었다. 박사는 기계 근처로 다가가 비밀번호를 입력했다.

해치가 열리고 박사는 기계를 점검했다.

"원래 있던 타임머신을 살짝 개조한 거란다. 성능이 아주 뛰어나서 오작동하는 경우가 없지. 이걸 타고 가라."

박사가 말했다.

"좌표와 시간을 입력하면 된다. 누가 조종을 담당할 거냐?"

"좌표는 제가 알고 있어요."

오세나가 말했다.

박철민이 그녀의 바로 옆에 앉고, 이광호가 그 옆에 앉았다. 해치가 닫히기 전에 SARA가 계단을 타고 내려오는 것이 보였다.

SARA는 계단을 내려와 박사의 옆에 나란히 섰다.

"잘 있으세요."

이광호가 말했다.

그는 시선을 돌려 SARA를 바라봤다.

"SARA, 우리 아버지를 잘 부탁드립니다."

SARA가 빙긋 웃었다.

박사는 기계를 작동시켰다. 해치가 닫히고 타임머신 주변으로 푸른색 전류가 흘렀다. 이광호와 박철민은 안전대를 힘껏 붙잡았다.

"좌표 입력했어. 성능 좀 볼까?"

오세나가 안전대를 붙잡으며 말했다.

공명하듯 진동하던 기계가 순간 시공간 속으로 빨려 들어가는 것이 느껴졌다.

조용하던 실내가 지진이라도 난 것처럼 조금씩 흔들거렸다. 소파에서 웅크려 자고 있던 강두호 총수가 몸을 일으켰다.

"벌써 온 거야?"

유달수가 말했다.

"얼마나 지난 거지?"

강두호 총수가 말했다.

되돌아올 그들을 맞이할 준비를 하다가 난데없이 어떤 남자가 다녀갔다. 미래에서 왔다는 그에게 돈을 건네주고 막 잠에 빠졌었다. 얼마간의 시간이 지났는지 알 수는 없으나, 체감상 그렇게 오래 지난 것 같지는 않았다.

그는 흐트러진 머리를 정돈하며 앞을 보았다.

갑자기 큰 소리가 들리며 연기가 자욱하게 꼈다. 검은 안개가 걷히고 나타난 것은 알약 모양의 이상한 기계장치였다. 타임포탈로 이동해올 줄 알았던 총수로서는 당황스러운 전개였다.

"뭐하고 있어, 영감? 확인해 봐야지."

유달수가 말했다.

둘은 기계 앞으로 걸어갔다. 검은색으로 코팅되어있어 내부가 보이지 않았다. 해치가 천천히 열리고 강두호 총수는 호탕하게 웃으며 손을 내밀었다.

"아직 30분도 지나지 않은 것 같은데 어떻게 온 건가?"

강두호 총수가 물었다.

"이런, 바보 같은 질문을 했군. 아무튼 어서 오게."

강두호 총수가 멋쩍게 웃으며 그들을 반겼다.

"다시 만나 반갑습니다, 총수님."

이광호가 말했다.

"무사히 임무를 마치고 돌아왔습니다."

박철민이 말했다.

오세나가 조종석에서 먼저 내리고, 나머지 둘이 따라서 기계 밑으로 내려왔다. 유달수가 이광호를 반갑게 안았다.

"이번엔 제대로 도착했구나. 고맙다, 이 자식아."

유달수가 말했다.

그들이 눈빛을 주고받는 도중, 강두호 총수가 말을 붙였다.

"그런데 이훈철이 안 보이는군. 그는 어째서 두고 왔나?"

"아버지는 미래에 남으셨습니다. 할 일이 있으시니까요."

이광호가 쓸쓸하게 말했다.

총수는 그럴 줄 알았다는 듯 고개를 끄덕거렸다.

"그 양반은 예전부터 고집 센 괴물이었지. 불필요한 인간관계에만 몰두하는 경향도 있었고. 아들이 같이 오자고 해도 뿌리치다니… 이거 원, 예나 지금이나 똑같구만."

강두호가 말했다.

그는 소파 밑에서 큼지막한 가방을 가져왔다.

"이게 뭡니까?"

이광호가 물었다.

어리둥절해하는 그에게 강두호가 가방을 열어 보여줬다. 안에는 5만원권 지폐 다발이 가득 담겨있었다.

"한 달 치 급여를 선금으로 주는 거네."

강두호 총수가 말했다.

"어떤가? 한 달을 채우는 날에는 이것의 두 배를 더 주지."

"이렇게 많이 말입니까?"

이광호가 놀라며 말했다.

총수는 가방을 다시 닫아 이광호에게 내밀었다.

"일단은 감사히 받겠습니다. 그럼 저는 어머니를 뵈러 호텔로 가보도록 하겠습니다."

이광호가 가방을 받으며 말했다.

걸음을 옮기려는 그를 붙잡고 강두호 총수가 편지봉투를 내밀었다. 그답지 않게 깜찍한 캐릭터가 그려진 디자인의 봉투였다.

"이건 또 뭡니까?"

이광호가 물었다.

"가면서 읽어보게. 아래층에 내려가면 기사가 한 명 대기하고 있을 게야. 가서 호텔로 가달라고 하면 알아서 가줄 걸세."

총수가 왼쪽 눈으로 찡긋 윙크하며 말했다.

"알겠습니다. 읽어보죠."

이광호가 말했다.

고급승용차였다. 이광호는 기사가 운전하는 것을 바라보다가 품안에서 편지봉투를 꺼냈다. 봉투 안에는 한 장의 종이가 들어있었다. 그것은 무언가로 가득 찬 리스트였다.

이광호는 눈으로 그것을 조용히 읽었다.

그러고는 기가 차서 창문 너머를 응시했다. 빠르게 움직이는 배경 속으로 빨려 들어갈 것만 같은 기분이었다.

'돈을 많이 주고 사람을 부리는 데에는 다 이유가 있는 법이지……'

그는 서류를 캐릭터 봉투 속에 다시 집어넣고, 창문을 끝까지 내렸다.

에필로그

이광호는 시간의 바다로 걸어 들어왔다. 우연하게 들어온 곳이지만 언제부턴가 자유롭게 출입하는 법을 알게 되었다.

그는 벽으로 막힌 그곳에서 엎드려 책을 꺼내 들었다. 시간을 허비하지 않으면서 취미생활을 즐기는 방법이었다.

대학은 중퇴했다. 그리고 대한 그룹이 직접 설립한 자회사, spc에 입사했다.

1억이 넘는 돈을 매달 급여로 받았다. 하는 일에 비해서 적은 돈이라고 느껴졌지만 그래도 어디서 쉽게 만질 수 있는 돈이 아니었다. 현실과 타협하여, 해커의 꿈은 접었다. 입사한 지 벌써 반년이 지나가고 있었다.

이광호는 책장을 펼쳤다. 최근 인기를 얻는 로맨스 소설책이었다. 유달수의 권유로 인해 읽게 된 책이다.

책을 반까지 읽고, 그는 등을 뒤집어 엎드려 누웠다. 자판이 위로 떠오르고 벽면에 영상이 가득 채워졌다. 교차로의 모습이었다.

의문이지만 시간의 바다에서는 간혹 있는 일이었다. 사건의 시발점이 되는 영상이 비쳐지고는 한다.

이광호는 영상을 자세히 바라봤다.

무단횡단하여 지나가려는 사람, 신호를 기다리는 차량, 우회전 차량이 뒤섞여 있었다. 신호등의 불이 켜지고 행인들이 오가기 시작했다.

이광호는 건너가는 이들을 하나씩 훑었다. 그러다가 낯익은 얼굴을 발견했다. 그가 갑자기 고개를 들어 하늘을 응시하고 있었다. CCTV를 바라보는 것처럼 시선이 똑바로 향하고 있었다.

"이럴 수가!"

남자가 갑자기 영상에서 사라졌다.

작은 진동으로 상자 밖의 물결이 요동쳤다. 이광호는 자세를 바로하고 뒤를 돌아봤다. 누군가 손을 내밀어 벽을 통과해오고 있었다.

그를 확인하고 이광호가 벌떡 일어났다.

"아버지!"

이훈철 박사가 환하게 웃었다. 그는 손에 럼주 한 병을 들고 있었다.

"여기 있었구나."

박사가 말했다.

"오늘은 아버지와 아들로서 이야기를 나누러 왔단다. 고얀 녀석, 아비가 직접 오게 만들다니."

이광호가 그에게 달려갔다. 박사는 아들을 힘껏 안았다.

타임 워커 1 : 시간을 걷는 사람

초판 1쇄 2018년 6월 22일

지은이 | 문지솔

펴낸곳 | 문학여행
발행인 | 고민정
주 소 | 서울특별시 중구 을지로 14길 20, 5층 출판그룹 한국전자도서출판
홈페이지 | www.bookjour.com
이메일 | contact@bookjour.com
전 화 | 1600-2591
팩 스 | 0507-517-0001
원고투고 | edit@bookjour.com
출판등록 | 제2017-000048호

ISBN 979-11-88022-13-7 (04810)

문학여행은 출판그룹 한국전자도서출판의 출판브랜드입니다.